JÜRGEN SEIBOLD

Völlig bedient

Jürgen Seibold, 1960 in Stuttgart geboren, war Redakteur der Esslinger Zeitung, arbeitete als freier Journalist für Tageszeitungen, Zeitschriften und Radiostationen und veröffentlichte 1989 seine erste Musikerbiografie. 2007 erschien bei Silberburg sein erster Regionalkrimi, 2010 die erste Komödie. Außerdem schrieb er schon Thriller und Historisches. Jürgen Seibold lebt mit Frau und Kindern im Rems-Murr-Kreis und ist inzwischen auch wieder als Musiker aktiv.
www.juergen.seibold.de

JÜRGEN SEIBOLD

Völlig bedient

Ein Baden-Württemberg-Krimi

Silberburg-Verlag

Für Froelichs fiktive Freunde. Für alle, die sich der realen Beutau verbunden fühlen. Und für meine wichtigste Leserin.

1. Auflage 2017

Umschlaggestaltung: Christoph Wöhler, Tübingen.
Coverfoto: © karnaval2018 – Shutterstock.
Lektorat: Michael Raffel, Tübingen.
Druck: CPI books, Leck.
Printed in Germany.

ISBN 978-3-8425-2055-4

Tanz, Laura! Tanz, als gäbe es kein Morgen!

Die gertenschlanke junge Frau schleppte im Moment noch die Zutaten für das brasilianische Büfett in die Küche, aber in Gedanken sah sie sich schon in ihrem eng sitzenden, glitzernden Trikot, mal rassig wirbelnd, dann wieder elegant und etwas verträumt in großer Pose, bewundert von den Gästen, angestarrt von manchen.

Tanz, Laura! Tanz, als gäbe es kein Morgen!

Der Satz, vorhin keuchend in ihr Ohr gehaucht, ging ihr nicht mehr aus dem Kopf. Und er stimmte ja: Man sollte jeden Tag so genießen, als wäre es der letzte. Das würde sie heute Abend beherzigen. Wie schon so manches Mal zuvor. Mit einem Lächeln wuchtete sie die Kiste mit den frischen Früchten auf die Arbeitsplatte, mit einem Lächeln eilte sie an den Müllcontainern vorbei wieder hinaus zum Transporter, und mit einem Lächeln zerrte sie dort die nächste Kiste vom Stapel.

Tanz, Laura! Tanz, als gäbe es kein Morgen!

Gestorben wird immer

Es war kühl im Raum und still. Nur ganz leise raschelte der Stoff des Jacketts, wenn Richard Sanfftleben behutsam mit den Fingerspitzen über den Arm des Toten streifte. Dann wieder stand der alte Bestatter einfach nur da, gebeugt vor dem offenen Sarg, ließ die Arme hängen, stützte sich zwischendurch auf dem Rand des Sarges ab und ließ dazu ein tiefes Seufzen hören. Klapperdürr, die schmalen Schultern kraftlos hängend: Seine leidende Körperhaltung ließ seinen alten Anzug noch schlechter sitzen als ohnehin schon.

Froelich hatte die ganze Zeit über reglos in der Ecke gestanden und dem Kollegen beim Trauern zugesehen. Jetzt entkorkte er die Cognacflasche, füllte zwei Gläser und ging mit ihnen zu Sanfftleben hinüber. Der nahm das angebotene Glas, ohne von dem Toten aufzublicken. Froelich wartete und schwieg weiter. Fast fünf Minuten verstrichen, bevor Sanfftleben ganz langsam das Glas erhob und einen Trinkspruch murmelte. Dann trank er den Cognac in einem Zug aus und gab das Glas zurück.

»Noch einen?«, fragte Froelich, aber Sanfftleben schüttelte nur leicht den Kopf. Erneut legte sich Schweigen über die beiden Männer, und wieder war es Froelich, der die Stille unterbrach.

»War das Ihr bester Freund?«

Sanfftleben reagierte erst mit einiger Verzögerung. Er zuckte mit den Schultern, dann wandte er langsam den Kopf zu dem Dicken, der vor sechs Jahren sein Bestattungsinstitut in der Esslinger Beutauvorstadt übernommen hatte. Sanfftlebens Augen schimmerten, in einigen

Falten des hageren Gesichts spiegelten Tränen das Neonlicht des Kühlraums wider, und der schmale Mund des Alten legte sich in ein wehmütiges Lächeln.

»Mein bester Freund?«, wiederholte er Froelichs Frage, als müsste er noch in sich hineinhorchen. »Kann sein, aber auf jeden Fall war es mein letzter.«

Sein Lächeln wurde dünner, sein Blick flackerte. Er senkte den Kopf, dann nickte er zu dem leeren Cognacglas hin.

»Ich glaube, ich nehm noch einen.«

Froelich reichte ihm seines, das noch unberührt war. Diesmal trank Sanfftleben nur die Hälfte, dann ließ er das Glas sinken und lehnte sich mit der freien Hand auf die Kante des Sargs.

»Horst ist mit mir zur Schule gegangen, er hat mit mir zusammen die Bestatterlehre begonnen – aber das war nichts für ihn. Er hat die Lehre abgebrochen, ist Metzger geworden, und er war, glaube ich, ziemlich gut in seinem Beruf.«

»Das klingt nicht so, als hätten Sie beide zuletzt viel miteinander zu tun gehabt.«

»Ja, und genau das macht mir zu schaffen. Wir waren jahrelang die dicksten Freunde …«

Sanfftleben unterbrach sich und sah Froelich an. Der winkte nur ab. Der Alte seufzte und versank wieder für einige Minuten in brütendem Schweigen. Schließlich wandte er sich von dem Sarg ab.

»Haben Sie Lust auf ein paar alte Geschichten?«

»Immer«, sagte Froelich und hoffte, dass es Sanfftleben helfen würde, wenn er sich einige Erinnerungen von der Seele reden konnte. Er trug das benutzte Glas zu dem kleinen Sideboard hinüber, das in einer Ecke des Kühlraums stand. Daneben war Froelichs Keyboard aufgebaut, davor stand ein Klavierhocker, und an der Wand hing ein Schränkchen. Dort klimperte er manchmal vor sich hin, schrieb Songs oder spürte seinen Gedanken nach, während er improvisierte. Inzwischen hatte er einen schweren, schwarzen Stoffvorhang anbringen lassen, mit dem er seine Musikecke vor den Blicken etwaiger Besucher verbergen konnte, aber wenn sich außer ihm und Sanfftleben kein Lebender im Raum befand, war das nicht nötig. Aus dem Wandschrank nahm er ein frisches Glas, schnappte die Flasche und ging zu Sanfftleben zurück. Der hatte seinen Cognac inzwischen geleert, ließ sich nachschenken und schien schon ganz in seinen Erinnerungen versunken.

»Als junge Männer«, begann er, und seine Stimme wurde zusehends munterer, »sind wir zusammen in die Kneipen gegangen, durch die Bars gezogen. Ende der Sechziger kam die Beatmusik auf, da haben wir kaum eine Band verpasst, die in der Gegend aufgetreten ist. Und schon zuvor hatten wir in Esslingen die Dynamites, die Hausband im Club Bratpfanne. Und in Stuttgart haben wir die Tielman Brothers bestaunt, die Anfang der Sechziger zu den teuersten Bands in ganz Europa gehörten – wenn die mit ihrem Rock 'n' Roll loslegten, stand das Tivoli kopf, das kann ich Ihnen sagen.«

Sanfftleben sah Froelich forschend an.

»Sie haben keine Ahnung, was das Tivoli war und wo es stand, oder?«

»Ich nehme mal an, dafür bin ich etwas zu jung.«

»Ja«, lachte Sanfftleben meckernd. »Das Tivoli war ein Amüsierschuppen an der B 14. Ein Teil der Vereinigten Hüttenwerke, wie damals die Puffs und Bars in Stuttgart genannt wurden – an ihrer Stelle wurde später das Schwabenzentrum hochgezogen. Ich kann Ihnen mal Fotos von damals zeigen.«

»Können Sie gern mal machen«, sagte Froelich lahm und nippte an seinem Cognac.

»Oder auch lassen, was?«, versetzte Sanfftleben. »Ist ja auch egal. Jedenfalls war ich damals fast immer mit Horst unterwegs, und das blieb bis Mitte der Siebziger so. Dann wurde geheiratet, wir waren beide beruflich ordentlich eingespannt … tja, und irgendwann haben wir uns aus den Augen verloren. Es gab noch ein paar Klassentreffen, und jedesmal haben wir uns hoch und heilig versprochen, dass wir uns künftig häufiger sehen wollen – hat nicht geklappt, irgendwie. Und das war nicht nur wegen Horst schade …«

Sanfftlebens Lächeln wurde noch etwas trauriger.

»Sondern?«, hakte Froelich nach, als der Alte keine Anstalten machte, weiterzureden.

»Ach«, murmelte Sanfftleben. »Die Liebe … oder was man damals halt dafür hielt.«

»Ist nichts draus geworden?«, versuchte Froelich einen Schuss ins Blaue.

»Na ja, nichts … Wir hatten schon was miteinander, ein paar Monate lang sah es sehr gut aus für uns beide. Dann … dann ist sie mit Horst zusammengekommen.«

»Oh, er hat Ihnen die Freundin ausgespannt? Dann war das der wirkliche Grund dafür, dass Sie beide sich aus den Augen verloren haben?«

»Das hat sicher auch eine Rolle gespielt, wobei … ›ausgespannt‹ würde ich es gar nicht nennen wollen. Ich war damals als Bestatter schon recht gut im Geschäft, aber es ist halt nicht jedermanns Sache, ständig mit Toten zu tun zu haben. Und Horst hatte eine gut eingeführte Metzgerei in der Nähe von Böblingen übernommen. Magda sagte die Aussicht auf Feinkost und Frischwurst wohl mehr zu als das hier …«

Er machte eine knappe Geste, die den Kühlraum umfasste.

»Und dann lernte ich ja auch bald meine spätere Frau kennen, da habe ich mir Magda vollends aus dem Kopf geschlagen. Bei den Klassentreffen habe ich sie eh nicht gesehen, sie war vier Jahre jünger als Horst und ich. Aber ja, es kann sein, dass die alte Geschichte dann doch mit ein Grund dafür war, dass weder Horst noch ich ernsthaft einen Besuch beim jeweils anderen zuhause angepackt haben.«

Sanfftleben prostete dem Leichnam zu.

»Und jetzt ist es zu spät dazu.«

Froelich hatte mit Herbert Riemle gesprochen, dem jüngeren Bruder des Verstorbenen, der nur ein paar Häuser vom Institut entfernt wohnte und ihm den Auftrag für die Bestattung erteilt hatte. Horst Riemle hatte zuletzt wohl allein gelebt.

»Wissen Sie, was aus Ihrer damaligen Freundin Magda geworden ist?«, fragte er den Kollegen deshalb.

»Hat sich irgendwann von Horst scheiden lassen und ist mit der gemeinsamen Tochter in den Nordschwarzwald gezogen. Nach Schömberg, soweit ich weiß. Jedenfalls hat mir das Horst mal während einem der Klassentreffen erzählt.«

»Würden Sie sie gern mal wiedersehen?«

Sanfftleben seufzte und warf dem Toten einen langen Blick zu, bevor er sich zu Froelich umdrehte.

»Vielleicht lieber nicht«, sagte er schließlich. »Wenn ich mich morgens im Spiegel anschaue und mir vorstelle, wie sich in all den Jahren auch die knackige Magda verändert haben dürfte … Da wird es wohl besser sein, ich behalte das Bild von der jungen Frau in Erinnerung, was?«

Er gab Froelich das Glas zurück und schlurfte gebeugt aus dem Kühlraum.

Natürlich war die kultige Brasilienparty, für die sich Veranstalterin Mercedes Häberle in »Michis Alm« einmietete, auch diesmal wieder ausverkauft. Das aus groben Holzbalken gezimmerte Veranstaltungsgebäude am nördlichen Winterbacher Ortsrand, in dem in weniger als einer Stunde Sambarhythmen für Stimmung sorgen würden, galt längst als eine der führenden In-Locations im Remstal. Hier, in dem Gebäude im Gewerbegebiet direkt an der B29, lief alles gut, wenn es nur laut und grell genug beworben wurde. Das »Remstalglühen«, ein etwas albernes Vorspiel zum Cannstatter Volksfest mit Stimmungskapelle und Trachtenzwang. Die »X-Mas-Schaum-Challenge«, eine vogelwilde Mischung aus Adventsparty, Singlebörse und Wet-Shirt-Wettbewerb. Das »U30-Frühlings-Anblasen«, für das Volksmusikanten aus der ganzen Region Schlange standen – zwar bekamen sie statt einer angemessenen Gage nur Freigetränke, aber vor der Bühne zogen im sehr jungen Publikum in der Regel schon nach zwei, drei Cocktails die ersten enthemmt tanzenden Gäste blank und hielten so nicht nur die Kapellen bei Laune.

Doch am längsten im Voraus ausverkauft waren stets die Brasilienpartys von Mercedes Häberle – und mit dem warmen Geldregen der halbjährlichen Großveranstaltung konnte sie ihre kleine Cateringfirma zuletzt leidlich über

Wasser halten. Vor einigen Jahren war ihr Mann gestorben, und der Nachlassverwalter hatte ihr eröffnet, dass sie vergeblich auf ein auskömmliches Erbe gehofft habe: Der Handwerksbetrieb des Gatten war überschuldet, das Haus in Manolzweiler musste verkauft werden, und am Ende stand Mercedes mit leeren Händen da. In ihrem Lehrberuf als Konditorin hatte sie seit der Hochzeit nicht mehr gearbeitet, nun ergatterte sie wenigstens einen Job als Verkäuferin in einer Bäckerei. Nebenbei zauberte sie Kuchen und Torten für private Feste, und irgendwann lief das so gut, dass sie sich selbstständig machte. Ein befreundeter Grafiker schwatzte ihr eine Werbekampagne auf, und obwohl viele über den Firmenslogan »Häberle – die Mercedes für Ihre Feier« lachten, machte sie der holprige Spruch so bekannt, dass das Geschäft tatsächlich in Schwung kam. Allerdings war der Höhenflug nur von kurzer Dauer, denn inzwischen bot jeder Metzger und Bäcker Catering an, überall schossen Maultaschen- und Street-Food-Filialisten aus dem Boden, und Mercedes Häberle verlor manche Kunden bald wieder und musste, um andere zu halten, zu Preisen anbieten, die kaum ihre Kosten deckten.

Das Geschäft mit der Brasilienparty brummte dagegen. Die Tickets wurden ihr förmlich aus den Händen gerissen, und immer wieder boten Geschäftsleute ein Mehrfaches des ursprünglichen Kartenpreises, um für sich und ihre Kundschaft noch letzte Plätze zu sichern. Das hatte Mercedes auf eine einträgliche Idee gebracht: Wer ihr Catering für eine Privat- oder Firmenfeier buchte, bekam ein Vorkaufsrecht für Tickets zur Brasilienparty – und so gelangte inzwischen nur noch ein recht kleiner Teil des Kartenkontingents überhaupt in den freien Verkauf.

Die Mundpropaganda tat ein Übriges, denn wer einmal hatte mitfeiern dürfen, schwärmte in aller Regel hinterher in den höchsten Tönen davon. Ein DJ legte südamerikanische Musik auf, dazu wurden Cocktails serviert, und die Tische bogen sich geradezu unter den leckeren Speisen, die Mercedes und ihr Team für das umfangreiche Büfett auffuhren. Mercedes stammte zwar aus São Paolo, und natürlich gab es den für ihre Heimatstadt typischen Bohneneintopf Feijoada oder die Pão de queijo, runde, aus Käse und Stärke gebackene Bällchen – aber auch Spezialitäten wie den stundenlang geschmorten Rindfleischeintopf Barreado aus Paraná im Süden oder Huhn, zubereitet mit der Frucht von Pequibäumen, wie sie in den Savannen von Goiás im mittleren Westen wachsen. Salvador de Bahia wurde vertreten durch Vatapá, eine aus Krabben, Fisch, Brot, Nusskernen, Kokosmilch und verschiedenen Gewürzen hergestellte Paste; typisch für die Küche des brasilianischen Nordens waren die Krabben in scharfer Soße, und Pernambuco ganz im Nordosten des Landes steuerte Bolo de rolo bei, eine Rolle aus Biskuitteig, der mit Marmelade oder Nusscreme bestrichen wurde.

Hungrig musste jedenfalls niemand die Party verlassen. Und Ärger gab es auch nur selten. Mal hatte eine Gruppe angetrunkener Immobilienmakler für Randale gesorgt, mal watschten einige weibliche Gäste ihre Begleiter ab, weil sie der tanzenden Laura zu aufmerksam zugeschaut hatten, und einmal hatte ein Bekannter von Laura zwei junge Männer niedergeschlagen, weil sie der jungen Frau den Weg von der Tanzfläche verstellten und aufdringlich wurden.

Jetzt war Laura einfach nur eine junge, fleißige Frau in Jeans und weitem Shirt, die eine Kiste mit Zutaten nach der anderen in die Küche schleppte und dabei so versonnen lächelte, dass unschwer zu erraten war, woran sie im Moment dachte.

So unbeschwert wäre Mercedes auch gern gewesen. Sie sah ihrer jungen Helferin hinterher, wandte sich dann seufzend ab und bereitete sich auf das Telefonat vor, vor dem sie sich schon den halben Tag lang fürchtete. Ob es ihr wohl gelingen würde, zumindest diesen Gläubiger noch ein wenig zu vertrösten?

Gottfried Froelich hatte im Kühlraum ein wenig aufgeräumt. Weniger, weil es nötig gewesen wäre, sondern eher, um sich nach dem Gespräch mit Sanfftleben abzulenken. Meistens erlebte er den Vorbesitzer seines Esslinger Instituts als einen Mann, der mit dem Altern seinen Frieden gemacht hatte, der dem Tod gelassen entgegensah – und der zwar gern einen über den Durst trank, aber häufiger aus purer Lust am Alkohol als aus Gram oder gar Verzweiflung. Wenn er sich aber heute Abend ein paar Meter weiter im Rosenhäusle, seinem kleinen Stammlokal am unteren Ende der Burgsteige, wieder und wieder nachschenken lassen würde, dann würde er sich damit diesmal wirklich Erinnerungen aus dem Hirn spülen.

Einen Moment lang hatte Froelich daran gedacht, dem Alten zu folgen und sich an seiner Seite ebenfalls einiges hinter die Binde zu gießen. Aber dann war ihm Inge eingefallen, seine Freundin, die droben im Wohnzimmer auf ihn wartete und mit der er einen schöneren Abend verbringen konnte als mit dem traurigen Sanfftleben.

Gut fünfzehn Minuten brauchte Froelich, bis er seine melancholische Stimmung halbwegs verdrängt hatte. Voller Vorfreude verließ er den kühlen, kahlen Raum und ging die Treppe hinauf. Wirklich lag Inge sehr gemütlich auf dem Sofa und schaute selig lächelnd zum Fernseher. Etwas weniger gut gestimmt sah sie ihm entgegen, als er die Schuhe abgestreift, die dünne Jacke weggehängt und sich neben sie auf die Polster gefläzt hatte.

»Na, endlich Feierabend?«, fragte sie ein bisschen unleidig und wandte sich sofort wieder dem Fernsehprogramm zu.

Froelich folgte ihrem Blick. Eine füllige Frau in den Fünfzigern ließ sich von einem drahtigen Beau im engen Kostüm über die Tanzfläche zerren und versuchte dabei gleichzeitig, dem jungen Mann nicht die Füße zu zertreten und ihr künstliches Lächeln zu wahren, das ihr ins Gesicht betoniert war.

»Ich schau mal, ob nicht auch was Gescheites kommt«, brummte Froelich und nahm die Fernsehzeitung vom Couchtisch. Inges bösen Seitenblick bemerkte er erst, als er zur Fernbedienung griff, um zu einer Reportage im Dritten zu schalten.

»Ist was?«

»Leg das Ding weg, ich will das sehen!«, zischte Inge und funkelte ihn noch einmal wütend an, bevor sie sich wieder auf das tanzende Paar konzentrierte.

»*Das* willst du sehen?«

Froelich schaute auf den Bildschirm. Der Drahtige hatte sichtlich Mühe, seine füllige Partnerin halbwegs im Takt zu halten, und zwischendurch rückte die Kamera andere Paare ins Bild, immer kombiniert aus einem jungen, sportlichen und einem etwas verlebten Partner. Mal war es ein ergrauter Herr mit leichter Plauze, mal eine aufgetakelte Dame, die sicher mal hübsch gewesen war – und einige der Älteren kamen ihm vage bekannt vor.

»Ist das nicht …?«, setzte Froelich an, unterbrach sich aber sofort, als ihm Inge den nächsten bösen Blick zuwarf.

»Ja, das sind alles prominente Leute, Gottfried«, knurrte sie. »Auch wenn du dich ja eher für Tote interessierst. Es ist halb neun, und du kommst gerade erst aus dem Kühlraum. Jedenfalls klang das Rumpeln dort unten ganz danach, dass du ein wenig umgeräumt hast. Tolle Abendbeschäftigung! Und natürlich etwas, das auf gar keinen Fall bis morgen hätte warten können!«

Sie fächelte sich etwas Luft zu und schnupperte theatralisch.

»Cognac, was?«

Froelich zuckte mit den Schultern.

»Hast wieder Spaß gehabt mit Sanfftleben, dem schrägen Vogel, was?«

»Na ja, Spaß … Ein alter Freund von ihm liegt drunten im Sarg. Da ist er wehmütig geworden und brauchte jemanden zum Reden.«

»Wie gut, dass *ich* niemanden brauche«, ätzte Inge und schaute wieder auf das tanzende Paar.

Die Musik endete, die füllige Dame verpatzte den letzten Schritt und musste sich von ihrem drahtigen Partner stützen lassen, um nicht auch noch umzufallen. Genüsslich fixierte die Kamera ihr aufgedunsenes, verschwitztes Gesicht und das faltig gewordene Dekolleté, das sich unter schweren Atemzügen hob und senkte. Dann schwenkte sie auf einige aufgeblasene und überschminkte Herrschaften hinter einer geschwungenen Theke, die wohl eine Jury darstellten und nun in gesetzten Worten einige notdürftig in Höflichkeit verpackte Gemeinheiten absonderten.

»Aber Inge, jetzt bin ich doch hier, und jetzt können wir gern reden und …«

»Wie großzügig von dir, mein lieber Gottfried.«

»Oder wir schauen halt fern, egal, es muss ja vielleicht nicht unbedingt das hier …«

»Du musst ja nicht mit mir fernsehen. Aber ich will das jetzt sehen, und ich will dabei nicht gestört werden. Du weißt, dass ich gerne tanzen würde, aber ich hab ja keinen Freund, den das interessiert.«

Froelich verzog das Gesicht. Dieses leidige Thema verfolgte ihn seit Wochen. Eine gemeinsame Bekannte hatte Inge so eindrücklich von ihrem neuen Tanzkurs vorgeschwärmt, dass sie seither immer wieder damit ankam, zusammen mit Gottfried ebenfalls zum Tanzen gehen zu wollen. Bisher hatte er das immer abbiegen können, aber allmählich schien es ernst zu werden. Für den Moment allerdings schien Inge mit den Tänzen anderer im Fernsehen zufrieden zu sein. Und während ein hüftsteifer Grauhaariger neben einer bildschönen Blondine zur Tanzfläche stakste und seiner Partnerin dabei wie zufällig die Hand auf den Hintern legte, erhob sich Froelich schwerfällig und tappte aus dem Wohnzimmer.

Inge hörte seine Schritte auf der Treppe hinunter. Schnaubend erhob sie sich, holte Wein und Knabberzeug aus der Küche und stellte den Fernseher lauter.

Das Johlen vor allem der männlichen Gäste übertönte inzwischen fast die Musik, und die lautesten Anfeuerungsrufe waren jetzt wohl bis hinein nach Winterbach zu hören. Die Brasilienparty näherte sich einem ersten, frühen

Höhepunkt, und Laura, die dafür verantwortlich war, schwebte und wirbelte mit einem glücklichen Lächeln zwischen den Tischreihen hindurch. Selbst die Hände, die nach ihr griffen und von denen einige auch wirklich auf ihren Netzstrümpfen oder ihrer Hüfte landeten, nahm sie kaum wahr, zu sehr war sie darauf konzentriert, den ausladenden Federbusch, der über ihrem Hinterteil ins Trikot eingearbeitet war, zu ihren Tanzschritten auch imposant genug wippen zu lassen.

Mercedes Häberle genoss die kurze Pause, die ihr Lauras Tanzeinlage bescherte. Hinter den Kulissen wurde Nachschub fürs Büfett fabriziert, und einer ihrer Mitarbeiter war vor ein paar Minuten noch einmal mit dem Transporter losgeflitzt, um weitere Getränke zu holen. Es war eine ausgesprochen durstige Gesellschaft an diesem Abend, und genau deshalb natürlich obendrein auch eine sehr ausgelassene.

Mittlerweile war Aldo alarmiert worden, der in besonders wilden Momenten mit seinen breitschultrigen Kollegen für Ordnung sorgen konnte. Für die Brasilienpartys stand er immer mit einigen Männern in Bereitschaft, und etwa jedes zweite Mal musste er auch wirklich anrücken. Heute war es wieder so weit, denn die ersten Gäste hatten sich schon so intensiv mit Cocktails, Bier, Schnaps und Wein beschäftigt, vor allem einige junge Männer, die allmählich auffällig wurden. Zwei hatten versucht, Laura ein paar Geldscheine in das knapp sitzende Dekolleté zu stecken. Die junge Frau war ihnen elegant ausgewichen; als aber die Männer hinter ihr hergrölten, fühlte sich ein anderer Gast so gestört, dass er aufsprang und die beiden recht unsanft zu ihren Sitzplätzen zurückschubste. Beinahe wäre es zur ersten Schlägerei gekommen, doch die Nachbarn der beiden Geldwedler hielten sie zurück, und schließlich war die brenzlige Situation entschärft, und der Dritte setzte sich wieder zu seinen Begleitern. Zwar tönte er etwas zu laut, dass er den beiden »Grünschnäbeln« gezeigt habe, wo der Hammer hängt, aber die Gemeinten ließen es mit einigem Murren gut sein und kümmerten sich wenig später wieder vorwiegend um ihren Alkoholpegel. Trotzdem deutete Mercedes auf die drei Streithähne, als Aldo sich von ihr die bisherigen Ereignisse schildern ließ.

»Und ihn hier«, sagte sie, als sie auf den Mann deutete, der die beiden anderen gemaßregelt hatte, »fasst ihr bitte etwas sanfter an. Tut mir ja leid, dass ausgerechnet an so einem Rabatz einer beteiligt sein muss, den ich gut kenne – aber habt bitte etwas Nachsicht mit ihm, ja?«

Mit knappen Kommandos wies Aldo daraufhin seine Muskelmänner ein und ließ sie, halbwegs unauffällig im Saal verteilt, ihre Posten beziehen. Als wenig später ein neuer Streit aufflackerte – wieder war jemand zudringlicher gegen Laura geworden, als das einem ihrer übrigen Verehrer gefiel –, reichte es, dass einer von Aldos Schränken den beiden ganz sachte seine Pranken auf die Schultern legte und ihnen mit einem gutmütigen Grinsen empfahl, wieder Ruhe zu geben.

Und dann war Lauras Tanzeinlage auch schon beendet. Sie ließ sich bejubeln und beklatschen und tänzelte rückwärts unter ständigen Verbeugungen und Kusshändchen auf die Tür zu, die in den Küchentrakt führte.

Gottfried Froelich saß eine Weile reglos da, die in den Jackentaschen vergrabenen Hände fest um die beiden Wärmkissen geschlossen. Von der niedrigen Temperatur abgesehen, war der Kühlraum seines Bestattungsinstituts ideal, um ab und zu ein wenig Musik zu machen. Und gegen die Kälte hatte er sich gewappnet: mit der warmen Jacke und mit den Kisschen, die seine Finger angenehm temperierten, bevor er die Tasten seines elektrischen Klaviers betätigte.

Jetzt waren sie warm genug, und nach ein paar einleitenden Improvisationen arbeitete Froelich an dem Song weiter, den er zuletzt skizziert hatte. Jahrelang hatte er für sich allein am Klavier gesessen, in den Kühlräumen seiner Institute hier in Esslingen, drüben in Besigheim und am Stammsitz des Unternehmens nahe des Friedhofs von Weil der Stadt. Jahrelang hatte er Lieder komponiert, obwohl er davon ausging, dass sie niemandem jemals zu Ohren kommen würden. Er hatte sie seinen toten Kunden vorgespielt, ohne auf Beifall hoffen zu dürfen. Und er hatte sich nicht selten eine deftige Erkältung eingehandelt, weil er sich mit einem kräftigen Schluck Cognac oder Whisky in Stimmung brachte – was seine Poren öffnete und seinen Körper schneller auskühlen ließ.

Inzwischen spielte er seine Musik häufiger unter freiem Himmel. Mit dem Percussionisten Dollar, seiner Freundin Inge am Bass und Alexander Maigerle als Sänger und Gitarrist hatten sie inzwischen einigen Erfolg als Straßenmusiker. Auch am Ludwigsburger Straßenmusikfestival hatten die vier schon teilnehmen dürfen – was bereits für sich genommen ein schönes Erlebnis war. Und das Froelich dadurch noch besser gefallen hatte, weil er nebenbei seinem zweiten großen Hobby hatte frönen können: dem Aufklären eines unnatürlichen Todesfalles.

Wie oft hatte sich Inge genervt davon gezeigt, dass er nicht nur beruflich mit Toten zu tun hatte, sondern sich auch in seiner Freizeit mit Morden und ihren Hintergründen beschäftigte? Immer wieder hatte das für Spannungen zwischen ihnen beiden gesorgt, und wenn Inge, wie jetzt wegen der blöden Tanzerei, ohnehin wütend auf ihn war, wusste er nur zu genau, dass er sich solche Ermittlungen in nächster Zeit möglichst verkneifen sollte, um nicht noch Öl ins Feuer zu gießen.

Auch im Zusammenhang mit seiner kleinen Band dachte er häufig an Kriminalfälle – schließlich war Alex Maigerle Kommissar. Nach der Polizeireform 2014 war er von der Kripo Waiblingen zum Kriminaldauerdienst gewechselt – der ständige Schichtdienst hatte ihn nach mehreren verpassten Proben sogar die Mitgliedschaft in seiner Bluesrock-Band The Midnight Men gekostet. Inzwischen hatte er wieder geregeltere Arbeitszeiten, weil er sich zur Waiblinger Kripo hatte zurückversetzen lassen. Das kam ihren Proben und den gelegentlichen Auftritten in den Fußgängerzonen von Stuttgart, Ludwigsburg und Esslingen zugute, und Maigerle wirkte obendrein seit seiner Rückkehr zu den alten Kollegen wesentlich ausgeglichener und zufriedener.

Froelich spielte einen Song an, den er gemeinsam mit Maigerle geschrieben hatte. Eine satte Bluesrocknummer, deren Gitarrenriff auch auf dem Klavier gut klang. Er wechselte auf einen Mollakkord und improvisierte ein wenig vor sich hin. Dann stand er auf und ging zu Horst Riemles Sarg hinüber. Sanfftlebens Freund sah friedlich aus, und Froelich hatte so sorgfältig gearbeitet, dass selbst die Hautunreinheiten neben den Nasenflügeln nicht mehr auffielen. Vor der Beerdigung am kommenden Mittwoch würde er noch etwas Gesichtsfarbe auftragen, vor allem aber würde er die grauen Bartstoppeln entfernen.

Das hatte er als junger Bestatter mal versäumt, und prompt hatte eine verwirrte Alte in plötzlich aufkommender Panik alle Heiligen angerufen und sie um Schutz gebeten. »Sehen Sie's nicht?«, hatte sie Froelich angeschrien. »Da wächst noch der Bart! Diesem Toten wächst noch der Bart!« Bekreuzigt hatte sie sich, und so laut war sie geworden, dass man sie noch drüben in der Trauerhalle hatte zetern hören. Erst ihr Enkel, ein Neffe des Toten, hatte sie halbwegs beruhigen und schließlich vom Friedhof nach Hause begleiten können.

Natürlich war der Bart des Verblichenen nach seinem Tod nicht weitergewachsen, ebenso wenig wie seine Fingernägel. Aber es wirkte so, weil der Leichnam mit der Zeit Flüssigkeit und damit Volumen verlor, während Haare und Nägel so blieben, wie sie waren, und die Nägel nun im Vergleich länger wirkten und die Barthaare weiter aus der Haut ragten. Und so zählte es Froelich auch zu seinen Aufgaben, einem Leichnam vor der Bestattung noch eine letzte Maniküre und eine letzte Rasur angedeihen zu lassen.

Die beiden Frauen waren im Vorratsraum laut geworden, aber in der Küche nebenan taten alle sehr geschäftig und versuchten, den Eindruck zu erwecken, als würden sie von dem Streit nichts mitbekommen. Mercedes Häberle war für ihr manchmal überschäumendes Temperament bekannt, und auch Laura war nicht gerade ein verhuschtes Mäuschen. Entsprechend hoch ging es her. Schließlich wischte Laura mit einer schnellen Bewegung eine kleine Gemüsekiste von der Anrichte und stapfte davon.

»Und wenn ich die Kohle nicht bald bekomme«, rief sie noch einmal, als sie sich in der Tür umdrehte, »kannst du dir jemand anderen suchen, der für diese Deppen dort draußen mit dem Arsch wackelt! Ich hab es nicht nötig, mich für lau blöd anmachen zu lassen! Wenn ich schon kein Geld bekomme, tanze ich lieber um Medaillen! Da habe ich wenigstens Leute um mich herum, die mein Talent zu schätzen wissen und nicht nur –«

Sie unterbrach sich mit einem Schnauben, winkte wütend ab und rauschte mit erhobenem Kopf und gestrecktem Rücken durch die Küche, ohne dort jemanden auch nur eines Blickes zu würdigen. Aus Richtung des Hinterausgangs war wenig später das Knallen der schweren Metalltür zu hören, und aus dem Vorratsraum kam, bleich wie ein Leintuch, Mercedes Häberle herüber, lehnte sich gegen eine Arbeitsplatte und wischte sich mit dem Ärmel übers Gesicht. Ihre Mitarbeiterinnen schauten nur einen Moment lang zu ihr hin und schnippelten und hackten dann gleich wieder eifrig weiter Zutaten für den Spezialeintopf, den es um Mitternacht geben sollte.

Auch Doris Mayer musterte ihre Freundin und Chefin anfangs nur verstohlen, doch Mercedes hatte keine Augen für sie oder sonst jemanden im Raum. Ihr Blick war gesenkt, und sie schien tief in Gedanken versunken. Schließlich legte Doris ihr Messer beiseite und ging langsam zu Mercedes hinüber.

»Na, geht's wieder?«, fragte sie nach einer Weile.

Mercedes Häberle zuckte mit den Schultern und starrte weiterhin auf die Bodenfliesen.

»Was war denn?«

»Ach … nichts.«

»Klang aber nicht so.«

Doris legte einen Arm um ihre Chefin. Schweigend standen sie eine Zeitlang nebeneinander, dann nahm sie noch einen Anlauf.

»Wie viel hat sie denn von dir noch zu bekommen?«

»Was?«

Mercedes sah sie irritiert an, als müsste sie sich erst besinnen, worüber sie sprachen.

»Na, es ging vorhin um Geld, das du ihr noch schuldest. Ist es denn viel?«

Jetzt wurden die Augen der anderen schmal und der Blick stechend.

»Warum willst du das wissen?«

»Na, hör mal! Ich bin deine beste Freundin!«

»Und du arbeitest für mich.«

»Ja, und ich arbeite für dich. Länger als alle anderen, und nach wie vor gern.«

»Schön, das freut mich.«

»Und ich mach dir nicht die Hölle heiß, weil ich noch Geld von dir zu bekommen habe.«

»Ja, ich weiß, und dafür danke ich dir. Dafür habe ich dir aber auch gestern schon gedankt und vorgestern.«

Sie streifte den Arm ihrer Freundin ab.

»Was soll das jetzt?«, fragte Doris und trat einen Schritt zurück.

»Das ist demütigend für mich, weißt du? Ich reiße mir hier den Arsch auf, versuche es allen recht zu machen, weiß oft nicht mehr, wo mir der Kopf steht – aber ihr habt alle nur das eine im Sinn: dass ihr rechtzeitig euer Geld bekommt!«

Mercedes musste sich beherrschen, dass sie nicht schon wieder laut wurde. Ihre Stimme klang gepresst, und sie vibrierte vor unterdrückter Wut. Doris hatte eine ebenso wütende Erwiderung auf der Zunge, aber sie presste ihre Lippen für einen Moment ganz fest zusammen und atmete tief ein und aus, bevor sie antwortete.

»Das ist ja schließlich auch Sinn und Zweck einer Anstellung: dass man für seine Arbeit Geld bekommt.«

»So, jetzt fällst auch du mir noch in den Rücken und hast nur noch Geld im Sinn? Und du willst –«

»Mach mal halblang, Mercedes! Du solltest dich selbst mal reden hören! Wenn du vorhin einen ähnlichen Blödsinn verzapft hast, ist es kein Wunder, dass Laura mit dir Streit bekommen hat.«

Mercedes setzte zu einer neuen Tirade an, aber Doris legte ihr nur die Hand auf den Arm und schüttelte den Kopf.

»Fang mit mir nicht auch noch Streit an, bitte. Ich brauche das Geld, das ich hier bei dir verdiene. Aber ich weiß auch, dass es bei dir finanziell gerade eng zugeht, also warte ich halt noch ein bisschen. Ein Weilchen komme ich ja auch noch über die Runden, also kann ich das für eine Freundin schon mal machen. Aber Laura ist nicht deine Freundin – und sie braucht das Geld dringend.«

»Das Mädchen studiert.«

»Aber sie finanziert mit dem Job bei dir ihr Studium und zahlt ihre Miete. Das Mädchen ist finanziell ziemlich auf Kante genäht, das kann ich dir sagen.«

»Mag sein, aber sie muss keine Firma am Laufen halten.«

»Das müsstest du auch nicht. Du kannst jederzeit wieder in der Bäckerei anfangen. Feste Arbeitszeiten, keine finanziellen Sorgen – wenn ich mir ansehe, wie gestresst du seit einiger Zeit bist, würde dir das vielleicht mal wieder guttun.«

»Danke auch, sehr reizvoll«, schnaubte Mercedes. »Du meinst also, ich soll zulassen, dass meine Firma gegen die Wand fährt, und dann soll ich reumütig zu meinem alten Chef kriechen und ihn anbetteln, damit er mir wieder Arbeit gibt? Pah!«

»Ach Gott, geht das wieder los?«

»Was meinst du?«

»Selbstmitleid ist Mist, und falscher Stolz auch. Beides bringt dich kein Stück weiter.«

Mercedes wollte aufbrausen, aber Doris brachte sie mit einer knappen Geste zum Schweigen.

»Pack deine Probleme an oder gesteh dir ein, dass du sie nicht lösen kannst – aber bilde dir nicht ein, dass du in einer ausweglosen Situation steckst und dir nichts anderes mehr zu tun bleibt, als rumzuheulen.«

»Du hast gut reden!«

»Findest du?«

Mercedes räusperte sich. Die Miene ihrer Freundin war plötzlich wie versteinert, und schon tat ihr der Satz von eben leid.

»Entschuldige bitte, Doris«, murmelte sie. »So war das nicht gemeint.«

Keine Antwort, nur mahlende Kiefer und verdächtig schimmernde Augen. Mercedes gab sich einen Ruck. Sie stieß sich von der Arbeitsplatte ab, fasste die andere bei den Schultern und sah ihr lange in die Augen.

»Du hast ja recht, Doris. Ich sollte mich nicht beschweren, ich sollte die Ärmel hochkrempeln, anstatt dir hier vorzujammern, wie schlecht es mir geht, aber …«

»Aber?«

»Es ist halt gerade nicht leicht.«

»Leicht … für wen ist es schon leicht …«

Mercedes nickte und nahm Doris in den Arm.

Hinter dem Gebäude war von der etwas rustikalen Eleganz, die den Festsaal dominierte, nichts zu spüren. Hier roch es streng nach den Abfällen, die aus den randvollen Containern quollen, und offenbar wechselten sich Kater und Hunderüden in diesem öden Hinterhof damit ab, ihre liebsten Ecken zu markieren.

Laura ging auf der schmalen Laderampe auf und ab, sog den Rauch ihrer Zigarette ein und versuchte, sich wieder zu beruhigen. Sie wusste ja, dass Mercedes immer mal wieder knapp bei Kasse war, und bisher hatte sie ihr Geld auch jedesmal bekommen, irgendwann. Doch »irgendwann« war kein guter Zeitpunkt, wenn die Miete fällig und das Konto gerade leer war.

Ein metallisches Poltern schreckte sie aus ihren trüben Gedanken auf. Sie sah sich nach allen Seiten um, aber nirgendwo war jemand zu sehen. Die Autos der Kollegen und ein Transporter waren auf dem brüchigen Asphalt des Hinterhofes geparkt; Lauras Motorroller stand neben der Laderampe, aber außer ihr selbst schien niemand hier zu sein. Inzwischen war es wieder still, vom beständigen Rauschen des Verkehrs auf der nahen B29 abgesehen. Begrenzt wurde ihre Sicht durch die Müllcontainer, die direkt neben der Laderampe standen, sowie durch andere Tonnen und einige Gitterboxen am anderen Ende des Hofes, die teils leer, teils gefüllt waren, vorwiegend mit Werkstücken aus der benachbarten Fabrik. Auch dort war niemand zu sehen. Eine der Boxen war so überladen, dass einige der obenauf liegenden Metallteile durch einen heftigen Windstoß heruntergefallen sein konnten. Laura nahm einen tiefen Zug von ihrer Zigarette und lachte bitter.

Mein Gott, dachte sie, *jetzt fang ich schon an, Gespenster zu sehen.*

Von dem Flur her, der zum Hintereingang führte, war jetzt das Klackern von Halbschuhen zu hören. Jemand näherte sich. Dem Rhythmus der schweren Schritte nach zu urteilen, war der Mann, der da kam, nicht mehr allzu sicher auf den Beinen.

Die Metalltür schwang auf und schlug scheppernd gegen die Hauswand. Laura sah den Mann ins Freie treten, der vorhin mit den zwei anderen Streit angefangen hatte, die ihr Geldscheine hatten ins Trikot stecken wollen. Sie lächelte ihn dankbar an und zog wieder an ihrer Zigarette. Der Mann wankte auf sie zu. Er hatte eine ordentliche Fahne, in den starken Geruch nach Wein mischte sich ein säuerliches Aroma. Laura überlegte, ob er hier draußen seinen Magen entleeren wollte, und trat zwei Schritte beiseite. Der Betrunkene aber folgte ihr und baute sich mit einem öligen Grinsen direkt vor ihr auf.

»Du erkenns mich noch, odr?«, lallte er.

»Ja, natürlich, und danke nochmal wegen vorhin.«

»Is' gut, hab'ch gern gemacht, aber … du könntst dich …«

Er rückte noch näher, und als Laura zurückwich, spürte sie schon die kühle Außenwand des Gebäudes im Rücken.

»Du könnst dich ja vlleich'n bisschn erkenn'lch sseigen, wenn du vschtehs, ws'ch mein.«

Er lachte heiser, und auch, wenn er seiner schweren Zunge wegen kaum zu verstehen war – was er meinte, war klar.

»Sie haben zu viel getrunken, gehen Sie bitte wieder rein und nehmen Sie sich noch was vom Büfett. Und vielleicht auch einen Kaffee. Das wird Ihnen sicher guttun.«

»D's geht sch'noch«, brummte der Betrunkene und drängte sich gegen sie. »Un du bis ja 'ne gansüühse …«

»Bitte, lassen Sie das!«

Laura war laut geworden. Sie versuchte, den Mann mit beiden Händen von sich wegzuschieben, aber er lehnte sich stärker gegen sie und schob sein Gesicht auf ihres zu. Sie wurde von seinem schlechten Atem ganz eingehüllt, und angewidert wandte sie ihren Kopf ab. Und so blieb sie auch stehen, als der Druck des Mannes gegen ihren Körper plötzlich nachließ, die Atemluft wieder besser wurde und ein Geräusch zu hören war wie von einem nassen Sack, der irgendwo dagegenkippte.

»Kannst dich wieder entspannen, Laura.«

Die sonore Stimme gehörte Aldo. Der Muskelprotz stand lächelnd vor ihr, legte die Fingerspitzen seiner linken Hand unter ihr Kinn und drehte ihren Kopf zu sich.

»Der Knallkopf wird dich so schnell nicht wieder belästigen.«

Aldo wirkte nicht besonders aufgewühlt oder angestrengt, aber an seinen imposanten Armmuskeln vorbei konnte sie den Betrunkenen sehen, wie er leise jammernd an der Wand lehnte. Er rieb sein knallrot leuchtendes rechtes Ohr und schaute halb verängstigt, halb wütend zu Laura. Aldo drehte sich um und fixierte ihn.

»Zack, zack, rein mit dir. Und dann am besten gleich zahlen und mit Mutti nach Hause, verstanden? Wenn du noch einmal Ärger machst, werde ich mich nicht damit begnügen, dich ein bisschen am Ohr zu zupfen!«

»D's wird dir noch leiduhn«, maulte der andere halblaut. »D's'wirsdu b'reun …«

»Husch, husch!«, scheuchte ihn Aldo, und endlich trollte sich der Betrunkene nach drinnen. Aldo wusste zwar, dass der Typ ein Bekannter oder zumindest ein Stammgast von Mercedes Häberle war – aber was zu weit ging, ging zu weit. Und an Laura hatte sich dieser Schmierlappen ohnehin nicht zu vergreifen.

»Danke, Aldo«, sagte Laura.

Sie glättete ihr Shirt und zog eine neue Zigarette hervor. Als sie versuchte, sie anzuzünden, merkte sie, dass ihre Hände leicht zitterten. Noch bevor sie ihr Wegwerffeuerzeug ein zweites Mal ansetzen konnte, tanzte vor ihren Augen schon die Flamme eines metallisch glänzenden Totenkopfs, dessen Schädeldecke aufgeklappt war – sie erkannte Aldos skurriles Feuerzeug und hielt ihre Zigarette dankbar lächelnd in die Flamme. Nach zwei tiefen Zügen hatte sie sich wieder einigermaßen beruhigt.

»Was für ein Arschloch, was?«, fragte sie.

»Ist er, Laura, ist er. Aber ich kann ihn auch ein bisschen verstehen.«

»Wie, verstehen? Dass er mich blöd anmacht und mir im Vollsuff an die Wäsche will? Na, ich danke!«

»Nein, das geht natürlich gar nicht. Aber dass er dich klasse findet – das kann ich verstehen.«

Laura erwiderte Aldos Blick etwas irritiert. Dass er sie mochte, wusste sie, aber … Versuchte dieser harte Kerl hier gerade, auf eine unbeholfene Art mit ihr zu flirten? Unter ihrem Blick schien er jedenfalls dahinzuschmelzen, und trotz all seiner Muskeln wirkte er auf einmal … naja: geradezu verletzlich.

Süß eigentlich, ging es Laura durch den Kopf. Aber trotzdem, dieser Bär von einem Mann war nicht ganz ihre Kragenweite. Etwas zu alt. Mehr als nur ein bisschen zu prollig. Und ganz sicher finanziell nicht das, was sie sich als gute Partie vorstellte.

»Ach, mein Aldo«, sagte sie deshalb, zwinkerte ihm zu und tätschelte ihm kumpelhaft den Oberarm. Dann schnippte sie ihre Zigarette auf den Hof hinunter und ging nach drinnen.

Aldo sah ihr enttäuscht nach. Er drehte sich erst um, als von der anderen Seite der Hoffläche ein Geräusch zu hören war. Es klang wie ein Metallstück, das auf den Boden fiel, aber dort drüben war niemand zu sehen. Aldo suchte sein Blickfeld noch einmal aufmerksam ab, aber er konnte nichts erkennen, was das Geräusch ausgelöst hätte. Schließlich ging er wieder nach drinnen.

Hinter einer Gitterbox, die mit kleinen Werkzeugen aus Spritzguss völlig überladen war, entspannte sich ein Mann in seinem Versteck erst, als die Tür des Hintereingangs ins Schloss gefallen war.

Die nächsten drei Stunden verliefen für Laura ohne besondere Ereignisse. Sie glänzte mit zwei weiteren Tanzeinlagen, sie überreichte den Gewinnern der großen Tombola ihre Preise und zwängte sich dazu noch einmal in ihr hautenges Glitzerkostüm; dazwischen flitzte sie in Jeans und Shirt im Saal umher, servierte Getränke und trug Nachschub für das Büfett auf.

Dass sie von einigen der Anwesenden mit nicht besonders freundlichen Blicken bedacht wurde, sobald sie ihnen den hübschen Rücken zukehrte, bemerkte sie nicht. Mercedes war nicht mehr auf das Thema zu sprechen gekommen, über das sie sich mit Laura gestritten hatte – aber sie nahm es nicht gut auf, dass ihre Mitarbeiterin offenbar nicht im Traum daran dachte, sich für ihr Verhalten zu entschuldigen. Und Doris, die unter der seit dem Streit zwischen Mercedes und Laura angespannten Stimmung im Team fast körperlich litt, hätte es ebenfalls gern gesehen, wenn sich die junge Kollegin bei der Chefin entschuldigt hätte – und entsprechend finster registrierte sie darauf, wie Laura routiniert ihr strahlendstes Lächeln zur Schau trug, wenn sie mit Gästen sprach, und wieder ernst und verschlossen wurde, wenn sie nur Kolleginnen um sich hatte.

Der Betrunkene, der sie auf der Laderampe bedrängt hatte, verhielt sich ruhig und brachte sich mit Kaffee und Häppchen wieder in einen halbwegs stabilen Zustand – doch während er sich vor dem Zwischenfall hinter dem Gebäude allerhand Schönes mit Laura ausgemalt hatte, gingen ihm nun einige grimmige Ideen durch den Kopf, wenn er ihren schönen Hüften nachschaute. Aldo wiederum dirigierte im Hintergrund seine Sicherheitsleute und wirkte stoisch wie immer, aber in die Blicke, die er Laura verstohlen zuwarf, mischten sich Wehmut und verletzter Stolz.

Die Stimmung der meisten Gäste war prächtig. Mercedes wirkte geschafft, aber zufrieden, als sie einige von ihnen am Ausgang mit Umarmung und freundlichen Worten verabschiedete. Dann kümmerten sich alle darum, dass der Saal und der Küchenbereich besenrein übergeben werden konnte, und als außer Doris, Mercedes und Laura das Personal das Blockhaus in Winterbach verlassen hatte, gab sich Laura doch noch versöhnlich.

»Wenn ihr wollt, könnt ihr gern schon heimgehen«, sagte sie zu den beiden anderen Frauen. »Ich mach den Rest vollends allein, den Schlüssel werf ich dir später in den Briefkasten, Mercedes, okay? Du musst morgen doch wieder früh raus, stimmt's?«

Mercedes nickte und bedankte sich, zögerte ein wenig, als würde sie noch darauf warten, dass Laura noch etwas zu ihr sagte – doch die erhoffte Entschuldigung blieb aus. Schließlich nickte die Chefin knapp, packte ihren Kram zusammen und verließ das Gebäude durch die Hintertür. Fünf Minuten später folgte ihr Doris, und Laura machte sich an die letzten Aufräumarbeiten.

Sie ließ sich Zeit, und als alle Geschirrtücher zum Trocknen aufgehängt, die Spülmaschine ein letztes Mal gelaufen und alle Tische im Saal gewischt waren, ging es schon auf viertel vor drei zu. Sie machte ein letztes Mal die Runde. Alles war in Ordnung und bereit für die Putzkolonne, die früh am nächsten Morgen kommen würde. Sie nahm ihre Jacke vom Haken, schnappte ihre Umhängetasche und ging zum Hintereingang. Dort drehte sie sich um und schaute wehmütig in den dunklen Saal hinaus. Einige Minuten lang stand sie so da, dann griff sie in die Tasche und nahm das Trikot und die CD mit den Samba-Stücken heraus. Im Regieraum legte sie die Musik ein. Die ersten Takte dröhnten hallend durch den leeren Saal, und Laura regelte die Lautstärke etwas niedriger.

Sie schlüpfte aus Jeans und Shirt, legte beides auf das Regiepult, schließlich ihre Socken und Unterwäsche obenauf. Die Luft im Saal war mittlerweile fast eisig geworden, und sie fröstelte schon, bevor sie ihr Trikot anziehen konnte. Sie ließ die Netzstrümpfe in der Tasche. Der kühle Stoff des Trikots rieb schon unangenehm genug über ihre Gänsehaut. Laura schloss die Augen, zupfte das enge Kostüm zurecht und strich die letzten Falten glatt. Andächtig stand sie da, lauschte auf die Musik und fuhr sich noch einmal ganz sanft mit den Händen über ihren schlanken Körper, obwohl das Trikot nirgendwo mehr Falten schlug. Barfuß tänzelte sie aus dem Regieraum hinaus in den dunklen Saal, drehte sich ein ums andere Mal, immer noch mit geschlossenen Augen, wirbelte immer schneller und tanzte auch noch, als der letzte der fünf Titel auf der selbstgebrannten CD längst verklungen war.

In Gedanken hörte sie die Musik noch immer, und sonst nichts – auch nicht, dass die Metalltür des Hintereingangs leise knarrend aufschwang und kurz darauf ins Schloss schnappte. Sie bemerkte nicht, dass in der Tür zum Küchentrakt eine dunkle Gestalt stand und ihr zuschaute. Es fiel ihr nicht auf, dass die Gestalt sogar einige Schritte in den Saal hinein machte, bevor sie sich eines anderen besann und in Richtung Küche verschwand.

Als Laura schließlich schwer atmend zur Ruhe kam, breitbeinig und mit in die Hüften gestemmten Fäusten stehen blieb und irgendwann auch ihre Augen öffnete, war sie ganz allein im Saal. Es gab kein Geräusch außer ihren tiefen, allmählich ruhiger werdenden Atemzügen. Dann, plötzlich: ein kurzes Scheppern, das aus der Küche zu kommen schien.

Laura erstarrte und hielt den Atem an. Sie bohrte ihre Blicke in das diffuse Licht der Notbeleuchtung hinter der Tür zum Küchentrakt. Nichts war zu sehen, und nun war auch nichts mehr zu hören. Langsam näherte sie sich der

Tür. Schritt für Schritt und sehr darauf bedacht, selbst keinen Laut zu verursachen, schlich sie barfuß durch den Saal. Nirgendwo bewegte sich etwas. Laura arbeitete sich voran, beinahe lautlos und bis in die Haarspitzen konzentriert. An der Küchentür blieb sie stehen und lauschte – nichts. Sie schlich einen Schritt weiter und tastete mit den Fingerspitzen nach dem Lichtschalter, während ihre Blicke forschend in dem düsteren Raum nach einem Hinweis darauf suchten, was das Scheppern verursacht haben könnte. Die Deckenlampen flammten auf und tauchten die Küchengeräte, die Arbeitsflächen und den Herd in grelles Weiß. Alles war genau so, wie sie es vorher verlassen hatte. Sie schaute sich prüfend um, aber zuerst bemerkte sie keine Veränderung. Dann fiel ihr Blick auf die silbern glänzende Metallstange über der Arbeitsplatte: Hier waren allerlei Gerätschaften aufgehängt, die ein Koch während der Arbeit schnell zur Hand haben musste. Eine der Schöpfkellen bewegte sich leicht hin und her, als wäre sie vor kurzem angestoßen worden. Eine weitere lag auf dem Boden. Damit war das laute Scheppern erklärt. Doch in der Reihe der auf der Stange platzierten Küchenwerkzeuge war noch eine weitere Lücke. Laura dachte nach, aber sie konnte sich nicht daran erinnern, was dort normalerweise hing.

Sie schlich vorsichtig auf den Flur hinaus, lugte in jede Ecke und näherte sich ganz allmählich der Metalltür, die hinaus in den Hinterhof führte. Sie drückte die Tür langsam auf und zuckte zusammen, als die Scharniere knarrten. Der Hof lag verlassen vor ihr, und außer ihrem Motorroller war dort kein Fahrzeug mehr abgestellt. Mit dem kühlen Dezemberwind wehte das beständige Rauschen des Verkehrs auf der Bundesstraße heran, der auch in der Nacht nie ganz zum Erliegen kam. Sonst war nichts zu hören, so konzentriert sie auch lauschte.

Sie trat ins Freie hinaus, machte noch zwei Schritte, schlang die Arme um ihren Oberkörper und fröstelte. Durch die nackten Fußsohlen spürte sie die Kälte des Betons der Laderampe in ihren Körper kriechen.

Laura sah nach rechts: Dort war niemand.

Laura sah nach links: Auch dort war keiner.

Sie drehte sich weiter nach links, bis sie die Metalltür ins Schloss fallen sah. Und die Gestalt, die die offenstehende Tür bisher verborgen hatte. Die nun langsam auf sie zukam. Die den rechten Arm erhob. Laura sah in ein Gesicht, auf dem sich ein seltsames, trauriges Lächeln abzeichnete. Sie schluckte und schüttelte noch langsam den Kopf. Was die Gestalt in der rechten Hand hielt, erkannte sie erst im letzten Moment.

Dann sah sie nichts mehr.

Gottfried mag nicht tanzen

Es war erst kurz nach acht, als das Telefon klingelte. Froelich wälzte sich mechanisch aus dem Bett, weil die Anrufe meistens seine Arbeit betrafen und Inge morgens gern länger schlief, wenn sie keine dringenden Termine am Vormittag hatte. Diesmal konnte er allerdings nicht verhindern, dass Inge aufwachte. Er war nach dem langen Abend im Kühlraum noch nicht wieder so gut auf den Beinen, wie er das gern gehabt hätte, und so hatte Inge die Augen schon geöffnet, als er noch versuchte, sich im dritten oder vierten Schwung endlich von der Matratze hochzuwuchten. Doch als er halbwegs leise die Tür hinter sich zuzog, hatte sie die Augen bereits wieder geschlossen, auch wenn die steile Falte zwischen ihren Brauen darauf hindeutete, dass sie sich trotz aller Müdigkeit erst noch etwas Mühe geben musste, wieder in den Schlaf zu finden.

Froelich angelte nach dem Telefon und meldete sich mit einem unverständlichen Brummen.

»Hallo Gottfried«, kam es putzmunter vom anderen Ende der Leitung. Alex Maigerle war dran, Kommissar der Kripo Waiblingen und Gitarrist und Sänger in Froelichs kleiner Straßenmusikband. »Hab ich dich geweckt?«

»Ja, mich und Inge. Was gibt's?«

Froelich hatte nicht so unfreundlich klingen wollen, aber professionelle Freundlichkeit war ihm vor dem ersten starken Kaffee des Tages schon immer schwergefallen, und Maigerle war obendrein kein Kunde, sondern ein Freund – der musste eine authentische Laune auch mal aushalten können.

»Oh, Inge auch? Na, dann bin ich geliefert, was?«

Maigerle lachte. Seine Stimme war frisch und sympathisch und sein Tonfall aufgeräumt. Was, um Himmels willen, konnte Alex, der eigentlich auch gern mal länger im Bett blieb, an einem Samstagmorgen um diese Uhrzeit schon so wach sein lassen? Die Erklärung folgte auf dem Fuß.

»Du, Gottfried, ich muss leider für heute Nachmittag absagen. Zu unserer Probe schaff ich's nicht, sorry.«

»Schade. Was ist denn?«

»Wir haben einen Mordfall. Und da wollte ich dir gleich Bescheid geben, so früh wie möglich, damit ihr euren Tag nicht um die Probe herumplant und dann erst kurz davor erfahrt, dass daraus nichts wird. Außerdem kann ich gar nicht sagen, ob ich später am Tag noch viel Gelegenheit haben werde zum Telefonieren. Hier ist natürlich die Hölle los, das kannst du dir vorstellen. Einen Mord – das haben wir ja auch nicht alle Tage.«

»Einen Mord?«

Froelich hatte nur ganz beiläufig nachfassen wollen, aber Maigerle, der natürlich wusste, dass sein Pianist eine Schwäche für Kriminalfälle hatte, hatte den gespannten Tonfall trotzdem sofort herausgehört.

»Frag gar nicht erst«, ermahnte er Froelich. »Ich darf dir eh nichts sagen.«

»Und wo bist du jetzt gerade?«

Maigerle lachte.

»Nicht schlecht, Gottfried. Aber das, was du nachher sowieso im Radio hören oder bald im Internet lesen wirst, kann ich dir tatsächlich auch schon jetzt erzählen. Eine junge Frau wurde in Winterbach tot aufgefunden. Und ich fürchte, den Umstand, dass sie zwischen überfüllten

Müllcontainern lag, werden sich zumindest die Boulevardreporter nicht entgehen lassen.«

»Und es war Mord, hast du gesagt?«

»Ja, sieht ganz danach aus. Aber wir werden den Fall auch ohne dich lösen, und ich werde dir jetzt ganz sicher keine internen Infos weitergeben.«

»Na gut. Winterbach … hm …«

»Gottfried!«

»Ist ja schon gut. Ich muss mich eh ein wenig zurückhalten. Inge mochte es ja noch nie, wenn ich ermittle.«

»Moment mal, Gottfried: *Wir* ermitteln, weil wir die Kripo sind. *Du* bist Bestatter, du mischst dich da manchmal ein – und wenn die Esslinger Kollegen dich ab und zu haben mitspielen lassen, ist das deren Sache. Meinen Chefs Schneider und Ernst solltest du damit lieber nicht kommen. Glaub mir, die beiden verstehen da keinen Spaß!«

»Ist ja schon gut, Alex. Ich drück euch die Daumen, dass ihr alles bald lösen könnt. Und wenn ich irgendwie helfen kann, weißt du ja –«

Wieder Lachen am anderen Ende, dann wurde die Verbindung getrennt. Froelich stand noch einige Minuten im Flur, das Telefon in der Hand. Ein Mordfall in Winterbach. Eine junge Frau, was für ein Jammer. Und Alex wollte ihm nichts verraten – auch das ein Jammer. Nach einer Weile zuckte Froelich mit den Schultern und legte das Telefon zurück in die Ladeschale. Ein Mord in Winterbach – das interessierte ihn natürlich. Aber er wusste, dass ihn zumindest in Inges Augen nur eine Information interessieren durfte, die Alex Maigerle ihm gerade durchgegeben hatte: Die Probe, die für heute Nachmittag geplant gewesen war, würde ausfallen.

Aber … ein Mordfall in Winterbach, nur wenige Kilometer von seinem Institut entfernt, im Remstal, auf der anderen Seite des Schurwalds …

Froelich seufzte und ging in die Küche, um sich einen Kaffee aus der Maschine zu lassen.

Inge war inzwischen aufgestanden, hatte mit Froelich gefrühstückt und sich danach in ihr Arbeitszimmer zurückgezogen. Offenbar war sie noch sauer wegen des vorigen Abends, aber zu müde für einen ausgewachsenen Streit. Also hatte sie kaum etwas gesprochen, hatte sich hinter der Zeitung versteckt und war schließlich ohne Erklärung aus der Küche geschlurft. Froelich kannte sie inzwischen gut genug, dass er sie in einer solchen Stimmung am besten in Ruhe ließ. Er machte sich im Büro zu schaffen, erledigte einige Telefonate, und als er in die Küche zurückkehrte, saß Inge wieder am Küchentisch und schien ein wenig wacher zu sein. Sie rührte im Kaffee und schaute auch dann noch nachdenklich zum Fenster hinaus, als Froelich den Raum betrat.

»Alles gut, Inge?«

Sie warf ihm nun doch einen Blick zu und zuckte dann ungnädig die Schultern.

»Was ist denn mit dir?«, hakte er nach.

»Was mit mir ist?«, knurrte sie. »Ich will einen Tanzkurs machen und du nicht, das ist.«

»Ich will nicht? So habe ich das doch gar nicht gesagt. Natürlich mach ich einen Tanzkurs mit dir, wenn du unbe…«

Inges schärfer werdender Blick ließ ihn für einen Moment verstummen, bevor er neu ansetzte.

»Natürlich mach ich einen Tanzkurs mit dir, wenn du dir das so sehr wünschst. Aber im Moment ... ich weiß wirklich nicht, wie ich ...«

Sie quittierte sein Stammeln mit einem wütenden Schnauben und rührte weiter in ihrem Kaffee. Er holte sich einen Espresso aus der Maschine und setzte sich neben sie. Schweigend saßen sie einige Minuten beisammen, bevor er schlürfend seine Tasse leerte. Inge sah ihn missbilligend an.

»Das geht auch leiser, Gottfried.«

An einem normalen Tag hätte er jetzt geseufzt oder verärgert den Kopf geschüttelt, aber heute war – soweit es Inges Laune betraf – offensichtlich kein normaler Tag. Und auf dünnem Eis wollte jede Bewegung und jede Regung genau bedacht sein. Er nahm einen neuen Espresso und gab sich Mühe, ihn fast geräuschlos zu trinken.

»So«, sagte er. »Und jetzt zu deinem Tanzkurs. Ganz ehrlich: Wir machen das, sobald ich ewas mehr Zeit habe, in Ordnung?«

»Pfff!«

Froelich setzte sein gewinnendstes Lächeln auf und legte Inge eine Hand auf den Arm.

»Apropos Zeit: Heute Abend könnten wir was Schönes unternehmen. Nur wir beide.«

Sie sah ihn an. In ihren mürrischen Blick mischte sich Überraschung.

»Heute ist Probe«, sagte sie, »hast du das vergessen?«

»Nein, hab ich nicht, aber Alex hat vorher angerufen: Er kann nicht, muss Dienst schieben. Drüben in Winterbach haben sie eine junge Frau tot zwischen den Müllcontainern gefunden, sieht nach Mord aus.

Und die Chance, zum ersten Mal seit seinem Wechsel zurück zur Waiblinger Kripo zu einer Soko in einem Mordfall zu gehören, will er sich natürlich nicht entgehen lassen.«

Inge schnaubte erneut.

»Ein Mord, und du hast Zeit? Wundert mich ja fast, dass du nicht schon losgeflitzt bist in deiner Ente.«

Sie hob ihre Tasse mit der freien linken Hand, trank sie in einem Zug leer und setzte sie hart wieder auf die Tischplatte.

»Kommt die Kripo denn überhaupt noch ohne dich zurecht?«

»Jetzt hör schon auf«, bat er und drückte ihren Arm ganz leicht. »Ich weiß ja jetzt, warum du so schlechte Laune hast. Und ich mach das ja auch, diesen Tanzkurs. Sobald ich Zeit habe, versprochen! Aber jetzt lass uns überlegen, was wir heute Schönes unternehmen!«

Sie funkelte ihn listig an, schaute auf die Uhr und überlegte einen Moment.

»Gut, dann zieh dich um. Wenn wir uns beeilen, kommen wir gerade noch rechtzeitig.«

»Rechtzeitig? Wozu?«

»Tanzkurs. Standard. Anfänger. Ist gleich nachher, in knapp einer Stunde geht's los, und wenn wir Glück haben, sind noch zwei Plätze frei.«

Froelich hatte sich mit jedem von Inges Worten mehr versteift. Nun räusperte er sich und blickte ziemlich bedröppelt drein. Inge ließ ihn eine Minute lang zappeln, dann lachte sie schallend.

»Da ist dir der Schreck jetzt aber in die Glieder gefahren, was? Keine Sorge: Heute bietet die Tanzschule, zu der ich mit dir will, keinen passenden Kurs an.«

Sie beobachtete mit grimmigem Grinsen, wie allmählich wieder eine gesunde Farbe auf sein feistes Gesicht zurückkehrte.

»Heute musst du nicht mir tanzen, Gottfried«, brummte sie schließlich, »aber ich mein das ernst mit dem Kurs, glaub mir. Wenn du dir nicht sehr bald einen Ruck gibst, meld ich mich mit jemand anderem an. Und du kannst dir denken, dass man seinem Kurspartner beim Tanzen recht nahe kommt – ob dir das so recht ist, wenn ich das mit einem anderen Mann als mit dir erlebe …?«

»Ja, ich hab's verstanden. Und wie schon gesagt: Sobald wir Zeit dazu haben …«

Inge winkte müde ab, und Froelich verstummte.

»Sollen wir heute schön essen gehen?«, schlug er vor, und es war ihm anzusehen, wie ihm schon allein bei dem Gedanken an ein leckeres Abendessen das Wasser im Mund zusammenlief.

»Können wir machen. Aber vielleicht nicht schon wieder ins Rosenhäusle, da waren wir zuletzt immer. Ist schön dort und schmeckt, aber ich hätte gern mal wieder etwas Abwechslung.«

»Da möchte ich heute auch nicht hin. Sanfftleben gibt sich dort schon wieder die Kante, und zwei Nachbarn wollen den nächsten Beutau-Stammtisch vorbesprechen – da wollten sie mich dabeihaben, ich war aber ganz froh, dass ich wegen der Probe absagen konnte. Und wenn ich denen jetzt doch wieder in die Arme laufe …« Er lachte. »Nein, etwas ruhiger und romantischer stelle ich mir unseren Abend schon vor.«

Inge hob die Augenbrauen, wirkte aber schon wieder etwas besänftigt.

»Was hältst du vom La Rocciosa?«

Sie hielt viel davon, und auf halbem Weg hinüber in die Esslinger Innenstadt hakte sie sich bei Froelich unter. Die Webergasse betraten sie schon voller Vorfreude, und als Wirt Felice ihnen mit wehendem Schurz quer durch den Gastraum entgegenstürzte und sie mit Umarmungen begrüßte, war selbst Inges schlechte Laune für diesen Abend verflogen.

Ein frischer Insalata Roma mit Thunfisch, hausgemachte Pappardelle mit Wildschweinhack und zwei ordentliche Portionen Tiramisu schmeichelten ihren Gaumen, zwei Flaschen Primitivo lösten die Stimmung, und nach dem Heimweg krönten sie ihren Abend zu zweit ausgiebig im Schlafzimmer.

Gelöst und ermattet schliefen sie schließlich ein, nur einmal schreckte Froelich hoch. Er hatte davon geträumt, Inge in einer nicht enden wollenden Kreiselbewegung um sich zu schleudern. Wie in einem Rausch hatte er sich immer schneller gedreht, und schließlich waren ihm Inges Hände entglitten und er hatte hilflos mit ansehen müssen, wie sie von ihm wegflog und vor seinen Augen in einem Strudel wirbelnder Bühnennebelwolken verschwand. Sein Herz raste noch Minuten später, dann endlich beruhigte er sich wieder und sah sich um. Inge schlief neben ihm, die Uhr zeigte halb vier an, die Stadt lag still in der Nacht, und irgendwann glitt Froelich zurück in einen unruhigen Schlaf.

Der Sonntag begann mit einem kleinen Streit. Inge hatte ihm einen Computerausdruck hingelegt, auf dem der »Tag der offenen Tür« einer Schorndorfer Tanzschule angepriesen wurde.

»Es gibt auch Schnittchen«, hatte sie noch gesagt und dabei auf seinen runden Wanst geschaut, höhnisch, wie er fand – und seine mürrische Erwiderung hatte sie nicht gut aufgenommen.

Keine Stunde später fiel die Haustür hinter ihr ins Schloss: Inge war auf dem Weg nach Schorndorf, allein. Froelich hatte sich einige lahme Ausreden zurechtgelegt, und Inge wollte keine von ihnen gelten lassen. Als mitten in ihrem Gespräch das Telefon geklingelt hatte, hatte Froelich abgehoben und ganz untröstlich getan, weil es offenbar ein geschäftliches Telefonat war. Inge hatte geschnaubt, die Jacke vom Haken genommen – und draußen war sie.

»Lorenzen hier«, drang eine tiefe Männerstimme aus dem Hörer. »Herr Froelich, wir … wir bräuchten Ihre Hilfe.«

Froelich erinnerte sich vage an den Namen, konnte ihm aber noch kein Gesicht zuordnen.

»Sie haben sich vor vier Jahren um die Bestattung meines Vaters gekümmert, Hilmar Lorenzen«, redete der Mann weiter, und nun fiel der Groschen: Ferdinand Lorenzen, den er am Apparat hatte, hatte seinen Vater nach der Rückkehr aus dem Karibikurlaub tot in der Wohnung aufgefunden. Die Trauerfeier war eine große Sache gewesen, die Sitzplätze hatten kaum ausgereicht. Lorenzen senior war bis zu seiner Pensionierung irgendein hohes Tier im Kultusministerium gewesen. Doch all das war nach Lorenzens nächsten Sätzen kein Thema mehr.

»Wir möchten Sie bitten, sich um die Bestattung unserer Tochter Laura zu kümmern. Sie ist in der Nacht von Freitag auf Samstag … gestorben, und … nun ja …

die Angelegenheit wird ein wenig kompliziert werden. Wir wissen noch nicht, wann die Polizei ihren Leichnam freigibt, und mir wäre es lieb, wenn Sie das alles für uns regeln könnten: den Kontakt mit der Kriminalpolizei in Waiblingen, den Termin für die Bestattung und so weiter. Meine Frau möchte am liebsten gar nichts mehr mit irgendetwas zu tun haben, und ich … ich werde vermutlich damit ausgelastet sein, ihr beizustehen.«

Froelich fiel ein, dass sich Lorenzen auch nach dem Tod seines Vaters sehr gewählt ausgedrückt hatte, aber seiner Stimme war anzuhören, dass er um Fassung rang. Froelich sagte sofort zu, den Auftrag zu übernehmen, versuchte, dabei nicht allzu euphorisch zu klingen, weil er aus dem Todeszeitpunkt und der Erwähnung der Kripo Waiblingen natürlich sofort einen Bezug zu Maigerles Mordfall herstellte. Schnell schob er ein paar in solchen Telefonaten bewährte Floskeln nach. Währenddessen kramte er in seiner Erinnerung und hatte schließlich das Bild einer sehr hübschen jungen Frau vor Augen: die gertenschlanke, damals neunzehnjährige Laura Lorenzen, wie sie schluchzend zwischen ihren Eltern stand und den Blick nicht vom Grab des Großvaters lösen konnte.

»Brauchen Sie denn noch was von uns?«, fragte Lorenzen.

»Wenn es Ihnen recht ist, komme ich nachher zu Ihnen und wir besprechen alles Nötige. Wann würde es denn passen?«

»Wir sind hier, und wir haben im Moment natürlich nichts anderes vor. Haben Sie unsere Adresse noch?«

»Ja. Dann bin ich in …« Froelich sah auf die Uhr. »… in einer Stunde bei Ihnen. Ist das in Ordnung?«

Froelich hörte nur noch ein unbestimmtes Brummen, dann wurde aufgelegt.

Die Fahrt zu Annerose und Ferdinand Lorenzen führte nur in den nächsten Esslinger Stadtteil Sulzgries und nahm kaum mehr als zwei Minuten in Anspruch. Froelich hatte sich hinter das Lenkrad der Ente gezwängt, und er musste mit seinem Gefährt nur in eine Abzweigung nach links und durch eine scharfe Rechtskurve schaukeln, bis er das gepflegte Haus am Raunswiesenweg erreicht hatte. Zwei hohe Bäume rahmten den Fußweg zur Haustür ein, der Garten war groß und geschmackvoll bepflanzt. Noch bevor Froelich die Klingel drücken konnte, wackelte am Küchenfenster die Gardine. Kurz darauf öffnete Ferdinand Lorenzen die Tür und bat ihn herein. Im Wohnzimmer saß eine kleine Frau mit verquollenen Augen am Couchtisch und rutschte umständlich ein wenig auf ihrem Platz nach vorn. Froelich trat zu ihr, gab ihr die Hand und legte die andere Hand auf ihren Arm.

»Behalten Sie bitte Platz, Frau Lorenzen«, sagte er und war in diesem Moment sehr froh darüber, dass er darin geübt war, einen beruhigenden Tonfall anzuschlagen, wenn es nötig wurde. Nicht umsonst hatte er vor dreizehn Jahren den »Bestatter Award« gewonnen. Er sah sich um: An einer Wand des Wohnzimmers hingen ebenfalls Auszeichnungen, es ging um irgendetwas mit Tanzen, und Laura, deren Name auf allen Urkunden stand, war wohl sehr gut gewesen in dem, was sie tat.

»Laura ist … war eine begnadete Tänzerin«, erklärte Ferdinand Lorenzen, der Froelichs Blick gefolgt war. »Ob

Standard oder Latein – sie hat so ziemlich alles gewonnen, was es zu gewinnen gab.«

»Ja«, sagte Froelich, dem im Moment nichts Besseres einfiel und der sofort an Inge denken musste, die sich jetzt gerade in Schorndorf zusätzlichen Appetit auf einen Tanzkurs holte, auf den er keine Lust hatte.

»Anfangs wollte sie sich sogar beruflich in diese Richtung orientieren«, redete Lauras Vater weiter, »aber das konnte ich ihr zum Glück ausreden.«

Lorenzen lachte kurz und freudlos.

»Immerhin konnte sie sich als Tanzlehrerin etwas fürs Studium dazuverdienen. Und ab und zu hatte sie auch noch Auftritte als Tänzerin, die mal mehr, mal weniger gut bezahlt waren. Mir war das nicht so recht, weil sie sich da meistens ziemlich zur Schau stellen musste – als ›Brasilianerin‹, gewissermaßen, im hautengen Glitzerkostüm. Na ja, und einen solchen Auftritt hatte sie auch am Freitagabend, bevor sie …«

Er brach mitten im Satz ab, seine Frau ließ ein ersticktes Schluchzen hören.

»Verstehe«, sagte Froelich, wandte sich von den Urkunden ab und setzte sich auf den Platz, den Lorenzen ihm zuwies. Es entstand eine kurze Pause.

»Haben Sie denn schon bestimmte Vorstellungen«, setzte Froelich schließlich an, »was die Art der Bestattung angeht?«

Er hangelte sich mit Ferdinand Laurenzen an den üblichen Details entlang, und irgendwann entschuldigte sich seine Frau und verließ das Wohnzimmer. Ihr Mann sah ihr nach, und als sie gehört hatten, wie sie draußen im Flur eine Tür hinter sich zuzog, räusperte er sich und sah Froelich lange und traurig an.

»Meine Frau ist natürlich sehr mitgenommen von der ganzen Geschichte«, sagte er, und es war ihm anzusehen, dass es auch ihm nicht besser ging, dass er sich nur besser im Griff hatte – jedenfalls im Augenblick noch. »Deshalb wäre ich Ihnen wirklich sehr dankbar, wenn Sie alles Notwendige direkt mit mir besprechen. Ich möchte ihr da möglichst viel abnehmen – und, ja: Auch ich möchte mich nur ums Allernötigste kümmern müssen.«

Er seufzte.

»Man sollte ja meinen, dass sich Eltern nichts aus der Hand nehmen lassen, wenn das einzige Kind stirbt, aber … ich weiß gar nicht, wie ich es ausdrücken soll … Als mein Vater starb, war ich froh um alles, was mich beschäftigt hielt. Das hilft einem, scheint's, durch die erste schwere Zeit, und man schaltet ein wenig auf Autopilot. Aber das mit Laura …«

Lorenzen schüttelte langsam den Kopf und stierte vor sich auf den Couchtisch. Dann hob er den Blick und schenkte Froelich ein eigentümliches Lächeln.

»Und um ehrlich zu sein, erhoffe ich mir von Ihnen nicht nur Hilfe für die Bestattung unserer Tochter.«

Froelich hob eine Augenbraue.

»Ich habe natürlich bemerkt, dass Sie den Tod meines Vaters nicht nur in Ihrer Eigenschaft als Bestatter interessant fanden. Verstehen Sie mich bitte nicht falsch: Sie haben Ihre Aufgabe sehr gut gemacht, mein Vater hatte für seinen letzten Weg einen sehr würdigen, einen sehr schönen Rahmen – dafür hatte ich mich damals ja auch schon bei Ihnen bedankt. Das wünschen meine Frau und ich uns selbstverständlich auch für Laura. Aber …«

Lorenzen räusperte sich, dann wurde sein Lächeln eine Spur wehmütiger.

»Aber Sie haben damals auch ein wenig recherchiert, was die Todesumstände meines Vaters anging.«

Froelich wurde etwas verlegen, aber Lorenzen winkte nur müde ab.

»Sie haben das diskret gemacht und sich dabei recht geschickt angestellt. Wenn ich nicht so einen guten Draht zu einigen alten Freunden meines Vaters hätte, wäre mir nichts aufgefallen. Aber manche von ihnen wunderten sich halt, dass der Bestatter dem Pfarrer zur Hand geht, indem er alte Weggefährten des Verstorbenen befragt, um Informationen für die Trauerrede einzuholen.«

Das war wirklich seine übliche Ausrede, wenn er seine Nase in Todesfälle steckte, die ihm eigenartig vorkamen. Und so, wie Lorenzen es beschrieb, wirkte die Ausrede ziemlich fadenscheinig. Froelich wand sich und setzte schon an, sich für seine damaligen Erkundigungen zu entschuldigen.

»Sie müssen sich nicht entschuldigen, Herr Froelich«, beruhigte Lorenzen ihn, als könnte er seine Gedanken lesen. »Im Gegenteil: Ich möchte Sie bitten, dass Sie sich auch für die Umstände des Todes unserer Tochter interessieren. Sie können meinetwegen auch diesmal behaupten, dass Sie Informationen für die Trauerrede sammeln. Sie können sich aber auch gern auf mich berufen und Ihren Gesprächspartnern erzählen, dass meine Frau und ich Sie beauftragt haben, uns auch über die Bestattung selbst hinaus alles Mögliche abzunehmen. Wenn Sie mögen, können Sie sogar sagen, dass wir Sie … nun ja … mit ›Ermittlungen‹ beauftragt haben, die die Arbeit der Polizei gewissermaßen vervollständigen sollen. Und wenn es Ihnen etwas nützt, bin ich auch gerne bereit, Ihnen eine entsprechende Vollmacht auszustellen. Mit der Polizei müssen Sie ja ohnehin in unserem Namen Kontakt aufnehmen – allein schon, um in Erfahrung zu bringen, wann Lauras … wann Lauras Leichnam zur Bestattung freigegeben wird.«

Froelich war sprachlos. Zum ersten Mal würde er sich nicht hinter Ausreden und falschen Behauptungen verstecken müssen, wenn er seine Recherchen anstellte. Und nicht nur die Angehörigen waren mit seinen »Ermittlungen« einverstanden, sie wollten ihn sogar beauftragen, für sie mit der Polizei Kontakt aufzunehmen.

»Das mach ich natürlich gern, aber sind Sie sicher, dass das auch Ihrer Frau recht ist?«

»Das muss Sie nicht kümmern. Im Moment würde ich Annerose nicht mit einem solchen Thema belasten wollen, aber dass sie ebenso wie ich an einer raschen und gründlichen Aufklärung interessiert ist, steht natürlich außer Frage.«

Froelich war noch etwas verwirrt, weil er üblicherweise ein Geheimnis aus seinen Nachforschungen machen musste – und Lorenzen verstand sein Zögern falsch.

»Selbstverständlich kommen wir für alle Kosten auf, die Ihnen durch Ihre Recherchen entstehen«, sagte er.

»Herr Lorenzen, ich bitte Sie!« Froelich war ehrlich empört. »Wenn Sie mir möglichst viel über Ihre Tochter erzählen und ich mich gegenüber Leuten, die ich befragen möchte, auf Sie beziehen darf, habe ich alles, was ich brauche.«

Damit war das Missverständnis ausgeräumt. Lorenzen sah nach seiner Frau, brühte Kaffee auf und erzählte Froelich anschließend von seiner Tochter: Laura Marie Lorenzen, dreiundzwanzig Jahre alt, für ein Studium der Bauingenieurswissenschaften an der Universität Stuttgart eingeschrieben und nebenbei als Tanzlehrerin tätig. Froelich notierte sich den Namen der Tanzschule Klehfink in

Schorndorf – genau die Tanzschule, die Inge mit ihm heute hatte besuchen wollen. Vielleicht würde er sich doch überwinden können, dort mit ihr einen Kurs zu besuchen …

Außerdem gab ihm Ferdinand Lorenzen Adresse und Telefonnummer der Frau, für die Laura gelegentlich als Bedienung und »brasilianische« Tänzerin gearbeitet hatte (Mercedes Häberle), den Namen eines Professors der Stuttgarter Uni, mit dem Laura sich wohl auch privat getroffen hatte (Dr. Thorsten Wellering), und eines Studienfreundes, der möglicherweise inzwischen ihr Exfreund war (Ben Fieling).

»Laura hat mit uns über alles gesprochen«, sagte Lorenzen. »Zumindest nehme ich an, dass es alles war. Jedenfalls war sie auch recht offen uns gegenüber, was ihre … nun ja … Beziehungen anging. Diesen Professor hat sie ein paar Mal erwähnt, und ich glaube herausgehört zu haben, dass sie ihn gelegentlich in seiner Wohnung nahe der Uni besucht hat. Ben dagegen war früher häufiger bei uns, hat sich aber in den vergangenen Wochen rar gemacht – ich habe Laura nicht konkret danach gefragt, aber ich glaube, die beiden waren nicht mehr so eng wie früher.«

Lorenzen stellte Froelich noch die versprochenen Vollmachten aus, unterschrieb den Auftrag für Lauras Bestattung und brachte seinen Gast bis zur Tür. Froelich sah ihn noch im Rückspiegel, bis das Haus aus seinem Blickfeld verschwand.

Inge war noch nicht aus Schorndorf zurück, und da er weder eine Ahnung hatte, wie lange sie fortbleiben würde, noch große Lust, unbestimmt lange auf sie zu warten, setzte sich Froelich erneut in die Ente und kurvte über den Schurwald nach Winterbach. Unter der Adresse von Mercedes Häberle fand er ein Mehrfamilienhaus vor, auf sein Klingeln hin öffnete niemand, also machte er sich auf den Weg ins Gewerbegebiet an der B29. Ferdinand Lorenzen hatte ihm auch die Adresse der Halle gegeben, hinter der seine Tochter am frühen Samstagmorgen tot aufgefunden worden war. Ein uniformierter Polizist stoppte ihn schon gut fünfzig Meter vor dem Gebäude.

»Hier können Sie nicht durch«, sagte er und wollte den ungebetenen Besucher genervt wegwedeln, aber Froelich drückte die Fahrertür auf und stieg aus.

»Gottfried Froelich«, stellte er sich vor. »Ich bin Bestatter, und ich habe gerade mit den Eltern von Laura gesprochen.«

Er nickte zu der Halle hinüber, um deutlich zu machen, dass er wusste, wer das Mordopfer war, aber der Polizist blinzelte nur irritiert und wusste sichtlich nicht, was er mit dem dicken Mann an seiner Absperrung anfangen sollte.

»Hier können Sie nicht durch«, wiederholte er deshalb nur. »Bitte steigen Sie wieder ein und fahren Sie Ihren Wagen weg.«

Froelich sah an ihm vorbei und bemerkte eine Limousine, die vor der Halle anhielt. Ein drahtiger Mann Ende vierzig stieg aus und hielt auf eine Gruppe Kriminaltechniker zu, die in ihren weißen Overalls auf dem Gehweg beisammenstanden und sich besprachen.

»Alex!«, rief Froelich in die Richtung des Endvierzigers, und noch einmal: »Alex!«, als der Mann nicht auf das erste Mal reagierte. Nun blieb der stehen, kniff die Augen zusammen, um zu erkennen, wer dort an der Absperrung stand und seinen Namen gerufen hatte. Kurz darauf entschuldigte er sich bei den Technikern und kam kopfschüttelnd auf Froelich zu.

»Gottfried, was machst du denn hier?«

Er gab Froelich die Hand und sah ihn tadelnd an.

»Übertreibst du es jetzt nicht ein bisschen mit deiner Schnüffelei?«

»Sie kennen den Mann?«, fragte der Uniformierte.

»Ja, aber er hat hier nichts zu suchen – das haben Sie schon richtig gemacht, Kollege.«

»Wie man's nimmt«, widersprach Froelich und zog die Vollmacht des Ehepaars Lorenzen hervor. »Diesmal ist es sogar ganz offiziell: Die Eltern der toten Laura wollen, dass ich die Polizei unterstütze, wenn ich kann.«

Maigerle lachte.

»So, so … gleich so offiziell ist es? Na dann …«

Der Uniformierte sah ihn fragend an.

»Jetzt mal im Ernst, Gottfried«, fuhr Maigerle fort, »und gerade du als Hobbydetektiv solltest das ja wissen: Wirklich offiziell ermitteln in einem Mordfall immer nur wir, die Polizei! Du kannst gern immer wieder mal nachfragen, wann die Leiche zur Bestattung freigegeben wird – oder ich kann den zuständigen Kollegen auch gern deine Telefonnummer geben, dann melden sie sich bei dir, wenn es so weit ist. Aber sonst hältst du dich bitte raus aus unseren Ermittlungen, ja?«

»Aber …«

»Kein ›aber‹, Gottfried, bitte!«

»Ich …«

»Haben wir uns verstanden?«

Froelich musterte Maigerle. Seine Miene blieb unverändert ernst, aber in den Augen seines Freundes funkelte es verdächtig. Also widersprach er nicht mehr, sondern nickte nur.

»Gut«, sagte Maigerle. »Du hast es verstanden.« Er wandte sich zu dem Kollegen: »Er hat's verstanden.«

Dann fasste er Froelich an die Schulter und bugsierte ihn etwas von der Absperrung weg.

»Ich wollte noch etwas anderes mit dir besprechen, Gottfried«, sagte er, solange der Uniformierte ihn noch hören konnte. Und als sie weit genug weg waren: »Spinnst du eigentlich? Hier so mit der Tür ins Haus zu fallen?«

»Lauras Eltern haben mich beauftragt, mich um die Bestattung ihrer Tochter zu kümmern. Das war nicht meine Idee, ehrlich nicht. Die Lorenzens waren schon vor ein paar Jahren meine Kunden, sie waren offenbar zufrieden – und …«

Er grinste und zuckte mit den Schultern.

»Lauras Vater hat damals wohl mitbekommen, dass ich mich manchmal um mehr kümmere als nur um Sarg, Blumenschmuck und Posaunenchor. Er hat mich wirklich gebeten, mich ein bisschen umzuhören und umzuschauen, um vielleicht noch etwas zu Lauras Tod herauszufinden, das euch helfen könnte.«

Maigerle schüttelte amüsiert den Kopf.

»Mensch, Gottfried, du bist schon eine Marke. Und deine Kunden manchmal auch. Glaubt Herr Lorenzen denn, dass wir das nicht auch allein hinbekommen? Na, egal – meinetwegen kannst du deine Nase hineinstecken, wo du möchtest, aber das sollten meine Kollegen halt nicht mitbekommen. Nicht der in der Uniform dort vorn, und schon gar nicht meine direkten Vorgesetzten Schneider und Ernst. Haben wir uns da verstanden?«

»Klar und deutlich.«

»Und falls du was herausfindest, will ich es sofort wissen. Sofort, ist das klar?«

»Jawoll!«, schmetterte Froelich und legte spöttisch grinsend zwei Finger an die rechte Schläfe, als würde er salutieren.

Der Uniformierte sah zu ihnen her, sein Gesicht war ein einziges Fragezeichen.

»Depp!«, zischte Maigerle seinem Freund zu, dann boxte er ihn spielerisch in die Seite und wandte sich ab.

»Ach, Alex …«, rief ihm Froelich hinterher.

Der blieb stehen und drehte sich halb zu ihm um.

»Weißt du, wo diese Mercedes Häberle gerade ist, für die Laura am Freitagabend noch getanzt und bedient hat? Bei ihr daheim macht niemand auf.«

Maigerle machte den Mund auf und wieder zu, schüttelte noch einmal den Kopf und drohte Froelich in gespieltem Ernst mit dem erhobenen Zeigefinger. Dann ging er davon.

Auch im zweiten Anlauf reagierte niemand auf Froelichs Klingeln, also musste das Gespräch mit Mercedes Häberle wohl noch etwas warten. Er überflog seine Notizen. Den Professor wollte er lieber am nächsten Tag an der Uni abpassen, dort konnte er im selben Aufwasch vielleicht auch gleich Lauras Freund oder Exfreund Ben erwischen – und in die Tanzschule Klehfink traute er sich nicht, obwohl er die Adresse in Schorndorf in ein paar Minuten hätte erreichen können. Was, wenn Inge noch dort war und er ihr über den Weg lief – während er schon wieder Ermittlungen anstellte, wie sie es an ihm nicht leiden konnte? Ihr gegenüber würden alle Vollmachten der Familie Lorenzen nichts nützen, darauf konnte er sich verlassen.

Eine Zeitlang stand er noch unschlüssig neben der Ente, dann schlich sich ein pfiffiges Lächeln auf sein Gesicht. Wollte Inge nicht ohnehin mit ihm einen Tanzkurs besuchen? Und wenn ihr Besuch in Schorndorf zufriedenstellend verlaufen war, wäre dann nicht ohnehin die Tanzschule Klehfink ihre erste Wahl? Er quetschte sich auf den Fahrersitz und machte sich auf den Rückweg nach Hause. Nun sah er dem Moment, in dem Inge ihn erneut auf einen Tanzkurs ansprechen würde, schon viel entspannter entgegen.

Und die Zeit bis dahin vertrieb er sich mit Sanfftleben. Der greise Kollege passte ihn im Hof des Bestattungsinstituts ab, als er die Ente aufs Grundstück rollen hörte. Und weil es im Moment zwar kühl, aber recht sonnig war, ließ sich Froelich von ihm überreden, sich ein Gläschen Spätburgunder und einen Kanten Käse im Hof unter freiem Himmel schmecken zu lassen. Sanfftleben hatte schon vor längerer Zeit einen ausgedienten Eichensargdeckel auf zwei Holzböcke gelegt und nun diente die stabile Kombination dem alten Bestatter als berufstypische Sitzgelegenheit – er hatte Froelich hoch und heilig versprochen, das niemals zu tun, wenn Kundschaft in Sichtweite war.

Jetzt aber war niemand zu sehen, und die Sargdeckelbank stand in einer Ecke des Hofs, die man von der Straße aus nicht einsehen konnte. Also setzten sich die beiden Männer und platzierten Käsebrett, Weinflasche und zwei Gläser zwischen sich auf das massive Holz. Froelich wollte am liebsten sofort von dem Mord an der jungen Laura in Winterbach erzählen, aber Sanfftleben war in etwas rührseliger Stimmung, und so ließ er dem greisen

Kollegen den Vortritt. Natürlich trieb diesen nach wie vor der Tod seines alten Freundes Horst Riemle um. Einerseits fieberte er dessen Begräbnis entgegen und der damit verbundenen Möglichkeit, seine Jugendliebe Magda wiederzusehen – und andererseits hatte er genau vor dieser Begegnung einen Heidenbammel. Zwei Viertele lang schilderte Sanfftleben seine Gedanken, Hoffnungen und Befürchtungen. Dann schnitt er sich ein ordentliches Stück Käse ab und musterte Froelich.

»Tut mir ja leid, dass ich Sie so lange habe zappeln lassen. Dass Sie ganz dringend etwas loswerden müssen, ist ja nicht zu übersehen. Schießen Sie los!«

Damit schob er den Käse in den Mund und wartete kauend darauf, dass Froelich begann. Der ließ sich auch nicht lange bitten, berichtete von dem Mord in Winterbach und davon, dass die Eltern des Mordopfers ihn nicht nur mit der Organisation der Bestattung beauftragt, sondern ihn auch gebeten hatten, unter der Hand Nachforschungen zum Tod von Laura anzustellen.

»Das gefällt Ihnen, was?«, merkte Sanfftleben mit einem meckernden Lachen an und goss ihnen beiden nach. »Und was sagt Ihre Inge dazu?«

»Das ist der Haken an der Sache«, gab Froelich zu. »Inge hat mein Faible für Kriminalfälle ja noch nie gemocht, aber inzwischen … Ich glaube, wenn ich diesmal nicht sehr aufpasse, macht sie mir richtig Ärger.«

»Tja, dann passen Sie halt auf – denn die Finger von Ihren ›Ermittlungen‹ lassen, das werden Sie ja eh nicht können.«

Froelich zuckte mit den Schultern und grinste.

»Ich hab auch schon eine Idee, wie ich sie etwas versöhnen kann.«

Sanfftleben hob die Augenbrauen.

»Inge will unbedingt einen Tanzkurs mit mir machen«, fuhr Froelich fort. »Sie hat auch schon eine bestimmte Tanzschule im Auge, dort ist sie gerade – die haben heute Tag der offenen Tür. Ich schau mal, wie es ihr dort gefallen hat, und wenn ihr die Tanzschule gefällt, dann gehe ich mit ihr dorthin.«

»Sie – und tanzen?« Sanfftleben lachte schallend. »Ich stell mir das recht … sagen wir: besonders vor. Sie haben ja nicht unbedingt die typische Figur eines Eintänzers. Haben Sie denn schon etwas Erfahrung mit Walzer und diesem ganzen Kram?«

»Über Stehblues bin ich, ehrlich gesagt, nie hinausgekommen. Aber ich werde mich bemühen.«

»Das will ich auch für Inge hoffen. Wenn Sie ihr auf die Füße treten – das ist bei Ihrem Gewicht keine kleine Sache!«

Er lachte wieder, erhob sich und deutete eine galante Verbeugung an.

»Darf ich bitten?«, schnarrte er. »Wir können ja gleich ein bisschen üben. Ich seh zwar nicht so aus, aber in meiner Jugend war ich gar nicht mal so ungeschickt auf dem Tanzparkett.«

»Nein, nein«, wehrte Froelich ab und fiel in das Lachen des Kollegen ein. »Das lassen wir lieber! Wenn uns da einer beobachtet, muss ich den Spott des ganzen Beutaustammtisches noch jahrelang aushalten. Außerdem muss ich Sie ja nicht versöhnen, oder? Und freiwillig werde ich ganz sicher nicht tanzen.«

Sanfftleben nahm wieder Platz, und die beiden beschränkten sich aufs Sitzen und Schwatzen, auf Spätburgunder und Käse, bis Inge in ihrem kleinen Flitzer auf den Hof rollte. Sie war recht guter Laune, stellte sich sogar auf ein kurzes Schwätzchen zu den beiden Bestattern und nippte einmal an Froelichs Glas.

Froelich hatte überlegt, ob er Sanfftleben auch noch erzählen sollte, dass Laura als Tanzlehrerin in ebenjener Tanzschule gejobbt hatte, für die sich Inge interessierte – aber dann ließ er es einstweilen bleiben, und er folgte Inge nach oben, um ihr Gelegenheit zu geben, von der Tanzschule zu schwärmen und ihn noch einmal auf einen gemeinsamen Kurs anzusprechen. Doch an diesem Sonntag schnitt Inge das Thema nicht mehr an. Irgendwann verschwand sie ganz kurz in Froelichs Büro. Als er später spickelte, lag – wie erwartet und ein bisschen wie erhofft – tatsächlich ein Werbeflyer der Tanzschule Klehfink auf seinem Schreibtisch.

Für den Rest des Tages ging es in ihren Gesprächen um Unverfängliches. Gegen Abend kochten sie gemeinsam, und als sich Froelich, als Inges Lieblingskrimi im Fernseher lief, sogar dazu überwand, sich neben sie aufs Sofa zu fläzen, wirkte sie sehr zufrieden. Froelich verkniff sich jeden Kommentar, als im Film ein Bestatter alles falsch machte, was er nur falsch machen konnte; und nachdem er Inge ein Viertele Primitivo eingeschenkt hatte, bedankte sie sich mit einem strahlenden Lächeln und lehnte sich sanft gegen ihn. Als die Kommissare ihren haarsträubenden Fall um drei viertel zehn endlich gelöst hatten, schnarchte Inge leise an seiner Seite, und Froelich ließ sie schlafen, bis auch die anschließende Talkshow überstanden war.

Eine lehrreiche Vorlesung

Gleich am Morgen nahm Froelich die Flyer der Tanzschule Klehfink zur Hand, den Inge auf seinen Schreibtisch gelegt hatte. Was für ein schöner Zufall, dachte er. Ein Zufall, den er sich zunutze machen wollte. Er wählte die Nummer, die auf dem Flyer abgedruckt war, aber es hob niemand ab – stattdessen nannte ihm eine Bandansage die Öffnungszeiten. Froelich schaute auf die Uhr. Bis er die Klehfinks erreichen und sich und Inge zu einem Tanzkurs anmelden konnte, war noch etwas Zeit. Er schaute im Internet nach den Kurszeiten, und tatsächlich wurde am heutigen Abend ein Standardkurs für Einsteiger angeboten – mit etwas Glück würde er sich noch heute ganz unauffällig im Umfeld der nebenberuflichen Tanzlehrerin Laura Lorenzen umschauen und umhören können.

Mit einem breiten Lächeln steckte er den Flyer der Tanzschule ein und rief im Internet die Homepage der Stuttgarter Universität auf. Versuchsweise gab er Thorsten Wellerings Namen in das Suchfeld auf der Startseite ein, und wirklich landete er sofort auf einer Seite mit dessen Lebenslauf und Kontaktdaten. Froelich wählte die angegebene Telefonnummer und bat Wellering, der gleich abnahm, um ein persönliches Treffen, möglichst noch heute. Erst erkundigte sich Wellering ganz kühl, worum es denn gehe – doch als Froelich erwähnte, dass er mit ihm über eine seiner Studentinnen reden wolle, als er Lauras Namen nannte und darauf beharrte, dass er ihm alles Weitere nur im direkten Gespräch sagen könne, war am anderen Ende der Leitung erst nichts und dann ein langes Räuspern zu hören.

»Gut«, sagte Wellering dann, und seine Stimme klang heiserer als zuvor, »kommen Sie. Aber wir treffen uns nicht an der Uni, sondern in einem Café ein Stück entfernt.« Er nannte ihm den Namen und die Adresse. »Ich hab nachher noch Vorlesung, aber gleich danach könnte ich kommen. Schaffen Sie es bis halb zwei?«

»Kein Problem.«

»Gut, dann bis nachher.«

Wellering legte sofort auf, und Froelich beschloss, sich Lauras mutmaßlichen Liebhaber schon vorher anzusehen, falls er herausfinden konnte, wo dessen Vorlesung stattfand. Auf den Fluren der Universität wuselte es nur so vor jungen Leuten, die ganz genau zu wissen schienen, wohin sie so eilig wollten. Einige von ihnen hielt Froelich an und fragte sie nach Wellerings Vorlesung.

»Sie wollen zur Vorlesung?«, fragte schließlich eine besonders schneidige junge Frau im Businesskostüm und hob eine ihrer sorgfältig gezupften Augenbrauen, während es um ihre Mundwinkel verdächtig zuckte. »Na gut, ich bring Sie hin. Aber schleichen Sie sich bloß leise rein – Wellering mag es gar nicht, wenn jemand zu spät zu seinen Vorträgen kommt.«

Tatsächlich bedachte ihn der Mann, der vorne dozierte, mit einem strafenden Blick, als sich Froelich in den Raum schlich und ganz hinten einen freien Platz suchte. Doch dann konzentrierte der Dozent sich wieder auf seine Ausführungen. Von einigen Studenten abgesehen, die gelangweilt auf ihren Plätzen lümmelten, schienen ihm alle im Raum aufmerksam zuzuhören. Froelich versuchte es auch, verstand aber nicht ansatzweise, worum es ging.

Dr.-Ing. Thorsten Wellering gehörte dem Institut für Geotechnik an, und seine Vorlesungen befassten sich mit

»Ingenieurgeologie« – das alles hatte Froelich dem Vorlesungsverzeichnis entnehmen können, das er auf der Uni-Homepage gefunden hatte. Doch leider war dort nicht erklärt, worum es sich dabei handelte.

Wellering jedenfalls schien sich in seinem Metier auszukennen. Er redete druckreif und mit voller, angenehmer Stimme. Mit seiner schlanken Figur und den grauen Haaren erinnerte er ihn an einen bekannten deutschen Schauspieler, dessen Name Froelich aber im Moment nicht einfiel. Eloquent trat der Mann auf jeden Fall auf, er schien an Publikum gewöhnt, und wenn er zwischendurch über einen seiner eingestreuten Scherze schmunzelte und sich dabei der Bereich um Mund und Augen in kleine Falten legte, konnte sich Froelich schon vorstellen, dass das der einen oder anderen Studentin mit einem Faible für reifere Gentlemen gefiel.

Schließlich beendete er den Vortrag, und seine Zuhörer strömten zu den Ausgängen. Froelich erhob sich und ging nach vorn. Er erreichte Wellering kurz vor einem blassen Studenten, der sich brav hinter ihm anstellte und sich geduldig auf eine Wartezeit einrichtete.

»So«, knurrte Wellering, ohne von seinen Unterlagen aufzusehen, die er gerade in die Tasche packte. »Sie sind Herr Froelich, nehme ich an.«

»Ja. Wie kommen Sie drauf?«

Wellering schloss seine Tasche, klemmte sie sich unter den linken Arm und sah Froelich ungnädig an.

»Sie entsprechen in Alter und Aufmachung nicht ganz meinen Studenten. Außerdem kenne ich inzwischen die meisten, die meine Vorlesungen in diesem Semester besuchen. Und Sie wären mir sicher aufgefallen.«

Wellering hatte keinen unfreundlichen Ton angeschlagen, aber er wirkte etwas hochnäsig, und natürlich nahm er in Kauf, dass er Froelich mit seiner Bemerkung vor den Kopf stieß. Vermutlich war er angefressen, weil sich Froelich nicht an den vorgeschlagenen Treffpunkt gehalten hatte, und weil er sich mit seinem Besucher ganz sicher nicht im Vorlesungssaal über eine Studentin unterhalten wollte, mit der er ein Verhältnis hatte.

»Ich war etwas früher dran«, schwindelte Froelich, »da dachte ich mir: Hör dir doch kurz an, wie Dr. Wellering seine Vorlesungen hält und …«

»Schon gut. Haben Sie denn ein Wort von dem verstanden, was ich vorgetragen habe?«

»Nein«, gab Froelich grinsend zu. »Ich bin Bestatter von Beruf, das scheint mir doch recht weit von Ihrem Fach entfernt zu sein.«

Wellerings Blick wurde unstet, aber er hatte sich gleich wieder im Griff.

»Sie sind Bestatter?«

»Ja.«

»Und Sie wollen mit mir über Laura reden?«

Froelich nickte. Wellering wirkte nun ehrlich erschrocken, da erst fiel sein Blick auf den Studenten, der bisher hinter Froelich geduldig gewartet hatte, bis er an der Reihe war. Und Froelich war es, als würde er dabei noch ein bisschen mehr erschrecken.

»Laura?«, fragte der blasse Bursche nun dazwischen. »Sprechen Sie von Laura Lorenzen?«

Froelich drehte sich zu ihm um. Der Student war sehr schlank, fast hager, ein recht hübscher Junge, wenn man sich nicht an Pickeln und einem sehr deutlich hervorstehenden Adamsapfel störte. Er starrte Froelich an, als wollte er ihm die Antwort auf seine Frage per Hypnose entreißen. Dann blinzelte er, räusperte sich und streckte Froelich die Hand hin.

»Entschuldigen Sie bitte, ich hab mich noch gar nicht vorgestellt: Ben Fieling, ich … äh … bin … Lauras Freund.«

Um Wellerings Mundwinkel spielte ein abschätziger Zug, aber nur einen Moment lang, dann schaute der Dozent wieder so beherrscht drein wie zuvor.

»Vielleicht können wir jetzt wirklich mal gehen, Herr Froelich«, drängte Wellering und nickte zum Ausgang. »Und Sie, Ben, entschuldigen uns bitte – das hat doch sicher alles noch Zeit bis zur nächsten Vorlesung, oder?«

Die Frage war rhetorisch gemeint, und Wellering wandte sich auch schon zum Gehen. Doch Fieling ließ sich nicht so einfach abschütteln.

»Was ist mit Laura?«, fragte er Froelich, als wäre Wellering gar nicht anwesend.

»Lauras Eltern haben mir von Ihnen erzählt, Herr Fieling. Sie waren wohl auch häufiger bei ihrer Familie in Esslingen …«

Fieling nickte eifrig und ließ Froelich nicht aus den Augen.

»Es tut mir leid, aber … Laura …«

Wellering war wieder stehengeblieben und hielt seinen Blick ebenfalls unverwandt auf Froelich gerichtet. Es war ihm anzusehen, wie wenig es ihm behagte, nicht selbst im Mittelpunkt der Unterhaltung zu stehen.

»Laura ist etwas zugestoßen«, sagte Froelich und trat einen Schritt zur Seite, um beide Männer gleichzeitig mustern zu können.

Fieling wurde noch blasser, als er eh schon war; Wellering wirkte nervöser als zuvor.

»Laura ist in der Nacht auf Samstag ums Leben gekommen.«

Er ließ eine kleine Pause. Fieling schluckte und murmelte etwas Unverständliches, Wellering räusperte sich, warf dem anderen einen kurzen Seitenblick zu, dann schaute er betreten zu Boden.

»Ihre Eltern haben mich mit der Bestattung beauftragt«, fuhr Froelich fort. »Und weil sie sich selbst dazu nicht in der Lage sehen, haben sie mich gebeten, mit allen zu reden, die Laura nahestanden. Teils, um ihnen die traurige Nachricht zu überbringen – teils, um mehr über Laura zu erfahren, damit ich dem Pfarrer für seine Trauerrede etwas sagen und auch das den Eltern abnehmen kann.«

Froelich versuchte es mit einer Mischung aus der bewährten Ausrede und einer Halbwahrheit – doch beiden Männern hätte er in diesem Moment auch sonst was auftischen können, ohne dass es ihnen seltsam vorgekommen wäre.

»Laura ist … tot?«, stammelte Fieling.

Wellering hob den Blick wieder, und dann war es Froelich, als würde dem Dozenten erst jetzt einfallen, dass er in dieser Situation durchaus mehr Anteilnahme zeigen könnte. Er räusperte sich erneut und kratzte sich an der Nase.

»Was … was ist passiert?«, brachte er schließlich hervor.

Froelich überlegte, ob Wellering wirklich nicht sonderlich berührt war von der Nachricht oder ob er nur eine unbeteiligt wirkende Fassade aufrechterhalten wollte, um sich wegen der heimlichen Affäre nicht zu komprimittieren. Da fiel ihm ein weiterer Student auf, den er bisher nicht bemerkt hatte. Er war etwas kleiner, vielleicht einssiebzig, und von leicht gedrungener Statur. Sein akkurat geschnittenes Haar hatte er mit Gel in eine modische Form gebracht, aber sein zwischen den drei Männern hin und her huschender Blick verriet neben Neugier vor allem Unsicherheit. Wellering schaute in dieselbe Richtung wie Froelich, und er hob die Augenbrauen.

»Hanno, kann ich Ihnen helfen?«, fragte er in einem Tonfall, der einem Rauswurf erster Klasse sehr nahe kam.

»Ich habe gerade zufällig mit angehört, dass Sie sich über Laura unterhalten«, sagte er und trat zu ihnen. »Sie haben doch über Laura Lorenzen gesprochen?«

Froelich nickte und sah ihn gespannt an.

»Und dann habe ich aufgeschnappt, dass Herr Dr. Wellering eben etwas sagte, das klang wie ›Was ist passiert?‹ – nun mache ich mir natürlich Sorgen um Laura. Ach, übrigens: Hanno Kaschmann ist mein Name. Ich bin im selben Kurs wie Laura und Ben, und ich wollte Ben im Flur abpassen, damit wir zusammen mittagessen gehen.«

Ben Fieling wirkte überrascht, sagte aber nichts.

»Sie machen sich Sorgen – ›natürlich‹?«, echote Wellering und fixierte den Studenten.

Und wirklich wich Kaschmann ein bisschen zurück und war etwas eingeschüchtert, aber er dachte trotzdem nicht daran, das Feld zu räumen. Sein Interesse an Lauras Schicksal musste groß sein.

»Sind Sie denn eng befreundet mit Laura?«, fragte Froelich.

»Oje, da müssen Sie Laura fragen. Aber ich mag sie sehr gern, ja, das ist allerdings keine Kunst.«

Kaschmanns Seitenblick auf Wellering fiel sehr kurz aus, aber Froelich bemerkte ihn trotzdem.

»Laura«, redete er schnell weiter, als ihm auffiel, dass der Dicke ihn beobachtete, »ist einfach eine sehr Nette, immer freundlich, und … na ja, hübsch ist sie auch noch.«

Er lächelte unsicher. Wellering schaute ihn finster an; Fieling sah aus, als würde er vor Eifersucht fast platzen. Kaschmann fühlte sich sichtlich unwohl. Er trat von einem Bein auf das andere, aber seine Neugier war größer.

»Was ist denn nun mit Laura?«

»Es tut mir leid, aber …«, sagte Froelich und zögerte die Antwort noch einen Moment hinaus. »Ihre Kommilitonin ist tot.«

»Wieso tot?«

»Das weiß ich noch nicht genau. Im Moment ermittelt die Kripo, es handelt sich wohl um ein Verbrechen.«

»Ein … Verbrechen?«, stammelte Kaschmann und sah erst zu Fieling und dann, deutlich länger, zu Wellering hin.

»Gut, Herr Froelich«, meldete sich nach einer kurzen Pause der Dozent zu Wort. »Wenn Sie noch mit mir reden wollen, dann gehen wir jetzt. Ansonsten können diese beiden jungen Herren Ihnen sicher auch weiterhelfen.«

Kaschmann stöberte mit seinen Fingern in den Taschen seiner Hose und in der Brusttasche des Hemds herum, bis er eine etwas zerknitterte, selbstgedruckte Visitenkarte gefunden hatte.

»Hier«, sagte er und gab Froelich die Karte, »Sie können mich jederzeit anrufen, wenn ich Ihnen irgendwie helfen kann. Und Sie sind von der Polizei?«

»Nein, ich bin Bestatter.«

»Ah-ha …«

Kaschmann war verdattert, und Wellering nutzte die Gelegenheit, sich an ihm vorbei zur Tür zu schieben. Er ließ die anderen einfach stehen. Froelich verabschiedete sich von den beiden Studenten, kündigte an, sich in Kürze bei ihnen zu melden, und eilte dem Dozenten hinterher.

Wellering war besser in Form als er, und so holte er ihn erst kurz vor dem Hauptausgang wieder ein.

»Sind Sie irre?«, zischte Wellering ihm zu, als sich Froelich etwas kurzatmig neben ihm hielt. Er verlangsamte dabei seine Schritte nicht, trat in den kalten Dezembermittag hinaus und zog den Mantel enger um sich. »Ich nehme an, Lauras Eltern haben Ihnen erzählt, dass ihre Tochter eine Affäre mit ihrem Professor hat – und sie haben Ihnen vermutlich auch erzählt, wie wenig sie davon halten. Und wie viel lieber es ihnen wäre, wenn Laura doch wieder mit dem netten Ben zusammen wäre. Stimmt's? Ich habe mich auf ein Treffen mit Ihnen nur eingelassen, weil ich verhindern wollte, dass es da übles Gerede gibt. Es ist nicht gern gesehen an der Uni, wenn sich ein Dozent mit einer Studentin einlässt – das können Sie sich vielleicht denken. Und dann plauschen wir da gemütlich mit Lauras Exfreund Ben Fieling und diesem Kaschmann, der offenbar gern ihr Freund gewesen wäre … also echt!«

Kopfschüttelnd behielt er sein Tempo bei, und wenig später hatten sie das Café erreicht, in dem sich Wellering eigentlich mit ihm hatte treffen wollen. Schon ein flüchtiger Blick machte klar, warum die Wahl auf dieses Lokal gefallen war: Das Publikum war im gehobenen Alter; in plüschigem Ambiente bestellten Best-Ager Käsekuchen und Filterkaffee. Nirgendwo waren Studenten oder Hipster zu sehen.

»So«, sagte Wellering, als die Bedienung ihnen Cappuccino und Kuchen gebracht hatte. »Laura ist tot, sie ist wohl einem Verbrechen zum Opfer gefallen – und was genau wollten Sie als Bestatter dazu mit mir bereden? Ich nehme an, Lauras Eltern wollen mich nicht wegen des Begräbnisses um Ratschläge bitten, oder?«

Froelich riss nacheinander zwei Papierchen auf, ließ den Zucker in seine Tasse rieseln und rührte um. Kurz bevor Wellering die Geduld zu verlieren schien, legte er den Löffel beiseite.

»Die Nachricht von Lauras Tod scheint Sie nicht allzu sehr zu berühren«, sagte er.

Wellerings Augen verengten sich zu Schlitzen.

»So?«, knurrte er. »Haben Sie diesen Eindruck?«

Froelich nickte und nippte an seinem Kaffee. Wellering schnaubte, lehnte sich auf seinem Stuhl zurück und verschränkte die Arme vor der Brust.

»Vielleicht bin ich ja nur daran gewöhnt, meine Gefühle nicht vor mir herzutragen? Vielleicht mache ich so etwas allein mit mir aus und behellige nicht meine Umgebung damit?«

Er fixierte Froelich eine Weile, doch sein Gegenüber hielt dem Blick stand. Schließlich nahm Wellering die Arme wieder herunter, beugte sich nach vorn und stieß die Gabel in sein Kuchenstück.

»Wie hätten Sie als Bestatter es denn gern, dass jemand auf diese Nachricht reagiert?«, brachte er zwischen zwei Bissen hervor.

Froelich zuckte mit den Schultern.

»Das hält jeder anders, aber man spürt doch meistens Bestürzung oder Trauer, manchmal auch Wut und Verzweiflung – Sie machen auf mich dagegen einen eher kühlen Eindruck.«

Wellering kaute weiter.

»Ich hoffe, Sie nehmen mir meine offenen Worte nicht übel«, fügte Froelich dann noch hinzu.

»Nein, keine Sorge. Ich kann austeilen, also kann ich auch einstecken. Und ewig drum herumzureden kostet nur unnötig Zeit.«

Wellering trank etwas Cappuccino, dann lehnte er sich wieder zurück.

»Außerdem«, sagte er nach einer kurzen Pause, »haben Laura und ich Schluss gemacht.«

Froelich stutzte.

»Ging das von Ihnen aus oder von ihr?«

Die Frage war ihm so rausgerutscht, und er wollte sich schon dafür entschuldigen, aber Wellering schien nichts dabei zu finden, ihm zu antworten.

»Teils, teils. Erst hatte sie mir eine Art Ultimatum gestellt, dann wollte ich nicht mehr.«

»Was für ein Ultimatum?«

»Der Klassiker: Sie wollte schon länger, dass ich mich von meiner Frau trenne. Und sie wollte, dass wir uns nicht mehr heimlich treffen. Beides kam für mich aber nicht infrage. Und als die Frist, die sie mir gesetzt hatte, abgelaufen war, habe ich einfach mal gewartet, was nun passieren würde. Plötzlich wollte Laura alles nicht so gemeint haben, und sie heulte rum und bekniete mich und war auch wieder einverstanden damit, dass alles so bleibt, wie es ist – wenn ich mich nur weiter mit ihr treffen würde.«

»Wann war das Ultimatum, wie Sie es nennen, abgelaufen?«

»Am vergangenen Dienstag. Aber am Mittwoch hat sie mich auf dem Handy angerufen und mich fast angebettelt, dass wir uns wieder treffen.«

»Und – haben Sie sich getroffen?«

»Ja, wie immer. Ich bin in die Wohnung, ein paar Minuten später hat sie geklingelt, und ich hab sie reingelassen.«

»Und Ihre Frau war nicht da? Oder wohnen Sie getrennt?«

Wellering verzog das Gesicht.

»Wir wohnen im Stuttgarter Westen, aber ich habe von einer Tante vor einigen Jahren eine kleine Wohnung in Cannstatt geerbt. Ziemlich alt und einfach, aber ideal für solche Treffen.«

Froelich deutete die Formulierung so, als würde Wellering dort nicht nur mit Laura zusammenkommen, aber für den Moment schien ihm das nicht wichtig.

»Kam das Thema, über das Sie sich gestritten haben, noch einmal zur Sprache?«

»Wir hatten uns nicht gestritten. Laura hat versucht, mich zu etwas zu zwingen, das ich nicht wollte – und das hat natürlich nicht geklappt. Unser Treffen am Mittwoch war aber wie immer. So, als wäre nie etwas gewesen.«

»Und haben Sie Laura seither noch einmal gesehen?«

Wellering zögerte.

»Ich erkundige mich hier natürlich nur privat«, schob Froelich nach, »aber ich kenne Leute bei der Kripo, die in Lauras Fall ermitteln. Sie dürfen also davon ausgehen, dass ich mich auf dem Laufenden halten kann.«

»Und dass Sie Ihren Freunden bei der Polizei alles schön weitererzählen, was Sie von mir erfahren …«

»Gibt es Details, bei denen das ein Problem wäre?«

Wellering trank vom Cappuccino und schien danach sehr interessiert zuzuschauen, wie sich der Rest Milchschaum auf dem Kaffee drehte. Froelich wartete ruhig, bis er den Blick wieder hob.

»Am Freitagvormittag kam Laura zu mir. Ich habe ein kleines Büro an der Uni, das ich mit einem Kollegen teile, der aber nur montags bis mittwochs im Haus ist. Laura weiß natürlich, dass ich für den Rest der Woche dort allein bin – also ist sie zu mir ins Zimmer geschlüpft und … Nun ja, ich wollte sie noch stoppen, aber Laura ist eine verdammt attraktive junge Frau, und ich bin auch nur ein Mann. Aber dann wurde sie lauter als sonst, und als ich sie … als ich sie bat, doch etwas leiser zu sein, hörte sie zwar wieder damit auf. Aber hinterher raunte sie mir auf eine sehr seltsame Art zu, dass sie jederzeit wieder so laut werden könne. Dazu lächelte sie, es wirkte eher durchtrieben, und ich hatte das Gefühl, dass sie sich eine neue Strategie zurechtgelegt hatte, um doch noch ihr Ziel zu erreichen. Da habe ich Schluss gemacht mit ihr und habe sie rausgeworfen.«

»Sie wissen schon, dass Sie sich damit verdächtig machen?«

»Verdächtig? Sie meinen, Laura ermordet zu haben? War's denn Mord? Wie auch immer, ich hatte Sex mit ihr, und ich nehme an, das wird bei der Obduktion auch festgestellt werden – wenn ich es Ihnen also nicht erzählt hätte, würde mich das nur noch verdächtiger machen, richtig?«

»Und die beiden Studenten von vorhin … Wissen Sie, wie nahe sie Laura waren oder noch waren? Sie meinten ja, Ben Fieling sei nicht mehr mit ihr zusammen.«

»Ja, den hat sie zum Teufel gejagt, als das mit uns etwas fester wurde. Ich habe ihr, als sie es mir erzählte, gut zugeredet, dass sie das nicht tun müsse – schließlich sei ich ja auch noch verheiratet und das mit uns … na ja, damals haben wir uns wirklich gestritten, weil es Laura mir übel nahm, wie ich unsere … Affäre beschrieb. Andererseits hat es mir natürlich auch geschmeichelt, dass sie sozusagen für mich mit diesem Jungen Schluss gemacht hatte.«

»Und Kaschmann?«

»Meines Wissens schwärmt er nur für Laura, aber er hat bei ihr keine Chancen, soweit ich das einschätzen kann.« Er unterbrach sich, und nun huschte doch für einen Augenblick ein Schatten über sein Gesicht. »Er *hatte* keine Chancen, wollte ich natürlich sagen.«

Hanno Kaschmann hatte sich durchaus Mühe gegeben, sich noch rechtzeitig in den Zugang zu einem kleinen Laden zu drücken, doch Froelich hatte ihn schon von Weitem warten und in seine Richtung schauen sehen. Nun wirkte es etwas albern, wie der junge Mann die Auslagen des Wäschegeschäfts ganz besonders interessiert musterte. Froelich blieb direkt hinter ihm stehen und wartete. Kurz darauf drehte sich Kaschmann wie zufällig um und tat sehr überrascht.

»Sie sind mir gefolgt?«, fragte Froelich ohne Umschweife, und als der andere zu einer empörten Erwiderung ansetzte, winkte er nur ab. »Ich will meine Frage anders stellen: Warum sind Sie mir gefolgt? Oder hatten Sie eher Ihren Professor im Blick?«

Kaschmann warf einen kurzen Blick an Froelich vorbei. In einiger Entfernung war Wellering zu sehen, wie er in zügigem Schritt in Richtung Stuttgarter Westen davonging.

»Haben Sie ein Problem mit ihm?«

»Nur wegen Laura«, brachte Kaschmann nach einer Weile hervor. »Er behandelt sie nicht so, wie man eine Frau wie Laura behandeln sollte.«

»Und woher wissen Sie, wie er sie behandelt … oder behandelt hat?«

»Wenn man erst mal weiß, dass die beiden was miteinander haben, kann man viel aus Gesten und Blicken herauslesen, wissen Sie?«

»Ach, und Sie haben die beiden beobachtet?«

»Beobachtet? Wie das klingt! Ich habe Wellerings Vorlesungen besucht, wie Laura auch. Da bleibt es nicht aus, dass man das eine oder andere mitbekommt.«

»Sicher nur, wenn man sich dafür interessiert. Sie haben sich für Laura interessiert – waren Sie befreundet?«

»Ja, schon«, sagte Kaschmann lahm.

»Aber nicht so eng, wie Sie es gern gehabt hätten, stimmt's?«

Kaschmann senkte den Blick und zuckte mit den Schultern.

»Wie … wie ist sie denn gestorben?«, fragte er nach einer Weile.

»Das weiß ich selbst noch nicht so genau«, sagte Froelich. »Die Polizei lässt noch nichts raus – ›Täterwissen‹ nennen die das.«

Kaschmann nickte bedächtig.

»Sie, Ben Fieling und Laura – haben Sie gelegentlich gemeinsam etwas unternommen?«

»Nein, haben wir nicht. Ben war ja mit Laura zusammen, da habe ich mich natürlich zurückgehalten.«

»Weil Sie und Ben befreundet sind?«

Kaschmann blinzelte irritiert.

»Äh, das gehört sich halt nicht, finde ich. Man spannt niemandem die Freundin aus, auch wenn ich …«

Er verstummte und eine leichte Röte überzog sein Gesicht.

»Auch wenn Sie …?«, ermunterte Froelich ihn, seinen Satz zu vollenden, aber der junge Mann dachte nicht daran. »Hat sich das geändert, als Laura mit Ben Schluss gemacht hat?«

»Ich … ich hab das nicht sofort mitbekommen, leider. Und als Ben es mir erzählt hat, wollte ich Laura ansprechen, aber sie hatte nur Wellering im Kopf. Wissen Sie, dass sie mit Ben Schluss gemacht hat, weil ihr dieser alte Kerl etwas vorgemacht und ihr vorgespielt hat, dass er seine Frau für sie verlassen will? Widerlich ist das, oder? Und so verlogen! Ich weiß echt nicht, was Laura an diesem Typen gefunden hat. Hochnäsig ist der und völlig von sich eingenommen. Hält sich für den Tollsten überhaupt, nur weil ihm ab und zu eine Studentin schöntut, um bessere Noten zu bekommen. Pah!«

Kaschmann hatte sich regelrecht in Rage geredet.

»Laura wollte Ihrer Meinung nach nur bessere Noten von Wellering?«, hakte Froelich nach, als der andere in stummer Wut vor sich hin brütete.

»Nein, Laura doch nicht! Sie hielt das wirklich für Liebe – deshalb bin ich ja so wütend auf Wellering! Weil er ihr was vorgemacht hat, weil er sie auf diese Weise betrogen hat. Nein, Laura wollte keine besseren Noten von ihm – aber die anderen, zumindest einige von ihnen.«

»Welche anderen?«

Kaschmann zählte drei weibliche Vornamen auf, die Froelich aber allesamt nichts sagten.

»Und das sind nur die aus unserem Jahrgang, von denen ich weiß«, fügte er hinzu. »Wellering ist ein Hurenbock, und er nutzt seine Position meiner Meinung nach schamlos aus. Was da donnerstags und freitags in seinem kleinen Büro abgeht, können Sie sich nicht vorstellen!«

»Und woher wissen Sie davon?«

»Unter uns Studenten ist das kein Geheimnis. Mal gibt es Gerüchte, mal erwischt man eine seiner früheren Liebschaften weinend auf dem Weg zum Klo, und wenn ich mal eine in sein Büro schleichen sehe, kommt die verdächtig lange nicht wieder heraus.«

»Das heißt, Sie warten in diesen Fällen vor der Tür, bis die Studentin wieder rauskommt?«

Kaschmann sah ihn überrascht an. Offenbar hatte er nicht darüber nachgedacht, wie seine Erzählung wirken musste.

»Ich … äh … nein, natürlich nicht.«

»Weiß die Leitung der Uni davon oder wissen es die Kollegen von Wellering?«

»Kann ich mir nicht vorstellen. Da würde er sicher Schwierigkeiten bekommen, so etwas ist hier eigentlich nicht gern gesehen.«

»Das heißt, diese Studentinnen könnten Wellering auch damit erpressen, dass sie ihm drohen, die Leitung der Uni zu informieren?«

»Könnten sie wohl, ja. Aber solange er sie nach einem Besuch im Büro besser benotet, hat ja jeder was davon. Win-win, Sie verstehen?«

»Aber wenn alle Studenten mehr oder weniger darüber Bescheid wissen – ist noch niemand zur Leitung gegangen, zum Beispiel wenn er sich selbst von Wellering benachteiligt fühlte?«

»Nicht, das ich wüsste.«

»Und Sie?«

»Wie – ich?«

»Na, Sie haben das doch offenbar genau beobachtet –«

»Zufällig hab ich das mitbekommen, rein zufällig.«

»Meinetwegen. Aber Sie können Wellering nicht leiden – warum sind Sie nicht zum Rektorat gegangen und haben ihn angeschwärzt? Ich meine: Wellering hätte Ärger bekommen, womöglich hätte er die Uni verlassen müssen – und Sie hätten damit Laura vor ihm gerettet. Oder zumindest Ihre eigenen Chancen bei ihr erhöht.«

Kaschmann starrte Froelich finster an.

»So einer bin ich nicht!«, zischte er.

»Haben Sie denn wenigstens Laura davon erzählt?«

»Die hätte mir doch kein Wort geglaubt! So vernarrt, wie die in Wellering war!«

»Hm«, machte Froelich und setzte ein betrübtes Gesicht auf. »Sie wussten also, dass Ihr Dozent seine Freundin betrügt, Sie litten darunter – aber Sie unternahmen nichts, um Laura aus dieser blöden Situation herauszuhelfen? Ich weiß nicht recht, aber wenn ich Laura so gemocht hätte wie Sie … einen Versuch hätte ich zumindest unternommen.«

Jetzt sah Kaschmann wirklich etwas bedröppelt drein. Er mochte nicht der Hellste sein, aber offenbar hatte ihn Froelich mit seinem Schuss ins Blaue zum Nachdenken gebracht.

»Ben hab ich's natürlich erzählt.«

»Vorher sagten Sie noch, dass es eh fast alle Studenten wissen – aber Ben hat davon nichts mitbekommen?«

»Da hab ich ein bisschen übertrieben. Es wissen nur eine Handvoll Studenten von Wellerings Treiben. Wie ich vorhin schon andeutete: Man muss da schon etwas genauer hinschauen, und die Mädchen hängen das ja gewöhnlich auch nicht an die große Glocke.«

»Aber Sie haben es mitbekommen.«

»Ja. Und als Ben mir anvertraute, dass Laura mit ihm Schluss gemacht hat, hab ich's ihm erzählt. Er hat sich fürchterlich aufgeregt, den Wellering hatte er ja schon zuvor auf dem Kieker – und nach unserem Gespräch … Na ja, insgeheim habe ich gehofft, dass er mit Laura spricht und ihr das alles erzählt. Ich weiß aber nicht, ob er das gemacht hat.«

»Wann hat Ihnen Ben denn erzählt, dass Laura nicht mehr mit ihm zusammen ist?«

Kaschmann zuckte mit den Schultern.

»Kann ich gar nicht so genau sagen. Das muss irgendwann in diesem Herbst gewesen sein. Ben ging es ein paar Tage lang richtig scheiße. Besonders gut geht es ihm ja auch heute noch nicht, aber man arrangiert sich halt, nicht wahr?«

»Damit kenne ich mich nicht aus«, versetzte Froelich. »Lauras Eltern haben erzählt, dass Ben früher häufiger bei ihnen war, aber inzwischen seit einiger Zeit nicht mehr.«

»Verständlich, oder? Wobei Ben mit Lauras Eltern, soweit ich weiß, sehr gut klarkam. Die mochten ihn. Und die Lorenzens wohnen ja auch sehr schön, mit dem tollen Garten und so.«

»Waren Sie mal dort?«

»Ich …« Kaschmann stutzte und dachte kurz nach. »Ja, ich hab das Haus mal gesehen.«

»Haben Sie Laura besucht oder ihre Eltern?«

»Weder noch. Ich bin da nur so zufällig vorbeigekommen, auf der Durchfahrt.«

Froelich überlegte, wohin man auf der Durchfahrt sein musste, um in einer kleinen Straße in dem doch eher abgelegenen Esslinger Stadtteil Sulzgries vorbeizukommen. Es fiel ihm nichts Passendes ein, und als er sich zu dem Gedanken, dass Kaschmann seine heimliche Liebe offenbar ein wenig gestalkt hatte, ein leichtes, etwas spöttisches Lächeln nicht verkneifen konnte, wurde der Student erst verlegen – und dann wütend.

»Was unterstellen Sie mir hier eigentlich, Herr Froelich? Ich bekomme zufällig mit, was in Wellerings Büro abgeht, und ich komme zufällig an Lauras Elternhaus vorbei – denken Sie etwa, ich hätte Laura heimlich nachgestellt?«

Als Froelich schwieg, brauste Kaschmann auf. Er holte tief Luft, sah einen Moment aus, als wollte er seinem dicken Gegenüber an die Gurgel, dann winkte er nur ab, machte »Pah!« und stolzierte mit durchgedrücktem Rücken davon.

Ein bisschen angst und bange war es Froelich geworden, als Kaschmann so wütend reagiert hatte. Deshalb blieb er noch einige Minuten lang vor dem Wäschegeschäft stehen, um sich zu beruhigen. Als er zwischendurch die Auslage betrachtete und sein Blick langsam über einige besonders raffinierte Dessous schweifte, bemerkte er aus den Augenwinkeln, wie ihn eine ältere Dame missbilligend ansah und irgendetwas Unverständliches vor sich hin murmelte.

Er sah auf die Uhr. Inzwischen hatte die Bürozeit der Tanzschule Klehfink begonnen. Er rief an, erreichte Frau Klehfink persönlich, und fast sang sie die gute Nachricht ins Telefon, dass er ungemeines Glück habe, dass es gerade im heutigen Kurs noch zwei freie Plätze gab. Froelich musste schmunzeln, aber er meldete sich und Inge an.

»Das Anmeldeformular können Sie ja heute Abend noch ausfüllen«, sagte Hanna Klehfink, »aber wenn Sie mir kurz Ihre Adresse durchgeben, kann ich schon alles für Sie vorbereiten.«

Er gab alles bereitwillig durch und nannte schließlich aus Gewohnheit auch seine Festnetznummer.

»Die hätte ich nicht gebraucht, Herr Froelich – ich seh ja Ihre Handynummer auf dem Display.«

»Falls Sie mich zurückrufen wollen, wäre mir das Handy ohnehin lieber – mit unserer Anmeldung will ich meine Freundin überraschen.«

»Ach, wie süß«, hauchte Frau Klehfink noch, dann trennte er das Gespräch und wählte die nächste Nummer.

Ben Fieling hatte auf Froelichs Anruf offenbar gewartet. Er nahm das Gespräch schon nach dem ersten Klingeln entgegen, und er war sofort bereit, sich mit ihm zu treffen. Er befand sich mittlerweile in der WG, die er sich in Zuffenhausen mit drei anderen Studenten teilte, und er schlug Froelich die dortige Küche als Treffpunkt vor.

»Die anderen sind nicht da und kommen erst gegen Abend wieder«, sagte Fieling und gab Froelich die Adresse durch.

Mit der Ente war die Wohnung schnell erreicht, und zu seiner eigenen Überraschung fand er ganz in der Nähe einen freien Parkplatz. Fieling drückte unmittelbar nach seinem Klingeln auf den Türöffner – er hatte seinen Gast schon vom Fenster aus herankommen sehen. Etwas länger dauerte es, bis sich Froelich die drei Stockwerke hinaufgequält hatte. Zur ersten Etage kam er noch vergleichsweise flott, aber danach fiel ihm jeder Schritt schwerer, und bald hörte er das Knarren der ausgetretenen Holzstufen nicht mehr, weil sein eigenes schweres Schnaufen alles übertönte.

»Alles gut, Herr Froelich?«, erkundigte sich Fieling etwas besorgt, als der massige Mann die Treppe hinter sich gebracht hatte.

Froelich sagte nichts, nickte nur und stützte sich schwer mit einer Hand an der Wand ab. Einige Augenblicke wartete er ab, dann richtete er sich vollends auf und winkte geschlaucht ab.

»Geht schon, danke.«

»Hier rein, bitte«, sagte Fieling und ging in die Wohnung voraus.

Im schmalen Flur roch es nach schmutziger Wäsche und altem Essen, aber Froelich musste seine Lungen wohl oder übel mit der abgestandenen Mischung vollpumpen, um nach der anstrengenden Kraxelei endlich wieder einen ruhigeren Puls zu bekommen. Sie kamen an einer Tür vorbei, die halb offen stand und die Sicht auf ein Badezimmer freigab, in dem sich an allen erdenklichen Stellen Schmutzwäsche türmte. Fieling war Froelichs Blick gefolgt und zuckte entschuldigend mit den Schultern.

»Die Waschmaschine ist kaputt«, erklärte er. »Mein Mitbewohner Jens hat die anderen überredet, dass wir sie noch einmal reparieren, anstatt uns eine teure neue anzuschaffen. Er wollte sich schon vor ein paar Tagen drum kümmern – ich fürchte allerdings, dass er keine Ahnung von Waschmaschinen hat, sondern nur eine große Klappe.«

Fieling zuckte noch einmal mit den Schultern und führte seinen Besucher in die Küche. Ein hoher, gemütlicher Raum mit einfacher, aber zweckmäßiger Einrichtung. Statt einer Spülmaschine konnte Froelich in einem geräumigen Holzregal und natürlich überall auf der Spüle große Mengen benutzter Teller und Töpfe sehen.

»Mit Spülen ist diese Woche Max dran – leider scheint er ausgerechnet in dieser Woche wahnsinnig viel anderes zu tun zu haben … Immerhin, die Kaffeemaschine ist sauber und funktioniert. Was darf ich Ihnen anbieten? Cappuccino? Latte? Espresso? Normalen Kaffee?«

Froelich sah die Milchschachtel geöffnet neben der Maschine stehen. Sie war mit einem stumpfen Messer recht wüst aufgesäbelt worden, und die Schnittfläche war mit eingetrockneter Milch verklebt.

»Ein Espresso wäre schön«, sagte er deshalb nur und prüfte kurz die Stühle, die um den großen Holztisch standen. Ein etwas altmodisches Modell mit Lederpolster machte den stabilsten Eindruck auf ihn, und er setzte sich vorsichtig. Fieling kam mit zwei kleinen Tassen an den Tisch und setzte sich Froelich gegenüber.

»Zucker?«, fragte er und deutete auf ein kleines Porzellantöpfchen, in dem außer einigen Zuckerstückchen in Herz- und Rautenform auch ein paar undefinierbare Krümel und eine tote Fliege lagen. Froelich lehnte dankend ab. Schweigend nippten sie an ihrem Kaffee, schweigend tranken sie ihn aus, und schweigend stellten sie ihre Tassen auf den Untertassen ab. Dann sah Fieling seinen Gast eine kleine Weile lang nachdenklich an, bevor er das Gespräch eröffnete.

»Danke, dass Sie sich die Mühe gemacht haben, mir von Lauras Tod zu erzählen. Ihre Eltern müssen Ihnen sehr vertrauen, wenn sie Ihnen das alles überlassen.«

»Lauras Mutter nimmt die ganze Sache ziemlich mit, und ihr Mann möchte sich um sie kümmern können. Mit mir als Bestatter haben sie schon einmal gute Erfahrungen gemacht – ich nehme an, da lag das nahe.«

»Feine Leute, Lauras Eltern«, murmelte Fieling. Er stand auf, ließ sich noch einen Espresso in die Tasse laufen und füllte für Froelich eine neue. »Lauras Vater ist allerdings längst nicht so stark, wie er alle glauben lassen möchte.«

»Auf mich hat er einen sehr beherrschten Eindruck gemacht, aber natürlich macht auch ihm der Tod seiner Tochter sehr zu schaffen.«

»Natürlich.«

Fieling versank wieder für einen Moment in brütendes Schweigen.

»Mit welchen Gefühlen haben Sie denn zuletzt an Laura gedacht?«, fragte Froelich.

Fieling sah ihn verwirrt an.

»Na, sie hat Schluss gemacht mit Ihnen, hat Sie für Wellering verlassen – da könnten Sie zuletzt auch wütend auf sie gewesen sein.«

»Hätte ich sein können, stimmt, aber … Wissen Sie, das mit Laura war für mich wie ein Sechser im Lotto. Ich hatte sie nach einer Vorlesung angesprochen, hatte mir eigentlich gar keine Chancen ausgerechnet bei einem so schönen Mädchen wie ihr – aber sie fand mich irgendwie witzig. Wir sind dann ein paar Mal zusammen weggegangen, und bald waren wir so vertraut miteinander … Ich habe das vorher nie mit einer anderen so erlebt, und als sie mich das erste Mal zu ihren Eltern mitgenommen hat, war das ja auch ein Statement. Ich meine, man stellt schließlich nicht jede Gelegenheitsbekanntschaft den Eltern vor, oder?«

Froelich tat ihm den Gefallen und nickte.

»Es war so schön mit ihr, und dann hat sie sich mit Wellering eingelassen …«

Fieling schüttelte den Kopf, als könnte er es immer noch nicht fassen.

»Und Hanno Kaschmann hat Ihnen erzählt, dass Laura nicht die Einzige war, die er in seinem Büro oder anderswo traf?«

»Ja, hat er. Das hat mich übrigens gewundert, denn so dicke sind wir beiden eigentlich nicht miteinander. Erinnern Sie sich noch, dass er heute Vormittag in der Uni behauptet hat, er habe mich zum Mittagessen abholen wollen?«

»Ja.«

»Wir sind bisher noch nicht ein einziges Mal miteinander mittagessen gegangen. Ich weiß gar nicht, wieso er das behauptet hat.«

»Und warum haben Sie dann gerade ihm erzählt, dass Laura Sie wegen ihrer … Affäre mit Wellering verlassen hat?«

»Was? Hat er Ihnen das gesagt?«

»Ja, ich habe ihn vorhin in der Stadt getroffen.«

»Quatsch! Warum sollte ich mit Hanno über so etwas reden? Wie gesagt – wir sind nicht so besonders dicke miteinander.«

Froelich glaubte Fieling, fragte sich aber zugleich, woher Kaschmann dann wusste, wie es um Lauras Liebesleben stand. Also war sein Verdacht mit dem kleinen Stalker doch nicht so falsch gewesen …

»Ist ja auch egal«, fuhr Fieling fort. »Und was wird jetzt mit Laura? Ich meine: Wann wird es eine Trauerfeier geben oder eine Beerdigung?«

»Erst muss die Polizei ihren Leichnam freigeben, vorher lässt sich da gar nichts planen. Aber erfahrungsgemäß sollte das in einigen Tagen der Fall sein. Möchten Sie zur Bestattung kommen?«

»Natürlich!« Die Antwort kam wie aus der Pistole geschossen, dann räusperte er sich. »Aber nur, wenn Lauras Eltern nichts dagegen haben.«

»Ich hatte den Eindruck, Lauras Vater hätte es lieber gesehen, wenn Laura und Sie ein Paar geblieben wären.«

Fieling nickte, er wirkte ein wenig erleichtert.

»Und ich gebe Ihnen natürlich Bescheid, sobald ich mehr weiß«, fügte Froelich hinzu.

»Danke.«

»Wann haben Sie Laura eigentlich zum letzten Mal gesehen?«

Fielings Augen schimmerten feucht, und er wandte sich einen Moment lang ab, bevor er antwortete.

»Am Freitag«, murmelte er.

»So kurz vor ihrem Tod?«

Fieling seufzte, dann nickte er.

»An der Uni?«

Jetzt schüttelte Fieling langsam den Kopf.

»Ich dachte, sie sei an diesem Freitag nicht in der Stadt. Sie hatte einen Job für den Abend angenommen, und an der Uni ist sie mir nicht begegnet.«

Froelich wartete, dass Fieling weiterredete, aber der stierte nur in seine Espressotasse.

»Möchten Sie mir erzählen, wann und wo Sie sie gesehen haben?«, fragte er schließlich.

Fieling räusperte sich und schaute zum Fenster hinaus.

»Und aus welchem Grund«, sagte Froelich dann noch und wartete.

»Es ist jetzt zwei Monate und vier Tage her, dass Laura mit mir Schluss gemacht hat.« Er warf einen kurzen Blick auf die Wanduhr. »Fast jedenfalls, heute Abend kurz nach sechs sind die vier Tage voll. Ich hatte mich damals so auf ein Wochenende mit Laura gefreut. Ich wollte sie mit einer kleinen Reise überraschen, die ich vorbereitet hatte ... an den Bodensee wollte ich mit ihr, zwei Übernachtungen in Konstanz hatte ich schon gebucht, und am Montag wären wir gerade noch pünktlich zur ersten Vorlesung wieder in Stuttgart gewesen.«

Er schluckte, die Erinnerung machte ihm offensichtlich zu schaffen.

»Erst hat sie sich meinen Vorschlag angehört, übers Wochenende ins Blaue zu fahren – ich wollte ihr da noch nichts von Konstanz verraten. Aber anstatt sich zu freuen, hat sie nur gesagt, dass sie nicht das ganze Wochenende wegfahren könne. Sie habe noch was anderes vor, und als ich keine Ruhe gegeben habe, hat sie mir von Wellering erzählt. Das hat mir echt die Beine weggezogen – ich hatte ja keine Ahnung gehabt, und als sie mir dann noch sagte, dass das mit Wellering schon eine ganze Weile gehe, musste ich erst einmal allein sein. Ich bin rausgestürmt – wir hatten uns in einem Szenecafé direkt bei der Uni getroffen – und draußen wie in Trance herummarschiert. Ich weiß noch, dass es nach ein paar Minuten angefangen hat zu regnen, und als ich irgendwann wieder vor dem Café stand, lief mir das Wasser in Strömen am Körper runter. Meine Haare waren klitschnass, meine Kleider auch – aber ich hab das gar nicht so richtig bemerkt. Ich bin wieder rein ins Café, hab nicht auf die entsetzten Blicke der Bedienung geachtet, die beobachtete, wie sich um meine Schuhe regelrechte Pfützen auf dem Boden bildeten. Laura saß noch da wie zuvor. Sie sah mich kommen, stand auf, und noch bevor ich irgendetwas zu ihr hätte sagen können, meinte sie nur: ›Lass gut sein, Ben, das war's. Ich bin jetzt mit Thorsten zusammen, und zwar nur mit ihm. Das mit uns ist vorbei. Mach's gut!‹«

Er lachte freudlos.

»›Mach's gut!‹ – so hat sie das wirklich beendet. Sie ist raus, kein Wort mehr zu mir, und ich stand mitten in diesem Café, unter mir die Regenpfütze und um mich herum Leute von der Uni, die mich anstarrten – manche mitleidig, manche feixten, anderen schien es peinlich zu sein, die Szene miterlebt zu haben. Die Bedienung hat mich dann sanft rausgedrängt aus dem Laden. Wie ich nach Hause gekommen bin, weiß ich gar nicht mehr. Das Nächste, an was ich mich erinnern kann, ist Max, wie er mir Kaffee macht und sich schweigend zu mir an den Tisch setzt. Hier an diesen Küchentisch.«

Fieling tippte mit dem Zeigefinger auf die Tischplatte.

»Und seither leiden Sie wie ein Hund daran, dass Sie Laura zwar regelmäßig an der Uni sehen, aber nicht mehr mit ihr zusammen sind – und dass Sie sogar noch ertragen müssen, dass Wellering, Lauras Neuer, Ihnen sagt, was Sie zu lernen haben. Er sitzt also gewissermaßen sowohl privat als auch beruflich bei Ihnen am längeren Hebel.«

»Hm«, machte Fieling. »Kann man vermutlich so sehen, ja.«

»Und Sie haben das anders gesehen?«

»Was weiß ich … Ja, ich leide noch immer wie ein Hund. Ich zähle die Tage, seit Laura mit mir Schluss gemacht hat. Und ich habe am Freitag all meinen Mut zusammengenommen, um noch einmal mit Laura zu reden.«

»An der Uni ist sie Ihnen nicht begegnet, haben Sie gesagt. Sind Sie zu ihr nach Hause gefahren?«

»Nein, ich wollte mit ihr reden, ohne dass ihre Eltern das mitbekommen.«

»Wo haben Sie sie also getroffen?«

»In Winterbach. Dort sollte sie bei einer Brasilienparty bedienen und zwischendurch tanzen. Ich wusste von früheren Jobs dieser Art, wann sie sich dort normalerweise einfand, damit sie auch ja rechtzeitig mit allen Vorbereitungen fertig wurde. Ich hab also gewartet. Die Party sollte in einer derzeit ziemlich angesagten Location stattfinden, so eine Art Blockhaus in Hallengröße.«

»Kenn ich«, warf Froelich ein.

»Hinter dem Gebäude gibt es einen Parkplatz, auf dem die Mitarbeiter ihre Autos abstellen. Dort habe ich auf Laura gewartet. Sie kam viel später, als ich es sonst von ihr kannte, und sie wirkte etwas … na ja … erhitzt.«

Fieling wand sich.

»Ich bin aus meinem Wagen ausgestiegen und habe sie auf halbem Weg zwischen ihrem Auto und dem Hintereingang zur Halle erwartet. Sie hat mich nicht gleich bemerkt, und als sie wie vom Donner gerührt stehenblieb, nachdem sie erkannt hatte, wer da auf sie wartet, wusste ich schon, dass das Gespräch nicht gut laufen würde. Sie stürmte wütend auf mich zu, beschimpfte mich gleich, und dann verspottete sie mich auch noch und erzählte mir ungefragt, dass sie direkt aus Wellerings Büro komme, wo sie mit ihm geschlafen habe.«

Er verzog das Gesicht.

»Das war nicht ganz das, was ich mir von dem Treffen versprochen hatte, wie Sie sich denken können. Laura hat mich dann noch zur Seite geschubst, ist die Treppe zum Hintereingang hinaufgefedert – und weg war sie.«

Fieling seufzte.

»Ich hatte mir so viel zurechtgelegt, hatte über jeden Satz, den ich sagen wollte, lange und gründlich nachgedacht, und dann stand ich da wie ein begossener Pudel in diesem Scheißhinterhof und war nicht ein einziges meiner Argumente losgeworden.«

»Und dann?«

»Eine Zeitlang stand ich einfach nur da. Dann bin ich ins Auto gestiegen und weggefahren.«

»Was haben Sie an diesem Tag noch gemacht?«

»Ich bin hierhergefahren und habe mich in meinem Zimmer verkrochen. Und gegen halb elf am Abend bin ich noch einmal raus.«

»Allein, vermutlich.«

»Ja, allein. Meine Mitbewohner waren alle da, von denen wollte aber keiner mit – es war mir auch anzusehen, dass ich nicht besonders guter Laune war. Also bin ich in die City und habe mich in den Kneipen um den Hans-im-Glück-Brunnen volllaufen lassen.«

»Haben Sie dort jemanden getroffen?«

»Nein, zumindest niemanden, den ich kannte. Dazu hatte ich auch keine Lust, wie Sie sich vielleicht denken können.«

»Und wann sind Sie wieder nach Hause gegangen?«

»So genau weiß ich das nicht mehr. Ich hatte jedenfalls schon einiges intus. Warum fragen Sie?«

»Sie wurden von Laura vor den Kopf gestoßen, waren völlig am Boden zerstört und betranken sich in der Nacht von Freitag auf Samstag, ohne dass das jemand bezeugen könnte.«

»Bezeugen? Wieso sollte das jemand bezeugen müssen?«

»In dieser Nacht ist Laura getötet worden. Recht spät in dieser Nacht. Und genau in dem Hinterhof, in dem sie Sie zuvor heruntergeputzt hatte.«

Ben Fieling war blass geworden, sagte aber nichts mehr.

Auf der Fahrt aus der Stadt heraus hatte Froelich Glück. Der Berufsverkehr war heute offenbar etwas später dran, und er kam ohne größere Staus bis ans Neckarufer. Weil er noch Zeit hatte, fädelte er sich nach dem Gaskessel auf die B14 ein, zuckelte mit der Ente zum Kappelbergtunnel hinauf und hielt sich bei Waiblingen auf der B29, die das Remstal hinaufführte. Bei Grunbach ballte sich der Verkehr dann doch, aber als er in Winterbach von der Bundesstraße abfuhr, waren nur ein Transporter und eine Mercedes-Limousine mit Oldtimer-Kennzeichen vor ihm auf der Ausfahrt unterwegs. Der weißhaarige Fahrer der Limousine würgte seinen Wagen am nächsten Kreisverkehr ab, kam danach nur ruckelnd wieder vom Fleck und hinterließ eine beißende Abgaswolke. Doch den Rest des Weges bis zu Mercedes Häberles Wohnung brachte Froelich ohne weitere Zwischenfälle hinter sich.

Vor dem Mehrfamilienhaus standen jetzt zwei schwere Motorräder, die links und rechts des Weges zur Haustür aufgebockt waren. Froelich klingelte, und auch dieses Mal öffnete erst niemand. Doch auf einem Balkon im zweiten Stock bemerkte er eine Bewegung. Dort war die Glastür geöffnet worden, und ein bulliger Mann mit Lederjacke beugte sich über das Geländer und schaute finster zu ihm herunter. Er wollte dem Mann schon etwas zurufen, weil er vermutete, dass der Balkon zu Mercedes Häberles Wohnung gehörte und der Mann vielleicht ein Freund von ihr war, als der Bullige auch schon zwei Finger in den Mund steckte und laut pfiff. Noch bevor Froelich verstand, was das sollte, bog bereits ein weiterer Typ mit Lederjacke um die Ecke und baute sich bedrohlich vor ihm auf.

»So, du Knödel«, knurrte der Mann. »Und von welchem Drecksblatt bist du jetzt?«

»Wie? Was?«

Froelich verstand nicht, was der Typ von ihm wollte. Und die Situation war sehr unangenehm. Froelich war mit seinen Einsachtzig nicht klein, aber der andere überragte ihn locker um einen Kopf. Und während Froelichs Körper vor allem um Bauch und Hüfte herum ausladend war, spannte sich bei dem Hünen die Jacke an Brust und Oberarmen um eindrucksvolle Muskelpakete.

»Jetzt red schon, du Fettsack!«, blaffte ihn der Mann an. »Sonst zeig ich dir mal, was ich unter einer Schlagzeile verstehe!«

»Was wollen Sie von mir? Glauben Sie, ich bin Reporter? Ich bin nicht von der Presse, ich bin Bestatter. Gottfried Froelich ist mein Name, und ich möchte gern mit Frau Häberle reden. Lauras Eltern haben mich beauftragt, mich um alles zu kümmern, was mit dem Tod ihrer Tochter zu tun hat.«

Froelich hatte schnell gesprochen, weil er Angst hatte, eine der mächtigen Fäuste des Hünen abzubekommen, bevor er hätte erklären können, dass ihn sein Gegenüber falsch einschätzte. Der wiederum schien mit überraschenden Wendungen nicht allzu gut klarzukommen. Und so ließ er gleichzeitig seinen imposanten Brustkorb anschwellen und ballte die Fäuste, während sich auf seinem unrasierten Gesicht allmählich Nachdenklichkeit abzeichnete. Froelich trat langsam einen Schritt zurück, für den Fall, dass die Fäuste nicht auf das Ende des Nachdenkens warten würden – doch dann blinzelte der Muskelprotz ein paar Mal irritiert, wandte sich von Froelich ab und schaute zum Balkon hinauf.

»Das ist keiner von der Zeitung«, rief er dem anderen zu. »Der ist Bestatter und will mit Mercedes reden. Was machen wir?«

Auch auf dem Balkon wurde nun nachgedacht.

»Okay, soll raufkommen«, ließ sich der obere Ledermann schließlich hören. Dann ging er hinein, der andere eskortierte Froelich zur Haustür, und schon summte der Türöffner.

Die zwei Etagen fielen ihm nicht nur leichter als die steileren Treppen hinauf zu Ben Fielings WG, sondern oben empfing ihn auch frischere Luft. Der Biker, der hier offenbar den Hut auf hatte, geleitete ihn überraschend galant in ein lichtes Wohnzimmer, eingerichtet mit hellen Holzmöbeln und aufgeräumt, geputzt und gut gelüftet. In einem Polstersessel saß eine Frau Mitte vierzig und schaute ihm aus rot geränderten Augen entgegen.

»Bitteschön«, sagte der Biker, deutete mit einer übertriebenen Armbewegung auf die Frau und sagte: »Frau Mercedes Häberle.«

Dabei sprach er ihren Vornamen nicht sehr portugiesisch aus, sondern er schwäbelte und dachte dabei wohl eher an eine Automarke. Froelich blieb aber todernst, stellte sich vor und sagte sein Sprüchlein mit dem Auftrag von Lauras

Eltern auf. Dann bot Mercedes Häberle ihm einen Platz auf dem Sofa an, das ihrem Sessel gegenüberstand.

»Kaffee?«, fragte der Muskelmann, und obwohl er einen sehr freundlichen Ton angeschlagen hatte, wagte Froelich nicht abzulehnen, obwohl er schon mehr als genug Kaffee für den Tag gehabt hatte. Deshalb nickte er nur und ließ sich diesmal auch Zucker und Milch dazu reichen.

»Danke, Aldo«, sagte die Frau im Sessel, als vor ihnen beiden je eine dampfende Bechertasse stand, und sie machte ihm mit einer knappen Geste klar, dass er sie nun gern allein lassen konnte. Doch Aldo zog sich nur bis zur Balkontür zurück, von wo aus er abwechselnd die Straße vor dem Haus und den dicken Besucher seiner Bekannten im Blick behielt.

»Aldo ist ein Schatz«, sagte Mercedes Häberle. »Er macht schon seit Jahren die Security für alle meine Veranstaltungen, und als er von meinem ungebetenen Besucher gehört hat, ist er sofort mit einem seiner Mitarbeiter hergekommen.«

»Gerade noch rechtzeitig«, knurrte Aldo von der Balkontür her.

»Ja, gerade noch rechtzeitig«, fuhr sie fort. »Der Reporter war wirklich sehr aufdringlich. Aber Aldo hat das geregelt.«

»Ein Reporter? Haben Sie einen Namen, oder wissen Sie, für wen er schreibt?«

Aldo löste sich von seinem Beobachtungsposten und kam zu Froelich. Der hatte einen Moment lang befürchtet, dass er womöglich etwas Falsches gesagt haben könnte, aber dann blieb der Muskelmann breitbeinig vor ihm stehen und zupfte eine Visitenkarte aus einer Tasche seiner Lederjacke.

»Ferry Hasselmann, freier Journalist«, las Froelich halblaut. Der Name kam ihm vage bekannt vor. Er gab die Karte dem Security-Mann zurück, der sie grinsend entgegennahm und wegsteckte.

»Er hat mir seine Visitenkarte gegeben, und ich ihm meine, sozusagen.«

Aldo grinste nun noch breiter, und er tätschelte die offene linke Hand mit der rechten Faust.

»Gut möglich, dass er trotzdem über Laura schreiben wird, sobald ihn der Arzt wieder hergerichtet hat – aber hoffentlich denkt er ein wenig länger über die Sätze nach, die er zusammenschustert. Ist übrigens für das Blatt mit den großen Buchstaben.«

»Und was, wenn er Sie anzeigt?«

»Wird er schon nicht. Er hat sich nicht zu benehmen gewusst, da musste ich ihm die Richtung zeigen.«

Froelich sah Mercedes Häberle an.

»Warum haben Sie ihn denn überhaupt reingelassen?«

»Hab ich eigentlich gar nicht. Als er das erste Mal geklingelt hat, habe ich ihm durch die Sprechanlage gesagt, dass ich meine Ruhe haben will und dass er wieder weggehen soll. Es hat seit heute Vormittag schon ein paar Mal geklingelt, auch gestern schon. Die ersten Male bin ich gar nicht erst an die Sprechanlage gegangen. Keine Ahnung, ob das auch schon der Reporter war.«

»Ich hab's gestern auch schon mal bei Ihnen versucht.«

»Wie auch immer – der hat dann andere Klingelknöpfe gedrückt, und irgendjemand hat ihn wohl eingelassen. Als es an meiner Wohnungstür klopfte, dachte ich, dass es ein Nachbar ist – die meisten hier im Haus sind nette Leute, und einige haben mir auch schon ein paar tröstende Worte gesagt, seit in der Nacht auf Samstag das … mit Laura …«

Ihre Stimme wurde brüchig, und ihre Augen schimmerten feucht. Nach einer kurzen Pause räusperte sie sich und erzählte weiter.

»Aber da stand nun also dieser Reporter. Ich wollte ihn erst nicht in die Wohnung lassen, da deutete er an, dass er eigentlich schon genug über mich wisse, dass es mir aber sicher lieber wäre, wenn er das nicht schreiben würde – und dass es doch besser für mich und mein Geschäft wäre, wenn ich selbst zu Wort kommen würde.«

Sie seufzte.

»Irgendwann hatte ich einfach nicht mehr die Kraft, diesen penetranten Menschen draußen zu halten. Ich habe Kaffee gekocht, während er hier auf dem Sofa gewartet hat. Das Handy hatte ich mit in die Küche genommen, und von dort aus habe ich Aldo zu Hilfe gerufen.«

»Ich war eh noch drüben in der Alm – das ist dieses Riesenblockhaus vorne an der B29, in dem Freitagnacht die Brasilienparty stattfand.«

Froelich nickte.

»Ich wollte ein Auge drauf haben, was die Polizei da so treibt. Dann kam der Anruf, ich sofort aufs Bike, einmal quer durch Winterbach und rauf zu Mercedes. Dem Reporter ist sein öliges Grinsen regelrecht eingefroren, als sie mich ins Wohnzimmer brachte. Ich hab mich dann neben ihn aufs Sofa gesetzt und ein bisschen aufgepasst, dass er nicht allzu frech fragt.«

»Was wollte er denn wissen?«

»Ach, alles«, stöhnte Mercedes Häberle. »Wie Laura denn so gewesen sei, wann sie zum letzten Mal getanzt habe in der Nacht, ob mir aufgefallen sei, dass unter den Gästen besonders aufdringliche Verehrer gewesen seien.«

»Er wusste also schon das eine oder andere über die Nacht?«, fragte Froelich.

»Offenbar, ja. Keine Ahnung, woher. Vielleicht kannte er ein paar meiner Gäste, vielleicht hat sich von denen jemand verplappert – das kann ich Ihnen nicht sagen.«

»Und konnten Sie ihm Antworten geben, die ihm weiterhalfen?«

»Ich habe mich natürlich ziemlich bedeckt gehalten. Ich habe Laura gelobt, habe ihr Kostüm beschrieben und mich ein wenig darüber ausgelassen, wie wunderbar sie doch darin aussah und dass sie mit ihren Auftritten selbst mich als gebürtige Brasilianerin restlos überzeugt hat. So was alles halt.«

»Und sind Ihnen aufdringliche Verehrer aufgefallen?«

Aldo zog die Augenbrauen zusammen, und auch Mercedes Häberle sah ihn misstrauisch an. Froelich seufzte und hob abwehrend beide Hände.

»Lauras Vater hat mich nicht nur gebeten, die Bestattung zu organisieren und mit den Bekannten von Laura zu reden, sondern auch ein wenig nach Details zu suchen, was ihm helfen könnte, selbst den Ablauf der letzten Nacht in Lauras Leben nachvollziehen zu können. Er hat mich beauftragt, mich ein bisschen umzuhören, sozusagen zusätzlich zur Polizei ein wenig zu … ermitteln.«

Aldo lachte laut auf.

»Das scheint ja geradezu eine Angewohnheit von Bestattern zu sein«, dröhnte er. »Ein Kumpel von mir, der wiederum einen Freund bei der Esslinger Kripo hat, hat mir mal von einem Kollegen von Ihnen erzählt, der sich ständig in Mordfälle einmischt und …«

Froelich machte ein zerknirschtes Gesicht und deutete auf sich. Aldo brach mitten im Satz ab.

»Das sind Sie? Echt? Cool!«

»Das sollten Sie meiner Freundin gegenüber lieber nicht so ausdrücken«, merkte Froelich an. »Die mag das gar nicht.«

Aldo winkte ab.

»Scheiß drauf! Ein Mann muss tun, was ein Mann tun muss, oder?«

Er lachte als Einziger über seinen plumpen Spruch, und als er merkte, dass die beiden anderen ernst blieben, räusperte er sich und zog sich wieder auf seinen Posten neben der Balkontür zurück.

»Dann will ich Ihnen natürlich gern helfen, wo immer ich kann«, sagte Mercedes Häberle in die entstehende Pause hinein. »Wenn Laura tanzte, sind immer einigen der männlichen Gäste die Augen rausgefallen – und ihre Begleiterinnen haben das nicht immer gut aufgenommen. Mir ist zwar am Freitag nichts Besonderes in dieser Richtung aufgefallen, aber das muss nichts heißen: Ich habe viel hinter den Kulissen zu tun, und die Gäste sehe ich nur, wenn ich ein- oder zweimal am Abend meine Runde durch den Saal drehe. Da kann ich Ihnen leider nicht groß weiterhelfen.«

Sie dachte nach, dann griff sie nach einem Block und einem Stift, die vor ihr auf dem Couchtisch lagen. Sie notierte ein paar Namen, manche mit Telefonnummer, manche nur mit einem Ort als zusätzlicher Information, riss den Zettel ab und reichte ihn Froelich. Er überflog die Notizen.

»Das sind ein paar Leute, die am Freitag da waren«, erklärte Mercedes Häberle. »Stammkunden, auch Freunde darunter. Vielleicht ist denen etwas aufgefallen, das Ihnen weiterhilft. Soweit ich sie auswendig weiß, habe ich die Telefonnummer dazugeschrieben – von einigen habe ich leider nicht mehr als den Wohnort im Kopf, aber Sie finden den Rest sicher auch selbst raus.«

»Klar, kein Problem«, sagte Froelich. »Vielen Dank.«

»Hat Ihnen denn die Polizei etwas Genaueres zu Lauras Tod gesagt oder dazu, was sie bisher schon herausgefunden hat?«

»Nein, leider nicht.«

»Ein bisschen was wissen wir schon«, meldete sich Aldo zu Wort. »Ich hab Ihnen ja vorhin erzählt, dass ich ein Auge darauf habe, was die Bul… was die Polizisten dort so treiben. Laura wurde am Samstagfrüh von einer Putzfrau gefunden, die die Alm mit zwei Kolleginnen wieder auf Vordermann bringen wollte. Laura lag nicht weit entfernt von der Rampe, die vom Hof hinter der Alm zum Hintereingang führt, zwischen zwei Müllcontainern auf dem Rücken, und unterhalb der Rampe hatte sich eine Blutlache ausgebreitet.«

»Das hat Ihnen die Polizei so einfach erzählt?«

Aldo grinste.

»Nein, aber ich kenne die Putzfrau, und sie hat mich als Erstes angerufen, noch bevor sie die Polizei verständigt hat. Deshalb war ich noch vor der Kripo bei Lauras Leiche.«

»Ach?«

»Ja. Ich war noch hundemüde von der Arbeit, das ging ja wieder mal bis spät in die Nacht, aber wenn die Elena anruft – das ist die Putzfrau –, dann steh ich sofort auf der Matte. Sie wissen ja: Wenn Freunde Hilfe brauchen, bin ich zur Stelle.«

»Und wann hat Sie diese Elena angerufen?«

»Das war kurz nach halb sechs. Elena und ihre Leute fangen immer sehr früh an. Die anderen haben gleich im Saal mit dem Aufräumen und Aufwischen begonnen, und Elena wollte Müll zu den Containern bringen, die im Hinterhof stehen. Da hat sie Laura liegen sehen.«

»Und dann?«

»Hat sie zuerst mich angerufen, wie gesagt. Ich wohne in Weiler, Schorndorf-Weiler. Das ist nur ein Katzensprung. Ich war noch angezogen, hatte mich nur auf die Couch gelegt. Also schnell etwas Wasser ins Gesicht, auf dem Weg aus der Wohnung schnell ne Dose Cola – und mit dem Moped habe ich nicht lange gebraucht. Ich war um drei viertel sechs im Hinterhof der Alm und hab mir dort alles angesehen. Laura lag dort, barfuß, und sie trug ihr Tanzkostüm vom Abend. Als Mercedes …«

Aldo sah fragend zu Mercedes Häberle. Die nickte nur, und so erzählte er weiter.

»Als Mercedes die Alm verließ, war Laura noch mit dem Aufräumen beschäftigt gewesen. Sie hatte den anderen angeboten, den Rest allein zu machen, und nach dem langen Arbeitstag haben natürlich alle dieses Angebot dankend angenommen. Aufgeräumt hat sie zu diesem Zeitpunkt natürlich in ihren normalen Klamotten, das Kostüm muss sie also später noch einmal angezogen haben. Ich vermute, dass sie für sich allein im Saal getanzt hat, als alle weg waren. Im Regieraum lagen ihre Kleider auf dem Technikpult, im Player steckte eine selbstgebrannte CD mit Samba-Stücken. In der Küche lagen ihre Umhängetasche und ihre Jacke. Warum ist sie ohne Schuhe und ohne Jacke rausgegangen? Hat sie jemanden durch die Hintertür hereinlassen wollen? Oder hat sie irgendetwas beobachtet oder gehört, dem sie sofort nachgehen wollte? Keine Ahnung. Jedenfalls hatte Laura meiner Meinung nach zwar durch die Wunde geblutet, die sie sich durch den Sturz von der Rampe an ihrem Kopf zugezogen hat – aber auch an ihrer linken Schläfe war eine Verletzung zu sehen. Das bekomme selbst ich mit der bloßen Faust nicht hin, da hat ziemlich sicher jemand ein hartes Werkzeug benutzt. Ich würde auf den berühmten stumpfen Gegenstand tippen, den sie im Krimi immer erwähnen. Außerdem muss sie jemand von der Stelle unterhalb der Rampe zwischen die Müllcontainer geschafft haben.«

Aldo wirkte sehr zufrieden mit sich. Froelich hatte aufmerksam zugehört, aber jetzt musste er doch den Kopf schütteln.

»Das heißt, Sie haben dort seelenruhig herumgestöbert, haben vielleicht Spuren zerstört, die der Kripo hätten helfen können … und Sie haben natürlich auch überall Ihre Fingerabdrücke hinterlassen!«

Aldo lächelte überheblich.

»Als Elena mich anrief und mir erzählte, dass Laura tot im Hof liegt, habe ich natürlich sofort ein Verbrechen für möglich gehalten und habe Einweghandschuhe mitgenommen. Die habe ich übergezogen, bevor ich mir das alles genauer angeschaut habe. Da wird also keiner von mir Fingerabdrücke finden.«

Froelich deutete auf die grauen Sprenkel auf den Schultern von Aldos Lederjacke.

»Sie leiden an Schuppen, stimmt's?«

Aldo wirkte einen Moment lang verwirrt.

»Na ja, leiden«, sagte er dann. »Ich komm schon klar damit. Muss halt häufiger duschen, nehme ein Mittel dagegen und so – aber was hat das jetzt mit unserem Thema zu tun?«

»Schauen Sie mal auf Ihre Schulter.«

Aldo sah hin und wedelte die dort liegenden Schuppen schnell beiseite.

»Und davon haben Sie auch in dieser Alm reichlich hinterlassen, glauben Sie mir. DNA – Sie verstehen?«

Kurz wirkte Aldo etwas erschrocken, dann winkte er lässig ab.

»Da muss sich die Polizei nichts dabei denken: Ich war ja am Freitagabend ohnehin in der Alm, also sind auch Schuppen kein Problem, die man mir zuordnen kann. So gesehen, hätte ich mir die Einweghandschuhe sogar sparen können, was?«

»Nicht unbedingt. Man kann durch Überlagerungen schon feststellen, wer was zuerst oder zuletzt angefasst hat.«

Aldo wurde etwas nachdenklicher, dann fixierte er Froelich mit einem forschenden Blick.

»Was wollen Sie damit eigentlich sagen, Herr Bestatter?«

»Nichts. Aber dass diese Elena lieber gleich die Polizei angerufen hätte, anstatt Ihnen vorher noch die Gelegenheit zu geben, überall herumzustöbern. Da werden Sie mir wohl beipflichten, oder?«

»Nee. Ich musste wissen, was es über Lauras Tod in diesem Moment zu wissen gab. Ich hab die Security an diesem Abend gemacht, auch wenn Laura starb, als meine Leute schon Feierabend gemacht hatten. Und ich wollte, dass auch Mercedes das Nötigste erfährt. Die Polizei tut da ja immer sehr geheimnisvoll, das weiß ich aus Erfahrung.«

»So? Aus welcher Erfahrung?«

Aldos Augenbrauen zogen sich ein wenig zusammen.

»Geht Sie nichts an«, knurrte er. »Und hat auch nichts mit Lauras Tod zu tun.«

Froelich zuckte mit den Schultern.

»Außerdem«, fuhr Aldo nach einer kurzen Pause fort, »hab ich Elena gesagt, dass sie jetzt sofort die Polizei anrufen soll – gleich, nachdem ich mir alles angesehen hatte. Und das hat sie dann auch gemacht.«

»Und wie haben Sie der Polizei erklärt, dass Sie schon am Tatort waren, als die eintrafen? Ihre Elena kann in Teufels Küche kommen, wenn sie erzählt hat, dass sie zuerst Sie gerufen hatte.«

»Das hat sie natürlich nicht, und ich war zu diesem Zeitpunkt schon wieder weg.«

Aldo legte ein sehr verschmitztes Grinsen auf.

»Also, das lief so: Elena rief die Polizei an, und ich machte mich vom Acker. Aus einem sicheren Versteck sah ich die ersten Polizisten ankommen, Notarztwagen und all das – und als die Sanitäter wieder abrückten und die Kriminaltechnik begann, ihre nummerierten Täfelchen aufzustellen, kam ich mit dem Moped herangefahren. Ich hab mich denen vorgestellt als der Leiter des Sicherheitsdienstes, der sich um die Brasilienparty gekümmert hat. Danach kam so ein Typ von der Kripo, der hat mich ausgefragt, und ich habe ihm wahrheitsgemäß alles erzählt, was ich wusste – außer der Tatsache, dass ich mir alles schon vor dem Eintreffen der Polizei angeschaut habe.«

»Na, super«, brummte Froelich, doch Aldo hörte nicht die Ironie, die in seiner Stimme lag. Auf seinem Gesicht verbreiterte sich das Grinsen, als hätte er ihn wirklich gelobt. »Aber machen Sie sich darauf gefasst, dass die

Kriminaltechniker auch so draufkommen – oder dass sie zumindest Details finden, die nicht zu Ihrer Geschichte passen. Oder die Sie womöglich sogar verdächtig machen. Ich nehme mal an, es gibt niemanden, der bezeugen kann, dass Sie zum Zeitpunkt von Lauras Tod wirklich daheim auf der Couch geschlafen haben.«

»Wozu sollte das nötig sein? Ich mochte Laura, ich mochte sie sehr – warum sollte ich ihr etwas antun?«

»Ich habe heute schon mit einigen Männern gesprochen, die Laura sehr mochten – und ich würde nicht für jeden von ihnen die Hand ins Feuer legen.«

Aldo stellte sich etwas breitbeiniger hin und stierte ihn finster an.

»Nur so ein Gedankenspiel«, sagte Froelich deshalb schnell und wandte sich wieder an Mercedes Häberle.

»Sie hatten vorhin erwähnt, dass dieser Reporter Sie zu erpressen drohte und dass Sie ihn nur deshalb in die Wohnung gelassen haben.«

Sie nickte.

»Womit hätte er Sie denn erpressen können?«

Mercedes Häberle wurde blass. Sie schluckte, schaute zu Aldo hin und schien ein wenig in sich zusammenzusinken. Der Muskelmann fackelte nicht lange. Mit zwei, drei schnellen Schritten war er bei Froelich, zog ihn aus den Polstern hoch, was angesichts Froelichs Übergewicht einiges an Kraft erforderte, zupfte ihm den Notizzettel, den Mercedes Häberle ihm gegeben hatte, aus den Fingern und schob sein Gesicht ganz dicht vor das des Bestatters.

»Du bist zwar nicht von der Presse«, knurrte Aldo ihn an, und sein Atem roch nach Cola und Leberwurst, »aber du stellst eindeutig zu viele Fragen. Und die falschen obendrein!«

Damit wirbelte er Froelich ohne große Mühe herum und schob ihn vor sich her auf die Tür zu. Froelich fand es zwar erniedrigend, dass er nichts dagegen unternehmen und nur darauf achten konnte, schnell genug zu laufen, um nicht vornüberzukippen – aber vermutlich sollte er froh sein, ohne Prügel aus dieser Wohnung zu kommen. Den letzten Schritt machte er nicht schnell genug, und so erwischte ihn die Wohnungstür, die Aldo mit viel Schwung zugeschlagen hatte, noch schmerzhaft am rechten Schulterblatt. Nachdenklich tappte Froelich die Treppe hinunter. Er versuchte sich die schmerzende Stelle auf seinem Rücken zu reiben, kam aber mit den Fingern nicht dran. Unten wartete der andere Hüne und beobachtete aufmerksam, wie Froelich aus dem Haus trat.

»Lass den Dicken gehen«, rief Aldo vom Balkon herunter. »Aber schau drauf, dass er auch wirklich verschwindet.«

Der Hüne vor dem Haus nickte, schaute Froelich kampfeslustig an und nickte mit seinem massigen Kopf in Richtung der Ente, die am Straßenrand stand. Froelich sah zu, dass er schnell hinters Steuer kam. Und als er gewendet hatte und auf die Winterbacher Ortsmitte zuhielt, sah er im Rückspiegel, wie der Biker eine Zigarette anzündete und sich entspannt gegen eines der aufgebockten Motorräder lehnte.

Eine folgenreiche Idee

Inge verharrte mitten in der Bewegung. Den Staubwedel noch erhoben, drehte sie sich langsam zu Froelich um. »Echt?«, fragte sie. »Du hast uns beide angemeldet? Und willst noch heute Abend mit mir dorthin?«

»Ja. Vorhin habe ich angerufen, und die hatten noch Plätze frei. Der Flyer der Tanzschule Klehfink lag bei mir im Büro auf dem Schreibtisch. Das war, vermute ich mal, kein Zufall.«

Inge grinste.

»Nein, war es nicht.«

»Und weil du doch zuletzt so sauer warst und mir sogar unterstellt hast, ich würde gar nicht mit zum Tanzkurs gehen wollen, dachte ich mir, dass ich jetzt einfach gleich Nägel mit Köpfen mache.«

Sie sah ihn prüfend an.

»Oder passt es dir heute nicht?«, fragte Froelich und wirkte ehrlich besorgt, als freute er sich schon auf den Besuch des Kurses und fürchtete nun, es werde doch nichts draus.

»Doch, doch, das passt. Ich bin nur …«

»Ja?«

»Ich bin nur überrascht, dass du jetzt plötzlich …«

Sie unterbrach sich und zuckte mit den Schultern.

»Aber egal jetzt – ich freu mich.«

Wenig später waren die beiden auch schon auf dem Weg. Sie hatten Inges kleinen Flitzer genommen, und während sie den Wagen sportlich durch die Kurven in den Schurwald hinauf- und auf der anderen Seite zwischen den Weinbergen hinuntersteuerte, spielte ein leichtes Lächeln um ihre Mundwinkel. Auch Froelich lächelte. Er freute sich wirklich auf den Abend in der Tanzschule, und er würde sehr darauf achten, dass er nur ganz beiläufig nach der in Winterbach tot aufgefundenen Laura Lorenzen fragen würde, die nebenbei in Schorndorf als Tanzlehrerin für das Ehepaar Klehfink gearbeitet hatte.

Der Unterricht war weniger unangenehm, als Froelich befürchtet hatte. Schon nach zehn Minuten trat er Inge nur noch selten auf die Füße, und gegen Ende der ersten Stunde gelangen ihm schon die ersten einfachen Schrittfolgen. Der wandbreite Spiegel machte ihm anfangs zu schaffen. Der Anblick des großen, mächtigen Bestatters, der seine kleine und zierliche Freundin an seinen runden Wanst drückte und die überbreiten Hüften im Takt schwingen ließ, wirkte nicht sehr schmeichelhaft. Aber schließlich achtete er darauf, dass sein Blick fast nur noch auf die mit hellbraunem Holz getäfelte Wand neben dem DJ-Pult fiel, und von den anderen Teilnehmern schaute sie niemand scheel an – die einen, weil sie nicht schöner anzusehen waren als der dicke Froelich, die anderen, weil das Tanzen ihre volle Konzentration beanspruchte.

In einer kurzen Pause ließen sich die meisten ein kleines Saftschorle schmecken, nur ein vierschrötiger Kerl im etwas zu knapp sitzenden Anzug bestellte sich ein Weizenbier und stürzte es in gierigen Schlucken hinunter.

Richtig gemütlich wurde es erst nach dem zweiten Teil des Tanzkurses. Grazyna, ihre Tanzlehrerin – eine ziegenhafte Mittfünfzigerin mit kantigen Hüften und dünnen, grell geschminkten Lippen – verteilte allzu großzügig unverdientes Lob an alle, gab einen kurzen Ausblick auf die Inhalte der kommenden Tanzstunden und suchte sich dann mit einem Glas Sekt einen Platz auf einem Barhocker, etwas abseits von den anderen. Ab und zu schaute sie zu ihren Schülern herüber, die sich um einen großen, runden Tisch geschart hatten, und warf ihnen ein aufgesetztes Lächeln zu. Aber sonst war ihr Blick auf das Display ihres Smartphones gebannt, und irgendwann hatte sie endlich die Nachricht erhalten, auf die sie gewartet hatte. Mit einem geflöteten »Tschühüüs!« huschte sie nach draußen, und der Vierschrötige, der zuvor immer wieder verstohlen auf ihre sehr schlanken, übereinandergeschlagenen Beine geschaut hatte, räusperte sich und winkte die Bedienung herbei, um das nächste Weizenbier zu ordern. Seine Frau – sie hatte sich als Karin Hohmann vorgestellt – saß währenddessen stoisch neben ihm und unterhielt sich so angelegentlich mit den anderen, als wäre sie alleine hier.

»Haben Sie denn schon von dieser furchtbaren Sache gehört?«, fragte sie irgendwann. »Kannte denn jemand von Ihnen die Laura?«

Sie schaute in die Runde. Manche zuckten mit den Schultern, andere nickten und wirkten gespannt, was Karin zu erzählen hatte. Froelich musste ein Lächeln unterdrücken. Er hatte schon fieberhaft überlegt, wie er möglichst unauffällig das Gespräch auf die tote Tanzlehrerin bringen konnte, und war heilfroh, dass ihm das nun abgenommen wurde. Kurz war ihm, als schaute ihn Inge prüfend von der Seite an, aber als er sich ihr zuwandte, schien sie nur interessiert darauf zu warten, dass die Frau weitersprach.

Karin Hohmann beugte sich ein wenig vor und setzte einen geheimnistuerischen Gesichtsausdruck auf. Ihr Mann ließ sich währenddessen in das Polster seines Sessels sinken und verdrehte die Augen.

»Laura ist tot«, raunte sie. »Umgebracht, womöglich!«

»Ach?«, sagte Inge jetzt und warf Froelich einen kurzen Seitenblick zu. »In Winterbach?«

»Oh, Sie haben schon davon gehört?«

Karin Hohmann wirkte nun ein wenig enttäuscht darüber, dass sie die Neuigkeit nicht exklusiv hatte.

»Beiläufig«, versetzte Inge. »Aber gekannt habe ich diese Laura nicht.«

»Stimmt ja«, antwortete Karin Hohmann. »Sie besuchen heute zum ersten Mal einen Kurs hier. Schade eigentlich, denn Laura war als Tanzlehrerin wirklich eine Wucht. Am Donnerstag hätten wir sie wieder gehabt. Wir haben zwei Kurse gleichzeitig gebucht, wissen Sie? Standard heute und Latein in drei Tagen – unsere Tochter heiratet übernächsten Monat, einen Spanier …«

Sie lachte gekünstelt.

»Da wollen wir uns natürlich nicht blamieren, indem wir uns ständig auf den Füßen stehen, nicht wahr?«

Sie musste aus dem Augenwinkel bemerkt haben, dass ihr Mann nach dem vierten Weizenbier auf dem besten Wege war, in einen leichten Schlummer zu sinken. Doch sie schaute stur geradeaus, und ihr Lächeln wirkte wie in Stein gemeißelt. Mit diesem groben Klotz an ihrer Seite würde sie sich auf jeden Fall blamieren, da konnte sie Tanzkurse belegen, so viele sie wollte.

Dann ging es wieder um Laura und ihren gewaltsamen Tod. Froelich erfuhr nicht viel Neues, außer dass die junge Frau sehr beliebt gewesen war unter den Kunden der Tanzschule.

»Ach, und die Klehfinks müssen ja völlig fertig sein«, plapperte Karin Hohmann weiter drauflos. Ihr Mann war inzwischen weggedämmert und ließ ab und zu ein kurzes, leises Schnarchen hören, und Karin hatte die Stimme ein wenig erhoben, vielleicht um ihn zu übertönen. »Die haben die Laura geliebt wie eine Tochter. Das Mädel war aber auch eine Nette, und so begabt als Tänzerin! Immer wieder hat sie Turniere gewonnen, und ich glaube, insgeheim haben die Klehfinks darauf gehofft, dass die Laura irgendwann ihre Tanzschule mal übernehmen wird.«

Froelich lagen einige Nachfragen auf der Zunge, aber im Beisein von Inge traute er sich nicht, einzuhaken und nachzufassen. Trotzdem wirkte Inge inzwischen etwas angespannt, und als er ihr einen fragenden Blick zuwarf, beugte sie sich zu ihm herüber und raunte: »Hast du gewusst, dass diese Laura hier als Tanzlehrerin gearbeitet hat?«

Er wollte schon den Kopf schütteln, hatte damit aber wohl etwas zu lange gezögert, denn Inges Miene wurde finster.

»Dann sind wir also eigentlich gar nicht zum Tanzen hier«, zischte sie, »sondern vor allem, damit du wieder deine Nase in einen Mordfall stecken kannst?«

»Aber Inge«, stammelte Froelich, »ich …«

»Und mich hältst du für blöd genug, dass ich mich von dir so vorführen lasse und es nicht mal bemerke?«

Einen Moment lang ging Froelich der Gedanke durch den Kopf, dass sie es ja zunächst wirklich nicht bemerkt hatte – aber er hütete sich natürlich, das auch nur anzudeuten.

»Nein, Inge, ich …«, versuchte er sie weiter zu besänftigen.

Karin Hohmann hatte ihren Streit trotz der geringen Lautstärke bemerkt, um die sie sich bemühten. Sie unterbrach sich und sah die beiden forschend an. Inge begegnete ihrem Blick, und als auch alle anderen in der Runde zu ihr herschauten, stand sie auf und funkelte erst Froelich, dann die anderen wütend an.

»Reden Sie ruhig weiter!«, blaffte sie die Frau an. »Und lassen Sie vor allem keine Details aus. Sie müssen wissen: Mein … mein Begleiter liebt Kriminalfälle, und es wäre nicht das erste Mal, dass er der Polizei beim Ermitteln hilft. Ich für meinen Teil bin nur zum Tanzen hier – Ihnen also noch viel Spaß mit dem Mordfall Laura, aber auf mich können Sie da leider nicht zählen.«

Sie schnappte ihre Handtasche, marschierte zur Garderobe hinüber, riss ihren Mantel vom Kleiderbügel und eilte Augenblicke später auch schon ins Treppenhaus hinaus. Froelich war ganz verdattert von ihrem Auftritt und dachte noch darüber nach, warum sie ihn ihren »Begleiter« genannt und davor eine kurze Pause gelassen hatte. Und als er endlich ebenfalls aufstand, um Inge nachzugehen, hörte er draußen schon ihren Wagen mit aufheulendem Motor und quietschenden Reifen davonflitzen.

Fingerspitzen tippten sachte gegen die Außenseite seines rechten Oberschenkels.

»Setzen Sie sich doch wieder«, schlug Karin Hohmann vor und lächelte zu ihm herauf. »Ihre … Begleiterin ist jetzt eh schon weg, da können Sie genauso gut auch noch ein Gläschen mit uns trinken, Herr … Froelich, richtig?«

»Ja, Froelich«, sagte er und ließ sich wirklich wieder auf seinen Platz sinken. »Gottfried Froelich.«

»Vielleicht beruhigt sie sich ja auch wieder und ist bald zurück.«

Karin Hohmann rollte übertrieben genervt mit den Augen und lächelte ihn erneut an.

»Was hat sie denn gemeint mit Ihrem Faible für Kriminalfälle? Sind Sie Polizist? Oder …« Sie sah Froelich gespannt an. »Oder so etwas wie ein Detektiv?«

Ihren neben ihr schlafenden Mann schien sie im Moment komplett vergessen zu haben.

»Von Beruf bin ich Bestatter, drüben in Esslingen habe ich ein Institut. Aber … nun ja, ich … ich forsche tatsächlich ganz gern nach, wenn ich es mit einem Mordfall zu tun bekomme.«

Karin war Feuer und Flamme für ihren neuen Bekannten und strahlte ihn an.

»Das ist ja aufregend, Gottfr… ich meine: Herr Froelich.«

»Gottfried geht schon in Ordnung«, versetzte Froelich, dem die offensichtliche Faszination durchaus schmeichelte. »Ich kenn mich ja nicht wirklich aus mit dem Tanzen, aber ich könnte mir vorstellen, dass hier alle nicht so förmlich miteinander umgehen, oder?«

»Genau, Gottfried.«

Sie streckte ihm breit lächelnd die rechte Hand entgegen.

»Karin«, sagte sie überflüssigerweise, und Froelich schlug ein.

Es wurde noch ein munterer Abend, und während er noch einige nur unwichtig scheinende Details zu Lauras Arbeit hier in der Tanzschule aufschnappte – unter anderem, dass es zwischen ihr und den anderen Tanzlehrerinnen ab und zu Eifersüchteleien gegeben hatte –, musste er selbst immer wieder von seinen Erlebnissen berichten, die ihm seine Amateurermittlungen in mittlerweile schon fünf Mordfällen beschert hatten. Alle waren ganz begeistert von Froelichs Geschichten, aber vor allem Karin war hin und weg. Schließlich machten sie sich auf den Heimweg, und als ihr Mann im Treppenhaus die Stufen hinuntertappte und sich dabei recht kräftig am Geländer festhalten musste, nahm sie Froelich kurz beiseite.

»Ach, Gottfried, das war so nett mit dir. Und ich freu mich schon auf kommende Woche, auf die nächste Tanzstunde.«

Er zuckte nur mit den Schultern und schaute bedröppelt drein.

»Allein werd ich wohl nicht kommen, ich kann ja schlecht mit mir selber tanzen. Und ob mich Inge noch einmal begleiten will, wage ich zu bezweifeln.«

Karin zwinkerte ihm zu.

»Wer weiß«, wisperte sie, »vielleicht hat mein Mann ja in der nächsten Woche auch keine Lust. Wenn ich sicher sein kann, dass du da bist, muss ich ihn ja nicht um jeden Preis zum Mitkommen überreden.«

Sie legte ihre Hand auf seinen Arm. Froelich räusperte sich, lächelte sie entschuldigend an und zog den Arm ein Stückchen zurück. Karin nickte, wenn auch etwas wehmütig.

»Entschuldige bitte, Gottfried«, sagte sie. »Ich wollte nicht aufdringlich sein, aber ich fand es so angenehm, mit dir zu reden – das habe ich mit meinem Mann schon lange nicht mehr erlebt.«

»Danke, und du bist nicht aufdringlich, Karin, aber …«

»Ich weiß, ich weiß«, beschied sie ihm lächelnd, dann wurde sie ernst. »Und wie kommst du jetzt nach Esslingen zurück?«

Froelich zuckte mit den Schultern.

»Ich würde dich natürlich sofort fahren, sehr gern, glaub mir, auch wenn ich in die entgegengesetzte Richtung muss, nach Urbach – aber wenn ich meinen Mann dabeihabe, geht das leider nicht.«

Sie zwinkerte noch einmal.

»Wie gesagt – nächste Woche gern, ich würde mich freuen.«

Damit wandte sie sich ab und trippelte leichtfüßig die Stufen hinunter. Froelich lehnte sich ein wenig gegen das Geländer. Er hatte weiche Knie bekommen, und wie er Karin da so vor sich auf der Treppe sah – eine nicht mehr ganz junge, nicht ganz dünne, aber sichtlich sportliche und durchaus attraktive Frau –, begann die Haut an der Stelle, auf die sie eben noch die Hand gelegt hatte, ein wenig zu kribbeln.

»Und, Gottfried, magst du mit uns fahren?«

Ein Ehepaar in den Sechzigern, beide hager und hoch aufgeschossen, hatten neben ihm Halt gemacht und grinsten ihn an. Zwischendurch warfen sie einen kurzen Blick in Karins Richtung, dann musterten sie Froelich wieder.

»Wir wohnen auch in Esslingen, nicht weit vom Ebershaldenfriedhof entfernt. Falls dein Institut das in der Beutauvorstadt ist, haben wir ja fast denselben Weg.«

Er nahm das Angebot der beiden dankend an, doch als sie in unglaublich langsamem Tempo endlich den Weg von Schorndorf nach Esslingen hinter sich gebracht hatten, ließ er sich von ihnen nicht bis nach Hause bringen, sondern stieg vor dem Haus des Ehepaars aus und ging das letzte Stück zu Fuß.

Es war eine milde Nacht für Dezember. Froelich schritt kräftig aus und atmete tief ein. Vielleicht kam es ihm nach der ungewohnten körperlichen Anstrengung im Tanzkurs wärmer vor, als es wirklich war. Er ließ die gemütliche Runde am Ende des Abends noch einmal Revue passieren. Doch während er zu Anfang seines kurzen Spaziergangs über Karin nachdachte, wurden seine Gedanken schon bald von Inge beherrscht. Und je näher er der Beutauvorstadt kam, desto mehr wühlte die Erinnerung an Inges wütenden Abgang in seinen Eingeweiden herum.

In der Gasse, die von der Fußgängerunterführung zu seinem Institut führte, war niemand unterwegs. Aus dem Rosenhäusle drang leiser Gesang, und von der Augustinerstraße her rauschte beständig der Verkehr, ansonsten war es so ruhig, wie es am späten Abend in der Vorstadt eben sein konnte. Einen Moment lang überlegte er, noch auf ein Viertele im Rosenhäusle einzukehren, aber für den Fall, dass Inge auf ihn wartete und ein ernstes Gespräch mit ihm führen wollte, war das vermutlich keine gute Idee.

Vor seinem Haus angekommen, wollte Froelich schon läuten, zog dann aber doch lieber den Schlüssel hervor. Die Haustür war doppelt abgeschlossen, und er drückte sie möglichst leise hinter sich zu. Er hängte seinen Mantel an die Garderobe und streifte die Schuhe ab. Langsam ging er auf Socken die Treppe hinauf und steuerte aufs Wohnzimmer zu. Blaues Flimmern zeigte an, dass der Fernseher lief. Inge bemerkte ihn erst, als er schon einige Minuten in der Tür stand – zumindest tat sie so. Sie schaute ihn kurz mit einer Mischung aus Ärger und Enttäuschung an, dann stand sie auf, schaltete das Gerät aus, drängte sich wortlos an ihm vorbei und ging ins Bad.

Ihr Schweigen dröhnte mehr in seinen Ohren, als es jeder noch so lautstarke Streit hätte können. Es dauerte lange, bis er in dieser Nacht in den Schlaf fand, und als er am nächsten Morgen gerädert erwachte, war Inges Seite des Bettes schon leer und die Decke ordentlich zurückgeschlagen.

Aus der Küche war Geklapper zu hören. Inge machte sich am Esstisch zu schaffen und bereitete das Frühstück vor. Erleichtert sah er, dass sie auch für ihn gedeckt hatte. Aber als er sich hinter sie stellte und ihr leise »Guten Morgen« wünschte, umarmte sie ihn nicht wie sonst, sondern wich zur Seite, trug den Brotkorb zum Tisch und setzte sich. Eine Weile frühstückten sie schweigend, dann ließ Inge ihm und sich einen neuen Kaffee aus der Maschine und sah Froelich lange an.

»Du hast dich vielleicht gewundert, dass ich gestern Abend so unvermittelt aus der Haut gefahren bin«, begann sie schließlich. »Und es hat auch nicht allein mit diesem neuen Mordfall zu tun, der dir durch den Kopf geht.«

Froelich hörte aufmerksam zu, sagte aber auch dann nichts, als sie eine längere Pause machte. Und er hatte richtig vermutet: Inge erwartete keine Antwort von ihm und keinen Kommentar, sondern sie sprach nach ein paar Minuten von sich aus weiter.

»Du weißt schon seit einiger Zeit, dass ich es nicht mag, wenn du deine Nase in Kriminalfälle steckst. Wir haben uns zwar damals in Weil der Stadt genau wegen deines Faibles für Mord und Totschlag kennengelernt, aber inzwischen ist mir einfach zu viel Tod in deinem Leben. Als Bestatter hast du beruflich ständig mit Toten zu tun – damit komm ich klar, auch mit dem Umstand, dass du im Kühlraum ständig Kundschaft liegen hast und ich kaum eine Nacht verbringe, ohne mir das Haus mit einer Leiche zu teilen. Aber wenn dann schon mal keine Bestattung ansteht und dich kein Beratungsgespräch und kein Sargeinkauf, und was sonst noch alles zu deinem Job gehört, von mir fernhält, hätte ich halt gerne, dass du deine Zeit mit mir verbringst. Dass wir leben, weißt du? Dass wir ausgehen, miteinander kochen, spazieren gehen, einen Film anschauen … und ja: miteinander tanzen gehen.«

Inges Augen schimmerten, und Froelich rutschte unbehaglich auf seinem Stuhl hin und her.

»Dann bring ich dich endlich dazu, dass du uns beide zu einem Tanzkurs anmeldest. Ich freu mich wie eine Schneekönigin und glaube, dass jetzt alles besser wird und du vielleicht endlich verstanden hast, was ich mir von dir wünsche. Aber kaum sitzen wir hinterher mit den anderen Kursteilnehmern beisammen, da kommt auch schon das Gespräch auf diese tote Laura – die ausgerechnet in dieser Schorndorfer Tanzschule als Lehrerin gearbeitet hat.«

Sie räusperte sich und trank von ihrem Kaffee. Froelich wollte schon zu einer Bemerkung ansetzen, als sie ihn mit einer knappen Geste weiter schweigen ließ.

»Sag lieber nichts, Gottfried. Im Moment habe ich mich halbwegs im Griff, aber wenn du auch nur versuchen willst, mir das als Zufall unterzujubeln, dann platzt mir der Kragen!«

Inge räusperte sich noch einmal und sammelte sich.

»Mir geht dein … ›Hobby‹ nun schon so lange auf die Nerven, und dir ist es offenbar so wichtig … Um ehrlich mit mir selber umzugehen, müsste ich eigentlich jetzt gleich mein Zeug packen, mir eine eigene Wohnung suchen und mit dir Schluss machen. Ich mag dich, und ich mach gern Musik mit dir und genieße unsere gemeinsame Zeit – aber dieses Rumgeschnüffle kann ich echt nicht mehr haben, Gottfried.«

Sie seufzte und sah ihn traurig an.

»Echt nicht mehr«, wiederholte sie. »Und trotzdem …«

Froelich horchte auf. Bisher hatte das wie ein letztes Gespräch vor dem endgültigen Abschied geklungen, und jetzt?

»Trotzdem würde ich uns beiden gern noch etwas Zeit geben, vielleicht eine neue Chance, mal sehen. Aber dazu brauche ich erst einmal eine Pause. Eine Pause von dir, von uns, vielleicht in gewisser Weise auch von mir.«

Inge zog ein Blatt Papier aus der Hosentasche, faltete es auseinander, strich es leidlich glatt und schob es ihm hin. Froelich überflog die wenigen Zeilen. Es handelte sich um eine erste Skizze für die Handlung eines Romans. Eine Frau mittleren Alters am Scheideweg, die sich für einen Neuanfang als Köchin in Berchtesgaden entscheidet und sich dort in einen Gambier verliebt, der als Küchenhilfe das ganze Restaurantteam aufmischt mit seiner fröhlichen, aber chaotischen Art.

»Das trage ich jetzt schon eine ganze Weile mit mir herum«, sagte Inge.

Die Faltkanten des Papiers waren so aufgeraut, dass er das wohl wörtlich nehmen konnte.

»Und jetzt werde ich die Chance nutzen, das Buch endlich zu schreiben.«

Froelich wusste noch, wie enttäuscht Inge gewesen war, als sie für ihren ersten Roman keinen Verlag gefunden hatte. Es war, soweit er das beurteilen konnte, eine richtig schöne Geschichte, viel schöner, als dieses neue Buch zu werden versprach – aber wenn sie die fixe Idee nicht loswurde, sich von einer freien Journalistin zur Schriftstellerin zu verändern, konnte er sie nicht daran hindern. Und wollte es auch nicht. Aber was hatte dieser Roman mit ihrer Beziehung zu tun?

»Ich habe einen Bekannten, der ein kleines Hotel mit Restaurant in Schneizlreuth betreibt, nur ein paar Kilometer von Berchtesgaden entfernt.«

Sie bemerkte, dass Froelich seine Stirn in Falten legte, und lachte kurz.

»Mein Bekannter ist fünfundsiebzig.« Sie zwinkerte ihm sogar zu. »Und viel zu mager für meinen Geschmack.«

Froelich brummte, sagte aber weiterhin nichts.

»Bei ihm werde ich zwei, drei Wochen wohnen, er hat mir ein kleines Zimmer angeboten. Für Kost und Logis gehe ich dem Küchenteam abends ein bisschen zur Hand, das ist ja quasi Recherche für den Beruf meiner Hauptfigur. Und tagsüber schreibe ich meinen Roman.«

»Und was ist mit uns?«, fragte er dann doch noch.

»Das werden wir sehen. Ich werde in Bayern mal über alles nachdenken, du hier hoffentlich auch. Und falls wir beide zu dem Schluss kommen, dass wir es weiterhin miteinander versuchen wollen, treffen wir uns und schauen, wie unser Neustart aussehen könnte.«

»Und falls nicht?«

Inge presste die Lippen zusammen, legte noch einmal ein Lächeln auf, das ziemlich wehmütig wirkte, und verließ die Küche.

Nach diesem Gespräch waren sich Inge und Froelich aus dem Weg gegangen. Keiner wollte etwas Falsches sagen, und keinem war an einem Streit gelegen. Doch Froelich beobachtete seine Freundin insgeheim, und irgendwann hörte er, wie sie mit jemandem telefonierte. Er lauschte nicht wirklich, aber es störte ihn auch nicht, dass er beinahe zufällig mitbekam, dass es um den geplanten Aufenthalt in Schneizlreuth ging. Allem Anschein nach hatte Inge wirklich schon am Montag alles auf den Weg gebracht, aber erst jetzt machte sie den Tag ihrer Ankunft fix: heute.

Erst war Froelich erschrocken, dass nun alles so schnell gehen sollte – andererseits ergab es ja auch nicht viel Sinn, den Beginn der Auszeit noch lange hinauszuzögern und bis zu einer Abreise in einigen Tagen mit flauem Gefühl im Magen umeinander herumzuschleichen.

Froelich tat sehr beschäftigt und wartete im Büro darauf, dass Inge ihm mitteilen würde, was er unbemerkt mitangehört hatte. Aber sie ließ ihn schmoren, und dann kam sie nur ganz kurz herein, um ihm in dürren Worten Bescheid zu geben.

»Kann ich dir irgendwie helfen, beim Packen zum Beispiel?«, fragte Froelich, aber kaum hatte er sein Angebot ausgesprochen, kam es ihm auch schon wieder falsch vor. »Also … nicht, dass du meinst, mir könne es nicht schnell genug gehen, aber ich will dir halt zeigen, dass ich …«

Inge grinste, kam zu ihm heran und legte ihm für einen Moment die Hand auf die Schulter.

»Schon gut, Gottfried«, sagte sie.

Es klang sehr versöhnlich, und er dachte darüber nach, ob er ihr die Auszeit vielleicht doch noch ausreden sollte, wo doch die Stimmung schon wieder etwas besser geworden war – aber dann war Inge auch schon wieder aus dem Zimmer geschlüpft, und er hörte sie draußen geschäftig hin und her gehen. Die Vorbereitungen für ihre Abreise waren in vollem Gange. Inges Entscheidung stand felsenfest.

Er beschloss, sie in Ruhe zu lassen, und kümmerte sich um die anstehenden Aufgaben für das Institut. Ein älteres Ehepaar hatte für den frühen Nachmittag einen Gesprächstermin vereinbart. Die beiden wollten mit Froelich bereits die Details ihrer Bestattung festlegen, obwohl sie seines Wissens noch erfreulich rüstig waren. Dem Argument, man könne das Schicksal nicht einfach unvorbereitet auf sich zukommen lassen, mochte Froelich dann aber doch nicht widersprechen – und gegen den Auftrag hatte er natürlich auch nichts einzuwenden. Heute aber wollte er sich den Tag von Inges Abreise von Verpflichtungen freihalten, die nicht allzu dringend waren. Er rief das Paar an, und der Mann, den er am Telefon hatte, wirkte nicht sehr betrübt über die Verschiebung. Sie verabredeten einen neuen Termin für kommende Woche, und der Mann vertraute ihm an, dass er stattdessen seine Frau mit einem kleinen Ausflug zu einem Lokal auf der Schwäbischen Alb überraschen wolle. Froelich hörte fast ein knitzes Grinsen, und mit einem Lächeln legte er auf.

Dann ging er noch einmal seine Listen durch. Für die am morgigen Tag anstehende Beerdigung von Sanfftlebens altem Freund Horst Riemle war alles vorbereitet, auch der Verblichene selbst war hinreichend hergerichtet. Um eine neue Kundin, die 97-jährige Amalie Seidenblohm, kümmerte sich Sanfftleben – sie würde im Lauf des Nachmittags im Institut eintreffen, und es wurde eine Feuerbestattung mit Trauerfeier gewünscht. Da hatte er im Moment nichts zu tun. Auch Särge, Leichenhemden und alle erdenklichen Accessoires waren noch in ausreichender Stückzahl und Auswahl vorhanden, Einkäufe konnte er also genauso gut in ein paar Tagen erledigen.

Also lehnte er sich in seinem Sessel zurück und dachte über die Gespräche nach, die er gestern mit den Leuten geführt hatte, die auf die eine oder andere Art mit Laura Lorenzen zu tun hatten. Der Zettel mit den Namen, Telefonnummern und Wohnorten fiel ihm ein, den Mercedes Häberle ihm gegeben und den ihm ihr wütender Beschützer dann wieder entrissen hatte. Er nahm Notizblock und Stift zur Hand und versuchte sich zu erinnern, was Lauras Auftraggeberin notiert hatte. Drei männliche Namen fielen ihm bald wieder ein. Es waren die Männer gewesen, zu denen Mercedes Häberle auch die Telefonnummern gewusst hatte, doch die brachte er beim besten Willen nicht mehr zusammen. Es war allerdings, da war er sich recht sicher, in allen drei Fällen eine Nummer mit der Vorwahl »07181« gewesen – die Männer wohnten also in Schorndorf. Froelich vergewisserte sich in der Wikipedia und schrieb als mögliche Wohnorte noch Plüderhausen, Remshalden, Urbach, Winterbach und einige Teilorte von Berglen hinzu. Er gab die Namen und die in Frage kommenden Orte in die Suchmaschine der Telekom ein, und wenig später hatte er zu zweien auch eine Adresse, eine in Winterbach und eine in Schorndorf. Nur der Name des dritten Mannes kam im Vorwahlbereich zweimal vor: einmal in Plüderhausen, einmal in Schorndorf. Froelich notierte sich beide Adressen. Einer der drei hatte eine Firma in Geradstetten, einem Stadtteil von Remshalden. Der Bezeichnung im Telefonverzeichnis zufolge handelte es sich um ein Fliesenlegergeschäft mit angeschlossenem Laden.

Froelich sah auf die Wanduhr: Ihn konnte er vielleicht jetzt schon erreichen, die anderen beiden vermutlich erst nach Feierabend. Kurz bevor er nach dem Hörer greifen konnte, steckte Inge den Kopf zur Tür herein.

»Kommst du? Ich hab uns eine Kleinigkeit zu essen vorbereitet.«

»Ja, ich … äh, prima, ich bin sofort da«, sagte Froelich.

Inge nickte ihm freundlich zu und verschwand wieder aus seinem Blickfeld, und in Froelich regte sich das schlechte Gewissen. Sie nahm sich eine Auszeit, weil ihr Freund ständig in Mordfällen herumstöberte, und am letzten Tag, an dem sie hier war, noch vor ihrer Abfahrt, hatte er nichts Besseres zu tun, als schon wieder in einem Mordfall herumzustöbern … Doch das schlechte Gewissen hielt nicht lange an, und der aufkommende Hunger tat sein Übriges. Froelich wuchtete sich aus dem Sessel hoch und ging zur Küche.

Froelich bot Inge mehrmals an, ihr beim Packen zu helfen, aber mehr, als die prall gefüllten Koffer hinunterzutragen und auf dem Rücksitz und im Kofferraum von Inges kleinem Flitzer zu verstauen, gestand sie ihm nicht zu. Er machte Anstalten, sie zum Abschied zu umarmen, aber sie hielt ihn auf Distanz und drückte ihm nur kurz die Hand. Dann wandte sie sich zügig ab, schlüpfte auf den Fahrersitz und fuhr mit aufheulendem Motor hoppelnd vom Hof. Er sah noch, wie sie einem Lieferwagen, der auf der Geiselbachstraße stadteinwärts fuhr, die Vorfahrt nahm. Und es war ihm, als wäre ihr Arm kurz nach oben gezuckt, um ihm zu winken – aber dann griff sie stattdessen nach dem Rückspiegel, als müsste sie ihn neu justieren.

Und dann … und dann war Froelich allein.

Na ja – fast allein. Richard Sanfftleben kam herbeigeschlurft und sah mit trüben Augen in die Richtung, in die Inge soeben verschwunden war.

»Was war das denn?«, fragte er.

Die Stimme des Alten klang heiser und brüchig, und seine Augen waren blutunterlaufen.

»Ich bin Strohwitwer«, antwortete Froelich.

»Oh?«

»Wir hatten Streit gestern, nun hat sich Inge auf den Weg gemacht, um in Bayern für einen neuen Roman zu recherchieren und ihn dort auch gleich zu schreiben.«

»Klingt nicht gut.«

»Wir werden sehen. Sie meinte, sie brauche etwas Abstand und wir sollten beide über uns nachdenken.«

»Und das tun Sie jetzt?«

»Ja, muss ich wohl.«

Froelich sah auf die Uhr.

»Aber jetzt geht's erst mal an die Arbeit. Ihr Freund Horst muss morgen unter die Erde, und ich habe noch jede Menge vorzubereiten. Außerdem …«

Ein Schatten huschte über Froelichs Gesicht, und der andere grinste ihn knitz an.

»Aha: Lauras Tod lässt Ihnen keine Ruhe.«

»Natürlich nicht. Ich hatte Ihnen ja schon erzählt, dass ich sogar den Auftrag ihres Vaters habe, mich in dem Fall ein wenig umzuhören. Und ich war der Meinung, dass ich eine richtig gute Idee hätte, meine Recherchen anzustellen, ohne dass Inge davon Wind bekommt. Das ging offenbar in die Hose.«

»Ich höre.«

»Laura war sehr begabt als Tänzerin. Am Abend vor ihrem Tod war sie in Winterbach als kostümierte Brasilianerin aufgetreten, sie war wohl schon mehrfach die Attraktion solcher Partys. Außerdem hat sie sich etwas Geld als Tanzlehrerin dazuverdient – und zwar in genau jener Tanzschule in Schorndorf, die Inge am Sonntag während des Tages der offenen Tür besucht hatte.«

Sanfftlebens Stirn legte sich in Falten, aber er sagte nichts und hörte sehr gespannt zu.

»Diese Gelegenheit wollte ich ganz elegant nutzen. Deshalb habe ich das gemacht, was Inge doch so sehr von mir wollte: Ich habe uns beide in Schorndorf zu einem Kurs angemeldet, und gleich gestern war ich mit Inge in dieser Tanzschule, in der Laura unterrichtet hat.«

»Das ist jetzt nicht Ihr Ernst, oder?«

»Doch. Inge wollte unbedingt einen Kurs machen, und sie selbst hat mir genau diese Tanzschule vorgeschlagen. Ich hatte gehofft, dass sie mir nicht so schnell draufkommt, dass sie vielleicht sogar einen Zufall für möglich hält – schließlich hatte sie ja die Tanzschule vorgeschlagen und nicht ich. Und da dachte ich …«

»Gelogen, Herr Froelich«, schnitt ihm der Alte das Wort ab. »Gedacht haben Sie da nichts, ganz sicher nicht.«

Er sah Froelich an, dann schüttelte er den Kopf.

»Ich weiß, ich sollte weniger saufen«, knurrte er. »Aber hätten Sie sich gestern mit mir im Rosenhäusle betrunken, statt Ihre Inge zu Ihren ›Ermittlungen‹ mitzuschleppen, wäre sie Ihnen heute vermutlich nicht weggefahren. Warum ist sie überhaupt mitgegangen, wo sie doch Ihre Kriminalisiererei eh nicht mag? Sie haben ihr doch wenigstens auf der Fahrt nach Schorndorf die Wahrheit gesagt, oder?«

Froelich blickte betreten drein.

»Ach du Scheiße! Sie hat nichts davon gewusst, bis sie dort von jemand anderem mit der Nase drauf gestoßen wurde, stimmt's?«

Ein kaum merkliches Nicken.

»Oh, Mann …!«, brummte Sanfftleben und stapfte davon.

Einbrecher in der Beutau

Den nächsten Weg nahmen die beiden Männer gemeinsam. Sanfftleben hatte Froelich überredet, ihn am Abend ins Rosenhäusle zu begleiten. Und kaum hatten sie die gemütliche Gaststube betreten, als sie auch schon einige Männer und Frauen an einem größeren Tisch mit großem Hallo begrüßten.

»Gleich hierher zu uns, die Herren Totengräber!«, rief ein schlanker Mann um die sechzig und winkte sie herbei. Ein rundlicher Mann stand auf und setzte sich auf einen Stuhl ganz hinten im Eck, damit sich die Neuankömmlinge nicht an ihm vorbeiquetschen mussten, und die Wirtin eilte schon mit Weizenbier für Sanfftleben und Froelich herbei.

»Wie immer, nehme ich an?«, fragte sie strahlend und flitzte wieder davon.

Froelich und Sanfftleben prosteten den anderen zu und nahmen einen großen Schluck. Dann beugte sich der Rundliche zu Froelich hin.

»Sag mal, Gottfried, der Wagen deiner Inge steht gar nicht bei dir im Hof. Ist sie nicht mehr zurückgekommen, seit sie heute morgen weggefahren ist?«

Froelich seufzte und nahm gleich noch einen Schluck, aber der Dicke ließ nicht locker, und außer Sanfftleben warteten auch die anderen am Tisch gespannt auf seine Antwort.

»Inge …«, begann Froelich schließlich, als er langsam und umständlich sein Glas abgestellt hatte. »Inge ist zu Recherchen für einen neuen Roman aufgebrochen.«

Froelichs rundlicher Tischnachbar tauschte mit dem Schlanken einen schnellen Blick und grinste leicht. Aber als ihn Sanfftleben daraufhin streng ansah, wurde er sofort wieder ernst und setzte eine Unschuldsmiene auf.

»Sie wird eine Weile in Bayern unterwegs sein, dort soll die Geschichte spielen«, erzählte Froelich weiter und tat so, als hätte er die Blickwechsel nicht bemerkt. »Aber mehr darf ich euch zu diesem Zeitpunkt noch nicht verraten.«

»So, so …«, machte der Rundliche.

»Wenn ich euch jetzt erzähle, wovon Inges Roman handeln soll, reißt sie mir den Kopf ab, glaubt mir, Leute.«

Er lachte gekünstelt und setzte sein Weizenglas wieder an.

»Du musst es ja wissen, Gottfried«, versetzte der Rundliche. »Ihr habt euch zuletzt doch gestritten, oder?«

»Wie kommst du denn darauf?«

»Hör mal, ich wohne gegenüber und …«

»… und du hältst ständig Augen und Ohren offen, weil du so unglaublich neugierig bist!«, fiel ihm Sanfftleben ins Wort. »Aber wir hier in der Beutau sollten lieber zusammenhalten, findest du nicht? Haben wir nicht genau deshalb unseren Beutaustammtisch gegründet? Und du? Du unterstellst Herrn Froelich Gott weiß was und willst dich damit vor allem wichtig machen. Schäm dich!«

Die anderen am Tisch hatten sich längst daran gewöhnt, dass die beiden Bestatter auch nach all den Jahren, die sie sich nun schon kannten, noch immer per Sie waren – obwohl sie sich näher standen als die meisten anderen in der Runde.

»Aber ich –«, protestierte der Rundliche.

»Papperlapapp!« Sanfftleben war jetzt richtig in Fahrt. »Hör endlich auf, deine Nachbarschaft auszuspionieren! Und jetzt …« Er unterbach sich, zwinkerte dem Rundlichen zu, setzte ein spitzbübisches Grinsen auf und hob sein Glas. »Schluss damit! Jetzt wird getrunken. Wie ihr wisst, wird morgen mein alter Freund Horst bestattet. Da muss ich mir heute Abend noch ein wenig Stütze holen.«

Er drehte sich um und hielt sein halb gefülltes Weizenglas in Richtung Theke.

»Bettina! Das hier wird gleich leer sein, kannst dich schon mal mit dem nächsten auf den Weg machen.«

Es wurde ein netter Abend. Auch Froelichs Sitznachbar war nicht allzu lange beleidigt wegen der strammen Zurechtweisung durch Sanfftleben, und irgendwann machten sich einige am Tisch noch über die hausgemachten Maultaschen her, die es im Rosenhäusle immer mittwochs frisch und in verschiedenen Variationen gab. Froelich stippte mit einem Stück Brot das Champignonrahmsößle auf, und der Rundliche neben ihm schlürfte genüsslich den letzten Rest seiner Brühe, als er noch einmal ansetzte:

»Bitte, Richard«, schickte er voraus, »flipp nicht gleich wieder aus, aber ich hab noch etwas anderes beobachtet.«

Sanfftleben hob die Augenbrauen.

»Das könnte Gottfried interessieren, ehrlich!«, versicherte der Rundliche und hob abwehrend die Hände.

»Na, dann raus damit«, knurrte Sanfftleben ungnädig.

»Es war vorgestern, nach dem Tanzkurs, von dem Gottfried erst recht spät zu Fuß nach Hause gekommen ist, und lange, nachdem Inge mit dem Wagen heimgekommen war.«

»Woher weißt du das denn schon wieder?«

»Lassen Sie ihn doch erzählen, Herr Sanfftleben«, beschwichtigte Froelich ihn.

»Also: Inge und Gottfried hatten schon das Licht ausgemacht, da fiel mir auf, dass sich im Hof noch etwas bewegte. Erst habe ich es nicht genau erkennen können, aber dann war ich mir ziemlich sicher, dass sich da eine Gestalt herumtrieb. Ist nicht lange geblieben, fünf Minuten vielleicht, aber es wirkte, als ob da jemand das Institut ausspionieren wollte.«

»Und wozu sollte das jemand machen?«, fragte Sanfftleben. »Bei uns … ich meine: Bei Herrn Froelich ist nichts zu holen. Und die Särge wird ja keiner klauen wollen.«

Er lachte trocken.

»Na ja«, versetzte der Rundliche und grinste, »bei den Preisen …«

»Hast du erkennen können, wer es war?«, fragte Froelich dazwischen.

»Nein. Ich bin mir nicht einmal sicher, ob es eine Frau war oder ein Mann. Und wie gesagt, nach etwa fünf Minuten war die Gestalt wieder verschwunden. Ist dir etwas am Haus aufgefallen, oder fehlt was?«

»Nein, aber ich werd nachher noch einmal genau nachschauen. Danke jedenfalls für die Info.«

»Bitte, gern geschehen, sehr gern«, sagte der Rundliche und warf Sanfftleben einen Blick zu, der keinen Zweifel daran ließ, dass er sehr zufrieden mit sich war.

Das Klirren einer Fensterscheibe baute Froelich zunächst in seinen Traum ein. Aber als es kurz darauf noch einmal rumpelte, wurde er doch wach. Er lauschte. Jetzt herrschte Stille im Haus. Ein Blick auf die Uhr: halb drei. Einen Augenblick lang war Froelich kurz davor, sich wieder in seine Decke zu wickeln, aber dann schwang er seine Beine über die Bettkante, angelte mit den Füßen nach seinen Pantoffeln und schlurfte auf den Flur hinaus.

Er lauschte, hörte aber nichts Ungewöhnliches.

Ganz vorsichtig zog er die Wohnungstür auf und schaute ins dunkle Treppenhaus hinaus. Nichts zu sehen, nichts zu hören, aber dann war es ihm, als hätte er aus dem Erdgeschoss ein Knarren vernommen. Die Tür des Sarglagers hatte er schon seit einiger Zeit ölen wollen – war dort unten jemand? Die Beobachtung seines neugierigen Nachbarn kam ihm in den Sinn. Hatte die unbekannte Gestalt, von der er erzählt hatte, tatsächlich das Institut ausbaldowert und suchte jetzt nach etwas, das sich zu stehlen lohnte?

Langsam arbeitete sich Froelich die Treppe hinunter, und erst als er alle Stufen ohne ein verräterisches Knarzen hinter sich gebracht hatte, fiel ihm ein, dass er auf einen Einbrecher im Moment nicht allzu furchteinflößend wirken würde: Die nackten Füße steckten in weichen Pantoffeln, und das Schlafshirt mit der Rolling-Stones-Zunge spannte bedrohlich über seinem runden Wanst. Nicht einmal eine Waffe hatte er für den Fall der Fälle bei sich. Froelich sah sich um. Schließlich zog er einen Regenmantel über und nahm den übergroßen gusseisernen Schlüssel von der Wand, den ihm Sanfftleben symbolisch zur Übergabe des Bestattungsinstituts geschenkt hatte. Das musste auf die Schnelle reichen.

Froelich schlich in den Raum, der zwischen Sarglager und Hof lag. Tatsächlich – es glitzterte dort auf dem Boden, und ein leichter Windhauch zog von draußen herein. Das Fenster zum Hof war eingeschlagen worden – offensichtlich von außen, denn die Scherben lagen innen verstreut. Kurz dachte Froelich nach, dann beschloss er, über den Kühlraum ins Sarglager zu schleichen. Die Verbindungstür zwischen den beiden Räumen knarrte nicht, und vielleicht würde ein Einbrecher erschrecken, wenn im Dunkeln jemand aus dem Raum kommen würde, in dem die Toten aufgebahrt waren. Den Gedanken, dass der Einbrecher vermutlich gar nicht wusste, dass sich hinter der Tür der Kühlraum befand, schob er beiseite. Angst hatte Froelich auch so schon genug.

Schritt für Schritt ging er durch den Kühlraum, immer aufmerksam lauschend und zugleich darauf bedacht, selbst kein Geräusch zu verursachen. Als er die Tür zum Sarglager zentimeterweise aufzog, spürte er seinen Pulsschlag fast schon schmerzhaft an den Schläfen. Doch nichts geschah. Niemand sprang ihn an, während er die Tür immer weiter öffnete; niemand huschte zwischen den Särgen umher oder flüchtete zum gegenüberliegenden Durchgang hinaus.

Dann stand die Tür weit offen, und Froelich ließ seinen Blick über das Sarglager schweifen. Die grünliche Notbeleuchtung legte einen gespenstischen Schimmer über die aufgereihten Särge, manche geöffnet, manche abgedeckt. Über zwei Oberlichter drang gerade so viel Licht von draußen herein, dass die Sargdeckel und die Seiten der Holzgebilde zu den Fenstern hin ein wenig aus dem Dunkel geschält wurden. Die Gänge zwischen den Särgen lagen dagegen in tiefen Schatten.

Eine Zeitlang blieb Froelich stehen und versuchte, die Schatten zu durchdringen. Dann seufzte er leise und tastete mit den Fingerspitzen nach dem Lichtschalter. Die Neonröhren flammten auf und rissen den Raum aus der Dunkelheit. Das grelle Licht ließ Froelich ein paar Mal blinzeln, aber auch, als er sich an die kalte Helligkeit gewöhnt hatte, sah er den Raum menschenleer vor sich.

Hatte er sich die Geräusche nur eingebildet? Oder war der Einbrecher vom Krach, den er mit dem Einschlagen der Fensterscheibe verursacht hatte, erschreckt worden und hatte gleich wieder Reißaus genommen?

Langsam trat Froelich einen Schritt in den Raum hinein, dann noch einen, und dabei lugte er gespannt in die geöffneten Särge, die ihm am nächsten standen, ob sich dort womöglich jemand versteckt hatte. Ganz leise war es nun im Sarglager. Froelichs Schritte verursachten kein Geräusch, sogar seinen Atem sog er vorsichtiger ein. Als die Tür zum Kühlraum hinter ihm satt ins Schloss fiel, riss ihn der Schreck fast von den Beinen.

»Mensch, Gottfried«, schimpfte er halblaut, als er sich wieder gesammelt hatte, »jetzt reiß dich mal zusammen!«

Natürlich hatte niemand hinter ihm die Tür zugezogen, sondern ihre leichte Unwucht, gegen die er gewöhnlich einen Holzkeil unter das Türblatt klemmte, wenn der Durchgang offenbleiben sollte, hatte sie langsam zuschwingen lassen. Also atmete er ein paar Mal tief ein und aus und konzentrierte sich wieder auf die vor ihm abgestellten Särge. An dem wuchtigen Exemplar aus poliertem Mahagoni war er schon fast vorbei, als er aus dem Augenwinkel eine Bewegung wahrnahm. Und wirklich: Unter dem halb aufgelegten Deckel kauerte jemand, fast katzengleich zusammengerollt und die Arme über dem Nacken verschränkt.

Froelich trat an den Sarg und schaute genauer hin. Vor ihm versuchte sich eine hagere Gestalt in dunklen, etwas abgerissenen Kleidern zu verbergen. Erst nach einer kleinen Weile kam Bewegung in den ungebetenen Gast, und allmählich hob die Gestalt den Kopf ein wenig, dann noch etwas mehr – und schließlich blickte

Froelich in die großen Augen einer Frau von etwa vierzig Jahren.

»Was machen Sie hier?«, fragte er, so sanft er konnte. Er hatte das Gefühl, die Frau vor ihm war völlig verängstigt. Jedenfalls schien sie – so dünn und abgerissen wie sie wirkte – keine wirkliche Bedrohung darzustellen. Die Augen der Unbekannten musterten sein Gesicht, dann folgten sie Froelichs noch immer erhobenem rechten Arm und der Hand, die sich um den überdimensionalen gusseisernen Schlüssel ballte. Er folgte ihrem Blick, räusperte sich und ließ schnell den Arm sinken.

»Entschuldigen Sie«, sagte er unsinnigerweise, »ich wollte Sie nicht erschrecken. Ich dachte, es wären Einbrecher im Haus.«

Ein leichtes Lächeln zuckte um die Mundwinkel der Frau.

»Ja, stimmt«, sagte Froelich und lächelte zurück. »So falsch hab ich ja gar nicht gelegen.«

Er legte den Schlüssel auf einem benachbarten Sargdeckel ab und streckte der Frau die rechte Hand entgegen.

»Jetzt kommen Sie schon raus da«, forderte er sie auf. »Um einen Sarg müssen Sie sich vermutlich noch eine ganze Zeitlang nicht kümmern. Außerdem sehen Sie nicht so aus, als wäre Mahagoni finanziell die passende Wahl.«

Froelich hatte einen freundlichen Ton angeschlagen, aber der letzte Satz war ihm kaum rausgerutscht, als er ihn auch schon wieder bereute. Er wollte ja nur locker plaudern in dieser seltsamen Situation, aber nicht unhöflich werden. Doch die Frau grinste nun und nickte.

»Da haben Sie wohl leider recht«, sagte sie mit einer rauen, etwas brüchigen Stimme und griff nach Froelichs

Hand. Er half ihr beim Aufstehen, und als sie mit einem großen Schritt aus dem Sarg geklettert war, streckte und reckte sie sich – die kauernde Haltung war wohl sehr unbequem gewesen. Froelich musterte sie. Sie hatte eine schmale, knabenhafte Figur, wirkte nicht unsportlich, wenn auch auf eine eher dünne, sehnige Art. Jeans, Unterhemd und Kapuzenshirt hatten schon bessere Tage gesehen, schienen aber zumindest sauber. Sie trug ausgelatschte Turnschuhe, und an den Handgelenken lugten Ränder von Tätowierungen hervor. Ihr Gesicht sah einerseits freundlich und offen aus, aber die Haut wirkte so ledrig und mitgenommen, dass sie sich offenbar schon einiges zugemutet hatte. Er tippte auf starke Raucherin, und ein schneller Blick auf ihre linke Hand bestätigte seine Vermutung: Zeige- und Mittelfinger dort wiesen gelbliche Verfärbungen auf. Ihre Augen wirkten aufmerksam und wach, aber rote Äderchen und ein feuchter Schimmer auf ihren Pupillen legten nahe, dass sie gewöhnlich nicht nur Tee und Wasser trank. Erst jetzt fiel Froelich auf, dass die Frau längst bemerkt hatte, wie er sie taxierte. Ein spöttisches Lächeln legte sich auf ihr Gesicht, das sie sofort deutlich jünger wirken ließ. Froelich räusperte sich.

»Was machen Sie hier?«, wiederholte er seine Frage.

Einen Moment lang schien die Frau nachzudenken, dann brachte sie ein wenig zerknirscht hervor: »Ich such einen Schlafplatz. Es ist im Moment einfach zu kalt da draußen …«

Froelich kam die Begründung einerseits plausibel vor, andererseits irritierte ihn etwas am Tonfall. Und eigentlich sah sie auch nicht so aus, als würde sie sonst unter Brücken schlafen.

»Für mich allein ginge es vielleicht, aber …«

Sie schaute zu einem offenen Sarg, der ein Stück entfernt von den beiden stand. Froelich sah sie fragend an, dann wandte er sich ebenfalls dem anderen Sarg zu.

»Kannst rauskommen, Kröte«, rief die Frau halblaut.

Schon war aus dem Sarg ein leichtes Scharren zu hören, und kurz darauf erhob sich ein Mädchen, sah verschreckt den dicken Bestatter an und kaute dabei auf der Unterlippe. Das Kind war der Mutter wie aus dem Gesicht geschnitten, selbst die struppigen schwarzen Haare und die ramponierte Kleidung hatten die beiden gemeinsam. Nur war an dem Mädchen keine Tätowierung zu sehen.

»Das ist Franzi«, sagte die Frau. »Und mein Name ist Anna.«

Sie hielt Froelich die Hand hin, und der schüttelte sie mechanisch, noch immer verdutzt darüber, wie sich die Situation im Sarglager entwickelte.

»Froelich«, sagte er dazu, »Gottfried Froelich. Mir gehört dieses Institut.«

Und als sonst keiner was sagte, schob er noch hinterher: »Und ich werde der sein, der die kaputte Fensterscheibe zu bezahlen hat.«

»Das tut mir leid«, sagte Anna. »Aber ich bin nicht besonders geschickt darin, Schlösser zu knacken. Anders komm ich leider nicht rein in fremde Häuser. Und wie gesagt: Draußen ist es heute Nacht einfach zu kalt für uns beide.«

»Aber ganz ehrlich: sich für eine heimliche Übernachtung ein Bestattungsinstitut auszusuchen, ist schon ein bisschen schräg, oder?«

»Na ja …« Anna grinste und zuckte mit den Schultern. »Wenn man sich vor Toten nicht gruselt …«

Froelich musterte ihre Tochter. Sie war inzwischen aus »ihrem« Sarg herausgeklettert und stand nun direkt neben der Mutter. Sie sah nicht so aus, als würde sie sich zwischen den Särgen allzu behaglich fühlen. Froelich beugte sich ein wenig zu ihr hin.

»Du gruselst dich nicht vor Toten?«, fragte er.

Das Mädchen schluckte, presste die Lippen ganz fest aufeinander und sah ihre Mutter an.

»Nein, tut sie nicht«, antwortete die an ihrer Stelle.

Froelich war es, als hätte sie dem Mädchen dabei einen warnenden Blick zugeworfen, aber er konnte sich auch täuschen. Jetzt jedenfalls schüttelte die Kleine entschieden den Kopf und sah ihn fest an.

»Das ist gut«, sagte er in versöhnlichem Ton zu ihr. »Vor Toten muss man auch keine Angst haben, weißt du? Und ich hab ja auch nicht immer jemanden da drüben.«

Er nickte zu der Tür, die in den Kühlraum führte. Die Mutter stutzte.

»Haben Sie jetzt niemanden hier aufgebahrt?«

Froelich wurde nicht recht schlau aus der Frage, und auch nicht aus dem überraschten Tonfall, in dem sie gestellt worden war.

»Das werde ich Ihnen sicher nicht sagen, Frau …«

»Einfach Anna, bitte.«

»Frau Anna? Na meinetwegen. Selbst wenn jetzt gerade ein Toter im Kühlraum wäre, würde Sie das natürlich nichts angehen. Und dir, Franzi, würde ich vorschlagen: Denk ganz fest dran, dass dort drüben im Moment niemand liegt, okay?«

Das Mädchen zögerte, dann nickte es tapfer.

»Gut«, sagte Froelich. »Und jetzt sehen war mal zu, dass wir euch beide etwas gemütlicher unterbringen.«

Anna blinzelte ihn verwundert an, aber Froelich tat so, als bemerkte er es gar nicht.

»Dort hinten finden Sie einen Kehrwisch und eine kleine Schaufel, damit fegen Sie jetzt mal die Scherben zusammen. Ich stelle ein passendes Brett vor das kaputte Fenster, das müsste bis morgen früh reichen. Und Franzi kommt mit mir. Wir holen Bettzeug.«

Das Mädchen zögerte erneut, doch die Mutter nickte nur und holte Besen und Schaufel. Kurz darauf waren auch Froelich und Franzi wieder zurück, jeder beladen mit Decken und Kissen.

»Kommen Sie?«, rief er Anna zu, die inzwischen die Scherben beseitigt hatte.

Froelich ging wieder auf den Flur hinaus und führte die beiden in einen kleinen Raum, der früher einmal Sanfftlebens Büro gewesen war. Froelich bearbeitete seine Unterlagen lieber oben, wo er sich in der Wohnung ein helleres Büro eingerichtet hatte. Seither waren hier zwei alte Betten samt Nachtkästchen und kleinem Kleiderschrank abgestellt. Die Matratzen waren nicht mehr die besten, aber sie waren sauber, und für eine Nacht sollten sie reichen. Froelich holte zwei Laken aus dem Schrank und machte sich daran, die Betten zu beziehen, aber Anna löste ihn ab. Sie war geschickt, strich das Laken am Ende auch sorgfältig glatt, und als Kissen und Decken an ihrem Platz lagen, schaute sie Froelich prüfend an.

»Und wir dürfen echt hier schlafen? Nachdem wir bei Ihnen eingebrochen sind und Sie meinetwegen auch noch das Fenster richten lassen müssen?«

Froelich zuckte mit den Schultern.

»Hat das mit Ihrem Beruf zu tun? Christliche Nächstenliebe und so? Dass Sie uns nicht anzeigen und stattdessen sogar bei sich übernachten lassen?«

»Hab ich gesagt, dass ich Sie nicht anzeigen werde?«

Anna erschrak, aber Froelich beruhigte sie sofort.

»War nur Spaß. Nein, ich werde Sie nicht anzeigen, und Sie dürfen heute hier übernachten. Heute, ja? Und morgen sehen wir weiter.«

»Danke«, murmelte sie und sah aus, als würde sie es wirklich ernst meinen.

»Außerdem«, fuhr Froelich fort, »bin ich ja Bestatter und nicht Pfarrer, und mit der Religion hab ich's nicht mehr als die meisten anderen auch. Aber …«

Er nickte zu Franzi hin, die sich schon auf eines der Betten gesetzt hatte und ziemlich müde wirkte.

»Aber ihr beiden tut mir halt leid, vor allem Ihre Tochter mag ich nicht draußen in der Kälte schlafen lassen. Und wenn Sie mal wieder besser bei Kasse sind, habe ich natürlich nichts dagegen, wenn Sie mir das kaputte Fenster gelegentlich erstatten. Aber vor allem …«

Annas Brauen gingen nach oben, als Froelich eine übertrieben strenge Miene aufsetzte.

»Vor allem klingeln Sie beim nächsten Mal, ja? Bevor Sie mir wieder eine Fensterscheibe zerdeppern, lass ich Sie lieber zur Tür rein.«

»Versprochen, Herr Froelich.«

Er nickte den beiden noch einmal zu, dann wandte er sich zum Gehen. Als er die Tür erreicht hatte, rief Anna ihm noch hinterher: »Und vielen Dank nochmal!«

Froelich hob die rechte Hand, ohne sich umzudrehen. Er zog die Tür hinter sich zu und stand dann eine Weile draußen im Flur, um darüber nachzudenken, ob es nicht womöglich doch ein Fehler war, fremden Leuten, die bei ihm nachts einbrachen, einen Schlafplatz anzubieten. Doch dann tappte er weiter, verschloss sicherheitshalber die Türen, die in den Kühlraum und ins Sarglager führten, und klemmte ein Brett vor das Fensterloch im Raum neben dem Sarglager. Dann kletterte er müde hinauf in seine Wohnung, schloss auch dort die Tür ab und legte sich wieder ins Bett.

Es dauerte eine Weile, bis er einschlief, und er wachte schon auf, bevor der Wecker klingelte.

Sofort fielen ihm die Frau und das Mädchen ein, und fast beschwingt eilte er aus dem Bett und hinüber in die Küche. Er machte Kaffee, goss Milch in eine zweite Tasse, schmierte Brote und bugsierte alles auf einem Tablett nach unten. Doch seine Gäste waren schon ausgeflogen, und das Bettzeug sah nicht aus, als hätte jemand darin geschlafen. Die Haustür war zu, wurde aber ohnehin nie abgeschlossen und war deshalb von innen jederzeit zu öffnen. Anscheinend hatten sich diese Anna und ihre Tochter schon bald, nachdem er schlafen gegangen war, aus dem Staub gemacht. Immerhin hatten sie diesmal darauf verzichtet, durchs Fenster zu klettern.

Froelich stellte das Tablett auf einem Nachtkästchen ab und ließ sich auf eines der Betten sinken. Die beiden waren spurlos verschwunden, auch Inge war weg – und selbst wenn beides nicht miteinander zu vergleichen war, versetzte es ihm doch einen Stich, dass nun schon zweimal kurz nacheinander Frauen Hals über Kopf sein Haus verlassen hatten. Die nächtliche Szene mit Anna und ihrer Tochter, die sich in zwei Särgen versteckt hatten, um sich eine Nacht lang die Kälte draußen ersparen zu können, ging ihm durch den Kopf. Und direkt danach die Frage, warum die beiden nicht zum Schlafen hiergeblieben waren, wo sie es doch dieses eine Mal wirklich warm und weich hätten haben können?

Er war noch nicht auf des Rätses Lösung gekommen, als sich im Schloss der Haustür ein Schlüssel drehte. Froelich sah erwartungsvoll zur geöffneten Zimmertür hin, die ihm den Blick auf einen kleines Stück Hausflur freigab – doch statt Inge, auf deren Rückkehr er in diesem Moment gegen alle Vernunft gehofft hatte, erschien nur Richard Sanfftleben. Der Alte schaute Froelich verwundert an.

»Übertreiben Sie's jetzt nicht ein bisschen, Kollege?«

Froelich verstand nicht, was er meinte, und Sanfftleben machte daraufhin eine Geste, die beide Gästebetten, das Bettzeug und das Tablett umfasste.

»Na, Ihre Inge ist weg, zumindest für eine Weile – und Sie richten sich nun stattdessen hier unten in meinem alten Büro ein? Was wollen Sie denn damit bezwecken?«

Nun begriff Froelich, und er lachte.

»Nein, nein, ich schlaf weiterhin oben in der Wohnung, aber ich hatte Gäste heute Nacht. Zumindest für kurze Zeit.«

Er erzählte Sanfftleben von der Frau und ihrer Tochter, brachte den nächtlichen Einbruch in Verbindung mit der Beobachtung seines neugierigen Nachbarn – und gestand dem Alten schließlich, dass er nicht recht schlau wurde aus dem Verhalten der Frau.

»Vielleicht sollten Sie einfach froh sein, dass die beiden wieder weg sind, ohne dass sie Ihnen etwas geklaut haben. Es fehlt doch nichts?«

»Nicht, dass ich wüsste. Und heute Nacht hatte ich auch alles weggesperrt, was Fremde nichts angeht.«

»Gut. Und damit wollen wir's mal gut sein lassen mit Ihren seltsamen Besucherinnen. Jetzt geht's um meinen alten Freund Horst und um sein Begräbnis.«

Sanfftleben straffte sich, und erst jetzt fiel Froelich auf, dass sich der greise Kollege für seine Verhältnisse geradezu schick gemacht hatte. Er trug wie immer einen seiner alten dunklen Anzüge, die ihm viel zu weit waren und lose um seinen knochigen Körper wehten. Aber der heutige Anzug war weder an den Ellbogen und Knien abgestoßen noch hatte er genähte Risse oder sonst einen Makel – und Sanfftleben hatte sich rasiert. Wo sonst gräulich weiße Stoppeln die Konturen seines Gesichts etwas weicher machten, war nun nichts als blanke, welke Haut über scharfen Knochenkanten zu sehen. Froelich würde es ihm nicht sagen, aber eigentlich sah Sanfftleben nach der Rasur hinfälliger aus als vorher. Seine Augen dagegen strahlten allerdings eine Lebendigkeit aus, die Froelich sonst nur zu sehen bekam, wenn der Alte einen seiner geliebten schmutzigen Witze erzählte.

»Haben Sie sich für Horst so herausgeputzt?«

»Finden Sie, dass ich mich herausgeputzt habe? Ist es zu arg?«

»Nein, nein, alles gut«, schwindelte Froelich. »Und es ist ja auch ein guter Grund, sich etwas Mühe mit seinem Aussehen zu geben, wenn der älteste Freund zu Grabe getragen wird.«

»Na ja, der Horst sieht es ja nicht mehr, aber …«

Froelich bemerkte etwas irritiert das Grinsen, das sich jetzt auf die hageren Züge des Alten legte.

»Aber?«, fragte er, als Sanfftleben nicht weitersprach.

»Na, vermutlich wird *sie* ja auch da sein.«

»Magda, Ihre Jugendliebe, mit der Horst mal verheiratet war? Ich hatte zuletzt eher das Gefühl, dass Sie diese Aussicht nervös gemacht hat. Und jetzt? Steigt die Vorfreude?«

»Schon. Und es kann doch wirklich sein, dass sie kommt. Wie oft gab's das schon unter Eheleuten: Man lebt sich auseinander, man lässt sich scheiden, aber mit den Jahren hat man nicht mehr so eine große Wut auf den anderen oder hat mit den Verletzungen seinen Frieden gemacht, die der andere einem zugefügt hat. Und dann … Es wäre nicht das erste Begräbnis, an dem sich die Hinterbliebenen wieder die Hände reichen.«

Froelich sah Sanfftleben an. Ein bisschen naiv und wunderlich wirkte der alte Kollege schon, wie er da mit der Begeisterung eines Konfirmanden stand, der sich unbändig auf die bevorstehende Übergabe der Geldgeschenke freut. Aber andererseits war er die vergangenen Tage zumeist so sehr am Boden zerstört gewesen, dass sich Froelich über alles freute, was Sanfftlebens Laune wieder hob.

»Dann hoffen wir doch mal das Beste für heute«, sagte Froelich und wuchtete sich vom Bett hoch. »Machen wir uns also lieber mal an die Arbeit, Herr Kollege.«

Sanfftleben schaute an ihm vorbei aufs Tablett.

»Ist das Leberwurst auf dem einen Brot?«

»Ja, wieso?«

»Falls Sie das auch Ihrer Inge morgens angeboten haben, sollten Sie darüber unbedingt mal mit ihr reden. Leberwurst morgens, für eine Frau: Das geht gar nicht! Nusscreme ist gut, Marmelade auch, Käse vielleicht – aber auf gar keinen Fall Leberwurst!«

Froelich grinste.

»Ich werd's mir merken.«

Doch Sanfftlebens Blick blieb unverwandt auf das Wurstbrot gerichtet.

»Wollen Sie's haben?«, fragte Froelich deshalb.

»Wenn Sie's nicht wollen …?«

»Nein, bitteschön, nehmen Sie's ruhig. Aber haben Sie nicht gerade noch gesagt: Leberwurst am Morgen geht gar nicht?«

»Bin ich ein Mädchen?«

Während Froelich prustend loslachte, schnappte sich Sanfftleben die Schnitte, biss ein großes Stück ab und folgte Froelich kauend hinüber in den Kühlraum.

Richard Sanfftleben ließ sich keine der Aufgaben abnehmen, die nun noch vor der Bestattung seines alten Freundes Horst zu erledigen waren, und so nutzte Froelich die verbleibende Zeit, um in seinem Gedächtnis nach den anderen Namen zu kramen, die ihm Mercedes Häberle aufgeschrieben hatte. Für den Moment fiel ihm kein weiterer ein, aber der Gedanke, mit einem der drei anderen zu sprechen, ließ ihn nicht los. Er überflog die Adressen der Männer, dann sah er zur Uhr und versuchte abzuschätzen, wann er auf dem Friedhof eintreffen musste, um rechtzeitig für die letzten Handgriffe vor Ort zu sein. Er überschlug die Fahrtzeit nach Remshalden und zurück – und kam zu dem Schluss, dass er ausreichend Zeit hatte, zumindest einen der von Mercedes Häberle benannten Männer aufzusuchen.

Das Stukkateurgeschäft Humboldt lag im Remshaldener Ortsteil Geradstetten am Ostrand eines Gewerbegebiets, das sich zwischen B29 und Rems erstreckte. Es war ein kleines Flachdachgebäude, an das eine gut dreimal größere Lagerhalle angebaut war. Bis auf einen schwarzen Kombi und einen VW Käfer mit Oldtimer-Kennzeichen war der Hof der Firma leer, und auf den Kundenparkplätzen stand kein Fahrzeug.

Froelich blieb mit der Ente am Straßenrand stehen, und als er durch das Schaufenster des Ladengeschäfts einen Mann um die fünfzig an seinem Schreibtisch sitzen und arbeiten sah, bog er auf den Hof der Firma ein und ließ den Wagen auf einem Kundenstellplatz ausrollen. Der Mann im Büro hob den Kopf, kümmerte sich aber zunächst wieder um die Papiere, die er vor sich auf dem Schreibtisch liegen hatte. Erst als Froelich die drei Stufen zur Eingangstür erklommen hatte und das altmodische Scheppern der Türglocke erklang, stand der Mann auf und trat hinter einen Tresen, der den Eingangsbereich vom eigentlichen Büro abtrennte.

»Guten Tag«, sagte der Mann in einer Mischung aus erzwungener Freundlichkeit und schlecht gespieltem Interesse. »Wie kann ich Ihnen helfen?«

Froelich ließ seinen Blick für einen Moment über die teils eigenartigen Musterfliesen gleiten, die in einigen Regalen linker Hand an der Wand aufgereiht waren, dann schaute er seinem Gegenüber in die Augen und lächelte.

»Schöne Fliesen haben Sie«, schwindelte er. »Sind Sie Herr Humboldt?«

Der Mann nickte.

»Froelich ist mein Name, Gottfried Froelich, und ich muss zugeben, dass ich gar nicht gekommen bin, um etwas zu kaufen.« Ein Teil der Freundlichkeit wich aus dem Gesicht des Fünzigjährigen, und Froelich schob schnell nach: »Mercedes Häberle hat mir Ihre Adresse gegeben und sie hat gemeint, Sie könnten mir vielleicht helfen.«

Nun schien sich der Mann einerseits ein wenig zu entspannen, der Blick allerdings wurde lauernder.

»Es geht um die Brasilienparty am vergangenen Freitag«, setzte Froelich vorsichtig an und musterte Humboldt, um sich womöglich auf eine spontane Reaktion einen Reim machen zu können. Und wirklich wirkte Humboldt jetzt eine Spur angespannter als zuvor.

»Und inwiefern sollte ich Ihnen da helfen können, Herr … Froelich?«

Die kleine Pause vor seinem Namen konnte bedeuten, dass er sich noch einmal hatte besinnen müssen, wie sich sein Besucher vorgestellt hatte – oder er wollte ihn betont abschätzig ansprechen.

»Sie wissen inzwischen sicher, dass Laura Lorenzen nach der Party zu Tode kam – die junge Frau, die als Bedienung im Saal war und zwischendurch einige Einlagen als brasilianische Tänzerin gab.«

»Wieso glauben Sie, dass ich davon weiß?«

»Das war in der Nacht von Freitag auf Samstag, inzwischen haben die Zeitungen berichtet, die hiesige sicher besonders groß – und für Sie muss es ein Leichtes gewesen sein, selbst aus vagen Andeutungen recht schnell zu erkennen, wer das Opfer ist.«

Humboldts Kiefern mahlten und er funkelte Froelich zornig an.

»Gehen Sie!«, zischte er und beugte sich etwas über den Tresen. »Mit der Presse rede ich nicht!«

Froelich setzte ein mitleidiges Lächeln auf.

»Ich weiß nicht, warum mich derzeit jeder für einen Reporter hält – aber glauben Sie wirklich, Frau Häberle hätte mir Ihren Namen genannt, wenn ich von der Presse wäre? Sie will ja selbst mit keinem Reporter sprechen, wie sie mir gesagt hat. Da wird sie das auch ihren Freunden nicht zumuten wollen.«

»Na ja«, knurrte Humboldt, »Freunde – so weit würde ich nicht gehen. Wir kennen uns seit geraumer Zeit, und die Partys von Mercedes verpasse ich nur, wenn es gar nicht anders geht.«

Er musterte Froelich.

»Und Sie haben meinen Namen und die Adresse wirklich von Mercedes bekommen?«

Froelich nickte.

»Und warum hat sie mich genannt – gerade im Zusammenhang mit der Party vom Freitag?«

»Was meinen Sie mit ›gerade im Zusammenhang mit der Party‹ – ist denn da etwas Besonderes vorgefallen, mit dem Sie zu tun haben?«

Humboldts Augen verengten sich zu Schlitzen. Er trat vom Tresen zurück und nahm das schnurlose Telefon auf, das auf seinem Schreibtisch lag.

»Ich weiß nicht recht«, sagte er, »ob ich Ihnen glauben kann. Warum sollte Ihnen Mercedes meinen Namen nennen? Was wollen Sie eigentlich? Und wer sind Sie? Hat Sie etwas erzählt von der Party, etwas über mich, meine ich?«

»Nein«, beantwortete Froelich zunächst einmal die letzte der Fragen. »Und Sie können Ihre Bekannte ja gern anrufen und Sie fragen – sie wird Ihnen bestätigen, dass ich Ihren Namen von ihr habe.«

Das war hoch gepokert. Denn selbst wenn Mercedes Häberle es ihm bestätigen würde, so würde sie doch auch erwähnen, dass der Muskelprotz, der sie beschützte, ihm den Zettel wieder weggenommen hatte, als er dessen Meinung nach zu frech geworden war. Humboldt hielt den Hörer einen Moment lang in der Hand, dann legte er ihn wieder aus der Hand und kam an den Tresen zurück.

»Wenn Sie nicht von der Presse sind, warum wollen Sie mich dann über diese Party ausfragen?«

Froelich zog eine Visitenkarte hervor und legte sie auf den Tresen.

»Ich bin Bestatter, habe ein Institut in Esslingen, und Lauras Eltern haben mich mit der Bestattung ihrer Tochter beauftragt. Dazu muss ich mich mit der Polizei abstimmen, die ja vor einer Bestattung den Leichnam der jungen Frau freigeben muss. Und Lauras Vater hat mich außerdem gebeten, mich ergänzend zur Polizei für ihn umzuhören – er möchte sich aus den Informationen, die ich für ihn sammle, ein eigenes Bild machen, wie die letzten Stunden im Leben seiner Tochter verlaufen sind.«

Humboldt verweilte mit dem Blick länger auf der Visitenkarte, als er selbst zum zweimaligen Lesen benötigt hätte. Dann nickte er bedächtig und sah Froelich an.

»Okay. Was wollen Sie wissen?«

»Ist Ihnen während der Party etwas aufgefallen, was im Zusammenhang mit Laura interessant für Lauras Vater sein könnte?«

Aus dem flackernden Blick, den Humboldt aber schnell wieder unter Kontrolle hatte, konnte Froelich ebensowenig einen vernünftigen Schluss ziehen wie aus dem ganz schwachen Hauch von Röte, der sich für einen Moment über Humboldts Wangen zog. Dann fuhr sich der Mann mit dem Handrücken über die Stirn und seufzte.

»Um ehrlich zu sein: Allzu viel weiß ich gar nicht mehr von dieser Party.« Er setzte eine zerknirschte Miene auf. »Ich hab wohl deutlich zu viel getrunken, ich weiß nicht einmal mehr, wie ich nach Hause gekommen bin.«

»Hat Sie denn niemand nach Hause gebracht?«

»Nein, und ich muss wohl sehr dankbar dafür sein, dass ich unterwegs keinen Unfall gebaut habe …« In gespieltem Erschrecken beugte er sich vor und legte den Zeigefinger auf die Lippen. »Aber das sollten Sie bitte niemandem erzählen, vor allem nicht der Polizei, nicht wahr?«

»Keine Sorge, darüber muss ich mit niemandem sprechen – es kann aber sein, dass die Polizei Sie danach fragen wird. Bis dahin sollten Sie sich vielleicht eine Antwort zurechtlegen, die Sie nicht den Führerschein kostet.«

»Da wird mir schon was einfallen. Ich hatte jedenfalls schon recht früh am Abend ordentlich einen im Tee, und irgendwann später muss ich einen Filmriss gehabt haben. Das Nächste, was ich mitbekommen habe: Ich lag daheim auf dem Bett, noch halb angezogen, und hatte fürchterliche Kopfschmerzen.«

Er versuchte ein verschwörerisches Lächeln, es wirkte sehr aufgesetzt.

»Ich muss unbedingt mal mit Mercedes reden, damit sie besser aufpasst, was sie in ihre brasilianischen Cocktails mischen lässt.«

»Ist Laura denn an diesem Abend von manchen Gästen etwas … wie soll ich sagen … bedrängt oder angegangen worden?«

Das Lächeln war wie ausgeknipst.

»Wieso fragen Sie das gerade mich?«

Froelich zuckte mit den Schultern und sah den anderen unverwandt an.

»Was hat Ihnen Mercedes denn erzählt, um Himmels willen?!«

Froelich schwieg und wartete ab. Kurz nacheinander schienen auf Humboldts Gesicht Wut, dann Empörung und am Ende Zerknirschtheit auf. Schließlich gab er sich einen Ruck.

»Wie gesagt: Ich weiß nicht mehr alles, was ich am Freitag gesagt oder getan habe. Aber natürlich hat es mir schon gefallen, was Laura da gezeigt hat. Haben Sie sie gekannt?«

Froelich schüttelte den Kopf.

»Schade. Laura war eine sehr hübsche junge Frau, und ihre Art zu tanzen kann einen Mann schon mal ins Schwärmen bringen. Ich konnte mir das am Freitag in aller Ruhe ansehen und den Anblick genießen – anders als viele meiner Tischnachbarn hatte ich ja keine Frau dabei, die mir das hätte übelnehmen können.«

Den fragenden Blick von Froelich quittierte er mit einem kurzen Grinsen.

»Glücklich geschieden, schon seit ein paar Jahren.«

Er hielt Froelich die rechte Hand hin. Am Ringfinger war kein Ring, kein Abdruck mehr und auch keine blassere, weniger von der Sonne gebräunte Stelle mehr zu sehen.

»So gut hatten es an diesem Abend nicht viele Männer in der Alm.«

»Und haben Sie Laura … haben Sie ihr zu erkennen gegeben, wie gut Sie ihren Auftritt fanden?«

Froelich mochte sich kaum selbst zuhören, so gespreizt drückte er sich aus, aber er wollte seinen Bluff aufrechterhalten, dass Mercedes Häberle ihm Details über Humboldts Verhalten während der Party verraten hatte. Zuerst erntete er von seinem Gegenüber erneut einen lauernden Blick, doch schließlich schien Humboldt zu dem Schluss zu kommen, dass Froelich wirklich schon einiges über die Party wusste – und darüber, wie er sich dort verhalten hatte.

»Na gut«, gab er zögernd zu, »ich habe Laura angesprochen. Aber das hatte eher mit zwei anderen Gästen zu tun, die sich ihr gegenüber nicht so verhalten haben, wie sich das gehört. Laura trug ein ziemlich knapp sitzendes Kostüm, und zwei jüngere Burschen, die in meiner Nähe saßen, fühlten sich dadurch wohl an das erinnert, was sie vielleicht mal in einem Film oder live in einer Rotlichtbar gesehen hatten. Sie wollten ihr Geldscheine in den Ausschnitt stecken. Laura ist ihnen ganz geschickt ausgewichen und hat darauf geachtet, dass sie schnell ein paar Schritte Abstand bekam – aber die sind daraufhin aufgesprungen, haben so blöd herumgegrölt und Laura solche Unverschämtheiten zugerufen, dass ich das nicht einfach so hinnehmen konnte. Ich bin aufgestanden, bin zu den beiden hin und habe dafür gesorgt, dass sie sich wieder brav hingesetzt haben. Und als die Burschen nun auf mich losgehen wollten, haben sie ihre Bekannten zurückgehalten.«

Humboldt schien sich mit einigem Stolz an diesen Zwischenfall zu erinnern.

»Später habe ich Laura angesprochen, ob sie sich von dem Schreck erholt habe«, fügte er noch hinzu.

»Und? Hatte sie?«

»Offenbar war sie gar nicht erschrocken gewesen über die beiden Deppen. Vielleicht war sie so etwas ja auch gewohnt. Aber sie hat sich trotzdem bei mir bedankt für meine Hilfe, und das war's dann auch schon.«

»Bei welcher Gelegenheit haben Sie Laura denn angesprochen?«, hakte Froelich nach. »Gleich nach ihrem Auftritt oder später, als sie wieder bediente?«

»Das … äh … war später. Da war sie mit dem Tanzen schon fertig.«

Froelich merkte sich das kurze Zögern des Mannes, konnte es aber einstweilen nicht deuten.

»Und die beiden anderen, die mit den Geldscheinen: Haben die sich noch einmal an Laura gewandt?«

Humboldt grinste und hob die geballte rechte Faust.

»Das haben sie bleiben lassen, zu ihrem eigenen Glück.«

Nachdenklich verließ Froelich das Fliesengeschäft, und noch nach seinem Eintreffen im Bestattungsinstitut war er so sehr in Gedanken versunken, dass ihn Sanfftleben mehrmals ansprechen musste, bis Froelich seinen greisen Kollegen endlich wahrnahm.

Auf dem Ebershaldenfriedhof fanden sich schon recht früh die ersten Gäste der Bestattungszeremonie ein, obwohl es kalt war und windig und immer wieder ein feiner Nieselregen über die Gräber wehte. Horst Riemles Leichnam war in einem Nebenraum aufgebahrt, und vereinzelt traten Trauernde den Weg dorthin an, um sich von dem Toten zu verabschieden. Manche hatten kein Interesse, manche nicht den Mut – und eine ältere Dame, die sich schwer auf ihren Stock stützte und unschlüssig auf halbem Weg zu dem Nebenraum stehenblieb, sah trübe zu Froelich hin, der gerade gemessenen Schritts zur Aussegnungshalle ging. Die faltige Hand der Frau zitterte leicht, obwohl sie die knochigen Finger schon so fest um den Griff des Stocks geschlossen hatte, dass die Knöchel ganz weiß hervortraten. Froelich unterbrach seinen Weg und trat zu ihr. Sie schaute ihn fast ängstlich an, dann warf sie einen schnellen Blick in Richtung des Nebenraums und schien zu überlegen, ob sie weitergehen sollte.

»Sie müssen ihn sich nicht ansehen, wenn Ihnen das schwerfällt«, sagte Froelich mit ruhiger Stimme. »Manche können nur dann endgültig Abschied nehmen, wenn sie einen lieben Menschen auch wirklich tot gesehen haben – andere möchten lieber das Bild in sich bewahren, das sie aus dessen Lebzeiten in Erinnerung haben.«

Die Dame blickte mit einem traurigen Lächeln zu Froelich auf. Ihre Augen wurden feucht, dann nickte sie und wandte sich erleichtert um. Froelich bot ihr den Arm und geleitete sie zu einem freien Platz in der Aussegnungshalle. Als er gehen wollte, zupfte sie ihn leicht am Ärmel, so leicht, dass er es um ein Haar nicht bemerkt hätte. Er beugte sich zu der Frau hinunter.

»Ja, bitte?«

»Hätten Sie vielleicht eine Visitenkarte für mich? Wenn es bei mir mal so weit ist, hätte ich auch gerne jemanden wie Sie, der sich um alles kümmert.«

Froelich gab ihr eine Karte und murmelte irgendeine charmante Banalität darüber, wie gut und gesund sie doch aussehe und dass das doch keine Gedanken seien, die sie sich jetzt schon machen müsse, aber die alte Dame winkte nur ab, zwinkerte Froelich zu und richtete ihren Blick nach vorn, wo Blumen und ein Foto des Verblichenen schön um ein Rednerpult herum arrangiert waren.

Richard Sanfftleben hatte er schon eine ganze Weile nicht mehr gesehen. Die beiden Männer hatten den Sarg beizeiten aufs Friedhofsgelände gebracht, hatten ihn auf dem Transportkarren in den Nebenraum gerollt und dort alles arrangiert, was den Anblick des Toten würdiger und erträglicher gestalten würde. Danach hatte Froelich seinen greisen Kollegen allein gelassen, hatte ihn noch eine kleine Weile heimlich beobachtet, wie er mit gefalteten

Händen und gesenktem Kopf neben dem Leichnam stand und ab und zu ganz leicht von den Fersen auf die Fußballen und zurück wippte. Dann hatte er sich leise entfernt und die wenigen Handgriffe übernommen, die Sanfftleben nicht ohnehin schon erledigt hatte.

Sanfftleben hatte den Platz am Sarg natürlich rechtzeitig geräumt, bevor die ersten Verwandten eingetroffen waren, doch wohin er gegangen war, wusste Froelich nicht zu sagen. Noch blieb etwas Zeit, bis der Sarg abgedeckt und in die Aussegnungshalle gebracht werden musste, also sah sich Froelich ein wenig nach Sanfftleben um. Er entdeckte ihn schließlich etwas abseits. Hinter ihm waren die Wohnhäuser jenseits der Landenbergerstraße zu sehen, die den Friedhof nach Norden hin begrenzte. Und neben ihm stand eine Frau mit grauem Haar, eine gepflegte Erscheinung in modischer Kleidung, die sich sehr gerade hielt – und sich angelegentlich mit dem alten Bestatter unterhielt. Die beiden sahen sich immer wieder unauffällig um, als befürchteten sie, zu viel Aufsehen zu erregen, wenn sie so eng beieinanderstanden, und mit einem solchen schnellen Seitenblick bemerkte Sanfftleben, dass Froelich sie beobachtete. Er zögerte einen Moment, dann fragte er die Frau etwas, und auf ihr Nicken hin winkte er Froelich heran.

»So, Magda«, sagte Sanfftleben, als Froelich vor ihm stand. »Das ist mein lieber Kollege Gottfried Froelich, der mein Institut viel besser führt, als ich es je geschafft habe.«

Froelich winkte ab und ergriff dann die ausgestreckte Hand der Frau.

»Und das ist Magda, von der ich Ihnen schon erzählt habe«, fuhr er fort und strahlte dabei wie ein Honigkuchenpferd.

»Hoffentlich hat Ihnen Richie keinen Quatsch über mich erzählt, Herr Froelich«, sagte sie mit einer sehr angenehmen, warmen Stimme und schenkte ihm ein bezauberndes Lächeln. »Von Ihnen jedenfalls hat er immer nur in den höchsten Tönen geschwärmt.«

Froelich hatte Sanfftleben auf das »Richie« hin einen schnellen Blick zugeworfen, auch ein leichtes Lächeln konnte er sich dabei nicht verkneifen, aber der Alte strahlte nur noch deutlicher und zuckte mit den Schultern.

»Frau Riemle?«, vermutete Froelich.

Sie nickte, noch immer lächelnd.

»Dann kann ich Sie beruhigen: Er hat nie etwas Schlechtes oder Peinliches über Sie erzählt. Und wenn ich mir den Kollegen so anschaue, freut er sich wirklich sehr, Sie wiederzusehen. Auch wenn es natürlich kein schöner Anlass ist.«

»Ach«, sagte sie leichthin, »Horst und ich hatten ja schon länger keinen allzu engen Kontakt mehr miteinander, wissen Sie? Immerhin haben wir uns irgendwann so leidlich ausgesöhnt, wie das halt nach einer Scheidung geht. Und jetzt ist es natürlich schade, dass er gestorben ist, aber es ist doch eher wie bei einem alten Bekannten oder einem Schulkameraden oder …«

Das Lächeln wurde dünner, die Augen schimmerten ein wenig, und Froelich hätte sich in den Hintern beißen können, dass er sie mit seiner dahingeplauderten Bemerkung so aufgewühlt hatte. Er nickte ihr wissend zu, und sie verstummte. Dann kam wieder ein leichtes Lächeln durch. Kleine Fältchen spielten um ihre Augenwinkel, auch die Mundwinkel waren von Falten umgeben, und am Hals und an manchen Stellen ihres Gesichts hatte das Alter Spuren in Form von kleinen Flecken hinterlassen.

Froelich kam plötzlich Inge in den Sinn, und der Wunsch, mit Inge gemeinsam so alt zu werden, dass er miterlebt haben würde, wie sie sich ihre Lach- und Sorgenfältchen eine um die andere erworben hätte, wärmte ihn und zerriss ihn zugleich schier.

»Ich muss dann auch mal wieder«, sagte Froelich schnell und wollte sich davonmachen, um nicht gleich in den nächsten Fettnapf zu treten. Da fiel sein Blick auf eine Frau und ein Mädchen, die fünfzehn, zwanzig Meter entfernt neben einer sehr imposanten Statue standen, die das Grab einer bekannten Esslinger Familie markierte. Einen Augenblick lang war er sprachlos, dann wollte er schon zu den beiden hingehen, aber die Frau schüttelte nur langsam den Kopf und legte den Zeigefinger auf ihren Mund. Als sich Magda Riemle umdrehte, um Froelichs Blick zu folgen, hatte die Frau den Finger schon wieder heruntergenommen und lächelte die kleine Gruppe freundlich an.

»Ah, meine Tochter«, sagte Magda Riemle, und es klang ein wenig schmerzlich. Sie winkte die Frau heran, die der Aufforderung recht langsam folgte und dabei das Mädchen an der Hand mit sich zog. »Darf ich vorstellen? Meine Tochter Anna und meine Enkelin Franziska.«

Beide gaben Froelich die Hand und versuchten sich nicht anmerken zu lassen, dass sie sich bereits begegnet waren. Magda Riemle stellte den beiden auch Richard Sanfftleben vor, und weil sie dabei den alten Mann sehr genau musterte, konnte Froelich der Frau, die vorige Nacht in sein Sarglager eingebrochen war, einen zugleich wütenden und fragenden Blick zuwerfen. Sie schaute auf eine Art zurück, die ein wenig betreten wirkte – oder auch nur darum bat, dass sie alles später, zu einem günstigeren Zeitpunkt, würde erklären dürfen.

Froelich jedenfalls verabschiedete sich, redete sich mit dringenden Arbeiten heraus und strebte eilig der Aussegnungshalle zu, ohne sich noch einmal umzudrehen. Sanfftleben, der natürlich wusste, dass es keine dringenden Arbeiten mehr gab, ließ sich die kleine Schwindelei gern gefallen und stand noch eine Weile mit Magda Riemle beisammen, bevor auch er sich in Bewegung setzte, um den Sarg seines alten Freundes zusammen mit Froelich in die Aussegnungshalle zu rollen und zwischen den Blumen und neben dem Rednerpult zu positionieren. Er stellte sich noch einmal vor den offenen Sarg und deutete seinem toten Freund gegenüber eine kleine Verbeugung an, dann legten er und Froelich den Deckel auf. Einen Moment lang dachte Froelich daran, Sanfftleben gleich hier in der Stille des Nebenraums zu verraten, wer da vergangene Nacht um ein Haar bei ihm im Institut übernachtet hätte. Aber der alte Mann war so sehr in Gedanken versunken, dass er es bleiben ließ.

Der Regen war stärker geworden. Die ersten Trauergäste hatten den Ebershaldenfriedhof schon verlassen, noch bevor der Posaunenchor sein letztes Stück beendet hatte. Horst Riemles Begräbnis hatte in überschaubarem Rahmen stattgefunden. Sein Bruder Herbert war mit Frau und Kindern gekommen, seine Exfrau Magda mit Tochter und Enkelin, dazu zwei ältere Tanten, darunter die Dame, der Froelich gut zugeredet hatte, einige Nachbarn und zwei ältere Paare, die auf kaum einer Beerdigung auf dem Ebershaldenfriedhof fehlten, auch wenn sie weder die Verstorbenen noch die Hinterbliebenen kannten. Sie hielten sich im Hintergrund, unterhielten sich aber selbst während der kurzen Ansprache des Pfarrers halblaut miteinander, was ihnen einen bösen Blick von Sanfftleben einbrachte. Kurz darauf machten sie sich aus dem Staub – entweder wegen des Regens oder weil sie fürchteten, von Sanfftleben nach dem Ende der Trauerfeier womöglich ins Gebet genommen zu werden.

Entsprechend klein fiel der anschließende Leichenschmaus aus, zu dem der Bruder des Verstorbenen alle, die mitkommen wollten und noch dageblieben waren, auf Kaffee und Kuchen zu sich nach Hause einlud. Die beiden Tanten sagten herzlich gern zu, Anna und Franziska schoben irgendeinen Termin vor und machten sich zügig davon. Magda Riemle wollte schon zusagen, da fing sie Sanfftlebens bittenden Blick auf, sagte ab, versprach ihrem ehemaligen Schwager aber, in den nächsten Tagen mal bei ihm vorbeizuschauen.

Danach blieb sie am offenen Grab stehen, als hielte sie noch stille Zwiesprache mit dem Verstorbenen. Doch kaum hatten sich die anderen auf den Weg in die Beutau gemacht, wo Herbert Riemles Familie ein schönes Wohnhaus etwa auf halbem Weg zwischen Froelichs Institut und dem Stammhaus des lokalen Nobelwinzers besaß, schlug sie den Mantelkragen nach oben, wandte sich einem anderen Ausgang des Friedhofs zu und ging zielstrebig davon. Froelich, der sich mit dem Pfarrer unterhalten hatte, sah ihr nach und konnte aus der Ferne erkennen, dass am Ausgang sein Kollege Sanfftleben geduldig im inzwischen strömenden Regen ausharrte, bis Magda ihn erreicht hatte. Dann hakte sie sich bei ihm unter, er nahm ihren Schirm und geleitete seine Begleiterin wie ein Gentleman der alten Schule in Richtung Innenstadt.

Froelich war in trübseliger Stimmung, als er sein Haus betrat. Missmutig klopfte er sich die ärgste Nässe vom Mantel und schüttelte den Schirm aus, bevor er ihn im Sarglager zum Trocknen abstellte. Um seine Schuhe, die er zum Glück nur vor und nicht in das Schuhregal gestellt hatte, bildete sich sofort eine Pfütze. Seine Schultern fühlten sich feucht an, die Strümpfe waren klitschnass, und sein Haar klebte in feuchten Strähnen auf Stirn und Wangen. Genau das richtige Wetter, um heiß zu duschen und sich danach einen steifen Grog zu brauen.

Er ging hinauf und zerrte mit einiger Mühe die Strümpfe von seinen Füßen, dann hörte er die Türglocke schellen. Erst wollte er nicht weiter darauf achten, aber erneut wurde auf den Klingelknopf gedrückt, diesmal deutlich länger. Schließlich tappte er zur Wohnungstür und drückte den Knopf der Gegensprechanlage.

»Aldo hier«, knurrte es in lausiger Tonqualität aus dem kleinen Lautsprecher. »Ich muss mit Ihnen reden.«

»Äh … Aldo? Welcher Aldo?«

»Der Freund von Mercedes Häberle, der Sie am Montag aus ihrer Wohnung geworfen hat.«

Sofort hatte Froelich den Hünen wieder vor Augen.

»Und was wollen Sie von mir?«

»Reden will ich mit Ihnen. Jetzt lassen Sie mich schon rein. Ich steh hier im Regen, und ich bin inzwischen eigentlich nass genug.«

»Und warum sollte ich Sie reinlassen? Sie haben mich ja gerade selbst daran erinnert, dass Sie mich vorgestern aus Frau Häberles Wohnung geworfen haben, und ich fand Sie, ehrlich gesagt, recht bedrohlich. Wer sagt mir denn, dass Sie mich nicht verprügeln, wenn ich Sie ins Haus lasse?«

»Ich verprügle Sie nicht, versprochen.«

Aldos Stimme klang aufrichtig, und im Hintergrund konnte er das satte Platschen der Regentropfen hören.

»Jetzt machen Sie endlich auf«, drängte der Muskelprotz. »Ich bin klitschnass, und mir wird langsam kalt.«

Froelich zögerte einen Moment, dann drückte er den Türöffner, zog auch die Wohnungstür auf und erwartete seinen Besucher am oberen Ende der Treppe. Drunten schwang die Haustür auf, Aldo stapfte herein und schüttelte sich wie ein nasser Hund. Die Tropfen stoben nur so in alle Richtungen, und die letzte Rinnsale, die auf seiner Lederjacke standen, wischte er mit ein paar schnellen Bewegungen seiner Pranken beiseite. Trotzdem fielen links und rechts Tropfen von seinen breiten Schultern auf den Boden, als er längst die oberste Treppenstufe erklommen hatte. Vor der Wohnungstür blieb der Hüne stehen, streifte seine Schuhe ab und schob sie mit den Fußspitzen ordentlich nebeneinander an die Wand. Dann schlüpfte er aus seiner Lederjacke und legte sie auf die Schuhe.

»Die Jacke können Sie ruhig mit reinnehmen«, sagte Froelich.

»Ist aber saunass«, gab Aldo zu bedenken.

»Na ja, Ihre Haare werden Sie ja wohl auch nicht draußen lassen wollen ...«

Aldo lachte kurz und strich die klitschnassen Strähnen mit seinen kräftigen Fingern nach hinten. Froelich ließ sich die Jacke geben und hängte sie an die Garderobe im Flur der Wohnung. Dann ging er seinem Gast in die Küche voraus und bot ihm einen der massiven Stühle am Esstisch an. Sich selbst schob er auf die Eckbank und wartete, was ihm der Besucher zu sagen hatte. Der aber saß anfangs noch da, als wäre er unschlüssig, ob er überhaupt etwas sagen sollte, knetete seine Finger und stierte auf die Tischplatte. Froelich hatte inzwischen begriffen, dass von Aldo im Moment keine Bedrohung ausging, sondern dass im Gegenteil eher er sich vor etwas zu fürchten schien. Er erhob sich wieder und ging zum Kühlschrank.

»Bier?«, fragte er und brachte, nachdem Aldo genickt hatte, zwei Flaschen mit an den Tisch.

»Danke«, sagte Aldo, drückte mit seinem Daumen gegen den Bügelverschluss und lauschte dann kurz dem »Plopp!« des Verschlusses nach. Dann prostete er Froelich mit der Flasche zu und nahm einen tiefen Schluck.

»Und – was haben Sie nun so Dringendes mit mir zu bereden, nachdem Sie mich vorgestern nicht schnell genug aus den Augen haben konnten?«

»Fanden Sie das zu heftig?«

»Ja, schon. Ich meine, Sie sind ein Schrank von einem Kerl, Sie reißen mir den Zettel mit den Adressen aus der Hand, den mir Frau Häberle gegeben hatte, und jagen mich fort.«

Aldo legte ein zerknirscht wirkendes Lächeln auf.

»Sie haben die falschen Fragen gestellt, und Mercedes ist eine gute Freundin von mir – da werde ich dann schon auch mal etwas direkter.«

»Vermutlich erwarten Sie, dass ich mich noch bei Ihnen bedanke – weil Sie mir nicht auch eins aufs Maul gegeben haben wie diesem Reporter.«

»Stimmt eigentlich«, versetzte Aldo, grinste und stieß mit Froelich an.

Die beiden Männer saßen ein paar Minuten schweigend beieinander und tranken. Froelich wartete, und Aldo schien nach dem richtigen Einstieg in das Gespräch zu suchen.

»Wie gesagt«, begann er endlich, »Mercedes ist eine gute Freundin von mir. Und wenn jemand deine Freunde angeht, musst du dazwischengehen – so ist das jedenfalls bei mir und meinen Leuten. Bis vor einigen Jahren war ich in einem Motorradclub, da war Loyalität alles. Wenn unser Präse gesagt hat, dass diese oder jene Gang Scheiße ist, dann haben wir uns die vorgeknöpft. Und umgekehrt war das natürlich nicht anders. Irgendwann hast du gar nicht mehr hinterfragt, was dir der Clubchef aufgetragen hat, und dass da nicht immer alles hasenrein war, hat dich erst mal nicht gekümmert. Bis es der Präse mal übertrieben hat. Es gab Stunk mit dem hiesigen Chapter eines großen Clubs. Unser Boss schickte uns los, damit wir ein paar von den Burschen auf dem Heimweg abpassen – und zwei Tage später haben wir dann wiederum ordentlich Prügel bezogen. Fünf unserer Leute mussten ins Krankenhaus, und den Präse haben sie so zusammengetreten, dass er auf der Intensivstation noch vier Tage überlebt hat, dann hat's ihn erwischt.«

»Und warum erzählen Sie mir das alles?«

Aldo hob nur eine Hand und brachte Froelich damit gleich wieder zum Schweigen.

»Die anderen wollten mich zum neuen Präse machen – vielleicht auch, weil ich an diesem Abend deutlich mehr ausgeteilt als eingesteckt habe. Aber ich habe abgelehnt und habe unseren Club kurz darauf verlassen. Die Jacke mit unserem Wappen hängt inzwischen irgendwo bei mir im Keller, angezogen habe ich sie seither nicht mehr. Das Thema Club war für mich gegessen, und seither habe ich über einige Dinge nachgedacht, die wir damals so angestellt haben – und für die auch ich mich nicht mit Ruhm bekleckert habe. Wenig später habe ich mir überlegt, was ich am besten kann« – er ballte seine Fäuste und hielt sie ein wenig hoch – »und wie ich daraus einen Beruf machen könnte, statt dafür noch irgendwann einmal in den Knast zu wandern. Ich kann ganz gut mit Leuten umgehen, die auf meiner Seite sind – und ich kann recht einschüchternd wirken auf alle anderen. Und ich weiß, dass ich ordentlich zulangen kann – deshalb habe ich es auch längst nicht mehr nötig, das ständig beweisen zu müssen. Also habe ich meine eigene Firma gegründet, habe ein paar alte Kumpel eingestellt und Security-Jobs für Konzerte, Partys oder andere Events übernommen. Das haben wir früher als Club auch gelegentlich gemacht, aber da kam es regelmäßig zu Ärger. Meine Leute habe ich dagegen darauf eingeschworen, dass wir unsere Muskeln eher zeigen und versuchen, ohne Gewalt Ruhe in den Laden zu bekommen – und dass wir unsere Fäuste wirklich nur noch gebrauchen, wenn es gar nicht anders geht. Das hat gut geklappt, auch wenn ich den einen oder anderen am Anfang manchmal zur Ordnung rufen musste, wenn er einem Unruhestifter schon fast an die Gurgel wollte. Aber mit der Zeit haben es alle kapiert, und als sich irgendwann die ersten Exmitglieder von anderen Motorradclubs bei mir beworben haben, wurde das Ganze noch etwas entspannter. Die alte Rivalität hatte sich offensichtlich erledigt, und meine Jungs haben es schließlich auch genossen, dass nicht mehr die alte Regel galt, die ja letztendlich zu nichts Gutem führte: Haust du dem einen aufs Maul, bekommst du von seinen Kumpels später zwei zurück und so weiter.«

Aldo trank sein Bier aus und hielt Froelich die leere Flasche hin. Der stand auf und holte Nachschub. Nach dem nächsten satten »Plopp!« fuhr Aldo fort.

»Jetzt war das anders. Wir standen da, jeder wusste, dass wir keinen Streit suchten und dass man mit uns lieber keinen Ärger anfing – und Ruhe war. Also hatte hinterher auch keiner einen Grund, sich für irgendetwas zu rächen.«

Er grinste Froelich an.

»Gutes Geschäftsmodell, was?«

Froelich nickte.

»Auch wenn es Sie um den einen oder anderen Kunden bringt …«

»Da machen Sie sich mal keine Sorgen. Mir ist es lieber, die Leute sterben friedlich im Bett als durch eine Schlägerei oder einen Unfall – schon, weil ich dann hinterher weniger Arbeit habe, falls die Hinterbliebenen die Verblichenen für einen letzten Blick der Trauergemeinde herrichten lassen möchten.«

Aldo verzog das Gesicht und schüttelte sich.

»Außerdem können Sie so friedlich leben, wie Sie wollen: Irgendwann brauchen Sie so oder so einen Bestatter. ›Gestorben wird immer‹, hat schon mein Großvater Fürchtegott selig gesagt.«

»Da hatte Ihr Opa natürlich recht. Wie hieß er? Fürchtegott?«

»Ja.«

»Haben bei Ihnen in der Familie alle so komische Namen?«

»Berufsbedingt, soweit ich weiß. Fürchtegott Froelich hat das Bestattungsinstitut gegründet, und seinen Sohn hat er Gotthold genannt, damit er auch namensmäßig zur Firma passt. Tja, und so kam ich auch zu meinem Gottfried.«

»Und wie heißt Ihr Sohn?«

»Ich hab keinen«, sagte Froelich. »Und wer weiß schon, ob daraus jemals was wird«, dachte er, »wo doch Inge gerade darüber nachdenkt, ob sie überhaupt weiter mit mir zusammen sein wird.«

»Schlimm?«, fragte Aldo, als er die wehmütige Miene seines Gegenübers bemerkte.

»Was?«

»Na, dass Sie keinen Sohn haben?«

»Keine Ahnung. Ich weiß ja nicht, wie es mit Sohn wäre.«

»Und die Firma?«

Froelich zuckte mit den Schultern.

»Da wird sich eine Lösung finden, nehme ich an. Und notfalls bin ich selbst mein letzter Kunde, und dann wird zugesperrt.«

Aldo quittierte das Grinsen des Bestatters mit einem kräftigen Lachen, dann wurde er wieder ernst.

»Aber Sie sind sicher nicht gekommen, um mit mir das Bestattungswesen zu diskutieren«, sagte Froelich nach einer kurzen Pause. »Ich würde jetzt gern mal erfahren, warum Sie mich besuchen – und warum Sie mir Ihr halbes Leben erzählt haben.«

Aldo trank die Flasche leer und gab Froelich zu verstehen, dass er durchaus noch ein Bier vertragen konnte. Als die dritte Flasche aufgeploppt war, redete Aldo endlich weiter.

»Sie haben Mercedes gegenüber durchblicken lassen, dass Sie einen guten Draht zur Polizei haben. Da wollte ich, dass Sie nicht von denen erfahren, dass die mich schon kennen, weil sie mich damals als Clubmitglied im Blick hatten. Aber seit ich meine Firma leite, habe ich mir nicht mehr das Geringste zuschulden kommen lassen.

Das kann ich mir auch gar nicht leisten. Stellen Sie sich vor, jemand würde meine Leute für Schläger halten, die sich nicht unter Kontrolle haben – uns engagiert doch keiner mehr!«

»Da können Sie es natürlich gar nicht brauchen, dass die Kripo ermittelt und zunächst einmal auch Sie und Ihre Männer unter die Lupe nimmt …«

»Von wegen ›Männer‹. Wir haben auch drei Mädels in der Truppe, und mit denen würde nicht einmal ich mich anlegen wollen. Aber sonst haben Sie recht: Solche Ermittlungen schaden dem Image, und wenn's dumm läuft, bleibt hinterher auch dann was hängen, wenn man letztendlich mit der ganzen Geschichte nichts zu tun hatte.«

»Mit dem Mord an Laura, meinen Sie?«

»Ja.«

»Und? Haben Sie etwas damit zu tun?«

Aldo stutzte und starrte Froelich mit einem unangenehm intensiven Blick an.

»Nein, natürlich nicht!«, brauste er dann mit etwas Verspätung auf. »Wieso sollte ich?«

»Keine Ahnung.«

»Würde ich dann hier bei Ihnen sitzen und Ihnen allen möglichen Kram über meine Vergangenheit erzählen, der mich doch sicher eher noch verdächtiger erscheinen lässt?«

Froelich zuckte mit den Schultern.

»Wer weiß – vielleicht genau deshalb. Vielleicht sind Sie ja ein ganz besonders schlauer Kerl und spielen gern mal über Bande? Und alles, was Sie mir erzählt haben, werde ich irgendwann ohnehin von der Polizei hören – da ist es sicher klüger, mir das schon vorher und aus freien Stücken zu erzählen.«

»Trauen Sie mir das zu?«

»Ich traue grundsätzlich allen alles zu.«

»Das ist vermutlich kein Fehler«, pflichtete Aldo ihm bei und nahm einen Schluck Bier. »Aber mir ging es nicht nur darum, Ihnen von mir zu erzählen. Ich möchte auch, dass Sie von Mercedes ein paar Dinge erfahren, die … na ja … die sie sonst vielleicht in einem falschen Licht erscheinen lassen würden.«

»Und was sind das für Dinge?«

»Mercedes … nun, sie hat kein besonders glückliches Händchen für finanzielle Dinge.«

»Soll heißen?«

»Die Brasilienpartys, die sie veranstaltet, laufen wie geschnitten Brot, aber von ihrem eigentlichen Geschäft lässt sich das nicht unbedingt sagen. Mercedes hat eine kleine Cateringfirma, die vor einigen Jahren recht großen Erfolg hatte – aber inzwischen hat sie durch Imbissecken in Bäckereien und Metzgereien, durch Gockelmobile und Food Trucks so viel Konkurrenz bekommen, dass sie den Laden nur mit Mühe über Wasser halten kann. Und Catering bieten auch immer mehr Privatleute an – Hausfrauen, die mit ihrem Familienkram nicht ausgelastet sind und selbstgemachten Kartoffelsalat, Fleischküchle und Leberkäs zu Preisen anbieten, von denen ein Profi nie und nimmer seinen Lebensunterhalt bestreiten kann.«

»Und warum macht sie nicht nur Partys, wenn die so gut laufen?«

»In der jetzigen Häufigkeit kommt da übers Jahr auch nicht genug rein, und vielleicht hat Mercedes Angst, dass sie mehr Partys nicht voll bekommen würde – das weiß ich gar nicht. Jedenfalls stopft sie mit den Einnahmen aus den Brasilienpartys die größten Löcher im Budget ihrer

Cateringfirma. Und diesmal scheint es besonders eng für Mercedes zu werden. Die Eintrittsgelder für die Party am vergangenen Freitag hatte sie längst schon wieder ausgegeben, noch bevor die ersten Gäste die Alm betreten haben.«

»Und deshalb kann sie jetzt Ihre Dienste nicht bezahlen, stimmt's?«

Aldo winkte leichthin ab.

»Mercedes ist eine Freundin, und über so etwas spricht man unter Freunden nicht.«

»Das tun Sie aber gerade.«

Der Hüne blinzelte irritiert und sah Froelich fragend an.

»Na, Sie erzählen mir hier gerade lang und breit«, erklärte der, »dass Frau Häberle finanziell in der Klemme steckt, im Moment vermutlich mehr als jemals zuvor – und dass alles Geld, das sie mit der jüngsten Party verdient hatte, schon wieder für anderes draufging. Also ist Ihre Rechnung an Frau Häberle noch offen – oder wovon sonst, wenn nicht aus den Erlösen der Party, sollte sie Sie bezahlen?«

Aldo zuckte mit den Schultern.

»Stimmt, da habe ich mich wohl verplappert, sorry. Das ist sonst nicht meine Art.«

Froelich hätte das zu gern kommentiert, aber viel lieber wollte er noch mehr von dem Mann hören – und dazu würde er ihn im Moment vielleicht mit seiner lahmen Behauptung durchkommen lassen.

»Hat Frau Häberle auch den Frauen in ihrem Partyteam noch Geld geschuldet?«

»Weiß ich nicht, könnte aber sein.«

»Also auch Laura?«

»Vielleicht. Ich … ich habe ganz am Rand mitbekommen, dass es zwischen Mercedes und Laura mal kurz etwas lauter geworden ist. Da ging es, soweit ich es mitbekommen habe, wirklich um Geld, das Laura haben wollte – aber ich kann mich auch verhört haben. Ich hab ja nicht gelauscht und hatte genug damit zu tun, die Gäste im Auge zu behalten. Gerade die männlichen. Die Laura ist ja … war ja eine ganz besonders Hübsche …«

Sein Blick wurde wehmütig, und Froelich ergriff die Gelegenheit, das Gespräch in eine andere Richtung zu lenken.

»Sind Ihnen denn Gäste aufgefallen, die besonders aufdringlich waren, zum Beispiel als Laura an ihnen vorbeitanzte?«

»Ach, da gibt's immer wieder welche. Eigentlich war's am Freitag nicht schlimmer als sonst.«

»Versuchen Sie sich doch bitte zu erinnern. Sind Ihnen einzelne männliche Gäste aufgefallen?«

Aldo schien nachzudenken, schüttelte dann aber nur langsam den Kopf und nahm noch einen Schluck Bier.

»Wissen Sie, Aldo«, begann Froelich und sah den Mann nachdenklich an, »Sie kommen durch das ärgste Sauwetter zu mir und erzählen mir viel über sich und manches über Frau Häberle – und das meiste davon macht Sie beide durchaus verdächtig, etwas mit Lauras Tod zu tun zu haben.«

Aldo sprang auf und funkelte Froelich wütend an. Der hob abwehrend die Arme und versuchte trotz des Schreckens, der ihm in die Glieder gefahren war, ruhig und versöhnlich zu wirken.

»Setzen Sie sich doch bitte wieder!«

Der Hüne blieb stehen.

»Ich könnte mir vorstellen«, fuhr Froelich fort, »dass die Polizei Sie und Frau Häberle ins Visier nimmt, dass aber auch einige andere Personen aus Lauras Umfeld – Leute, die sie von ihrem Studium her kennt – in den Augen der Kripobeamten als Täter infrage kommen. Und wenn sich nun am Freitag ein paar männliche Gäste damit hervorgetan hätten, aufdringlich gegenüber Laura zu werden – ich meine: Das wären dann natürlich ebenfalls Verdächtige, nicht wahr? Wie leicht gerät eine solche Situation außer Kontrolle? Stellen Sie sich vor, einer dieser Gäste stellt Laura nach, wird abgewiesen und verträgt das nicht gut – ein ganz klassisches Motiv für einen Mord wie den an Laura.«

Hinter Aldos Stirn arbeitete es, und nach kurzem Nachdenken setzte er sich wirklich wieder hin und kramte in seiner Erinnerung. Die dritte Flasche Bier war ausgetrunken, als ihm etwas einfiel.

»Zwei Typen hatten versucht, Laura Geldscheine in ihren Ausschnitt zu stecken – Sie wissen schon, wie in diesen Rotlichtbars, wo die Mädels an Stangen tanzen und sich auf überteuerte Getränke einladen lassen.«

»Kannten Sie die beiden?«

»Nein, tut mir leid. Ich bin mir nicht einmal sicher, ob ich sie bei einer Gegenüberstellung wiedererkennen würde.«

»Und was wurde aus dem Versuch der Männer?«, fragte Froelich, der natürlich sofort an Werner Humboldts Erzählung über seine Erlebnisse auf der Party dachte.

»Denen ist ein dritter Mann fast an die Gurgel gegangen, aber dann haben sich alle drei wieder beruhigt, und es ist nichts Schlimmeres draus entstanden. Diesen dritten kannte ich übrigens auch nicht, falls Sie mich das gleich fragen wollen. Mercedes meinte nur, er sei einer ihrer Stammgäste und ich solle dafür sorgen, dass ihn meine Leute etwas behutsamer anfassen. Ein Name ist leider nicht gefallen.«

»Und auch dieser dritte Mann hat sich wieder beruhigt?«

»Ja.«

»Und keiner der drei ist später noch einmal auffällig geworden oder hat sich Laura genähert?«

Aldo zögerte, dann schüttelte er den Kopf.

»Nein, keiner der drei. Jedenfalls nicht, soweit ich das mitbekommen habe. Meine Leute und ich müssen ständig das gesamte Publikum im Blick behalten und Ärger vermeiden, da kann man nicht ständig ein Auge auf einzelne Gäste haben – vor allem, wenn von denen im Moment keine Gefahr mehr auszugehen scheint. Mehr, als dass sich alle drei ordentlich haben volllaufen lassen, ist mir nach diesem kleinen Zwischenfall nicht mehr aufgefallen.«

Wenig später brachte Froelich seinen Besucher wieder nach draußen. Er begleitete ihn die Treppe hinunter, achtete darauf, dass er im Hausflur in keine der Pfützen trat, die im Licht der Deckenlampe schimmerten. Der Regen hatte ein wenig nachgelassen. Aldo wischte mit dem Ärmel etwas Wasser von der Sitzbank seines Motorrads, das neben Froelichs Haustür aufgebockt war. Dann schüttelte er den Helm trocken, den er über den Gasgriff gehängt hatte, stülpte ihn über, schwang sich auf die Maschine, startete und fuhr so sicher über das nasse Kopfsteinpflaster davon, als hätte er den ganzen Abend über nur Sprudel getrunken.

Froelich stand noch nachdenklich in der Tür, als das Röhren des Motorrads schon verklungen war. Warum hatte sich Aldo so viel Mühe gemacht, sich ein bisschen und seine »Freundin« Mercedes Häberle etwas mehr verdächtig zu machen? Und warum hatte er mit seiner Antwort gezögert, als er ihn danach fragte, ob einer der drei männlichen Gäste, die ihm aufgefallen waren, später noch einmal aufdringlich geworden seien? Hatte er nichts beobachtet, ergab das Zögern keinen Sinn – denn Aldo schien in der kurzen Pause nicht in seiner Erinnerung zu kramen, sondern eher abzuwägen, was er Froelich verraten wollte und was nicht. Und hatte er etwas beobachtet, musste ihm doch daran gelegen sein, dass er Froelich auch wirklich alle Beobachtungen berichtete, die den Verdacht von ihm und Mercedes Häberle ablenken würde.

Sein zweites Bier trank Froelich am Fenster stehend. Er hatte einen der Flügel geöffnet und schaute über den Hof seines Instituts hinweg auf die Geiselbachstraße hinaus, wo der Nieselregen vollends verebbte. Er trug die leere Flasche in die Küche und war schon ins Bad geschlurft, als er sich noch einmal anders besann.

Bald darauf wehten Klavierakkorde durch das Haus, gedämpft durch die Tür des Kühlraums, die Froelich hinter sich geschlossen hatte.

Erste Ergebnisse

Weil für diesen Donnerstag kein Termin anstand, hatte Froelich eigentlich länger schlafen wollen – zumal er sich am Abend im Kühlraum ordentlich verhockt hatte und nun ein unangenehmes Pochen im Kopf spürte. Der Cognac war gut gewesen, und ihm war sogar ein passabler Song eingefallen, nur mit den Gedanken, denen er nebenbei eigentlich hatte nachhängen wollen, war er nicht weitergekommen.

Wer war schuld an Lauras Tod? Wer hatte sie im Hinterhof von Michis Alm erschlagen? Diese Fragen schossen ihm sofort nach dem Aufwachen wieder durch den Kopf, noch bevor er realisierte, dass ihn das Klingeln seines Telefons geweckt hatte. Er wälzte sich herum, sah Inges Bettseite leer und unberührt vor sich, wälzte sich zurück und zog die Decke über den Kopf. Tatsächlich hörte das Läuten auf, aber als er kurz darauf einsehen musste, dass er zwar todmüde war, aber nicht mehr einschlafen konnte, ging es schon wieder los. Er setzte sich auf die Bettkante, massierte sich die Schläfen und ließ es erneut durchklingeln. Dann erhob er sich schwerfällig, zog seinen Bademantel über und schlurfte in die Küche hinaus. Der dritte Anruf erwischte ihn, als er gerade an dem kleinen Tischchen vorbeikam, auf dem das Telefon in seiner Ladeschale stand. Er griff im Vorübergehen mit der linken Hand nach dem Gerät, wischte dabei aus Versehen die Ladeschale vom Tisch, kümmerte sich aber nicht weiter drum und schlurfte weiter, bis er die Kaffeemaschine erreicht hatte. Erst jetzt nahm er das Gespräch entgegen.

»Sagen Sie mal!«, brüllte es ansatzlos aus dem Hörer, »sind Sie eigentlich noch ganz dicht?«

Froelich wollte schon etwas sagen, aber der Anrufer wütete ohne Atempause weiter.

»Nicht genug, dass Sie mich an der Uni direkt nach der Vorlesung abpassen und damit riskieren, dass meine Studenten mitbekommen, dass Laura und ich etwas miteinander hatten. Nein: Sie Idiot müssen natürlich auch noch meine Frau anrufen und ihr alles brühwarm erzählen! Wie kann man nur so blöd sein! Oder so rücksichtslos – ich weiß ja nicht, ob Sie das alles vielleicht sogar mit Absicht machen. Hauptsache, Sie können in diesem Fall herumschnüffeln, koste es andere, was es wolle!«

Froelich hörte sich die Tirade zunächst kommentarlos an. Wellering, den er offenbar am Apparat hatte, hätte seine Einwände ohnehin nicht gehört. Er war auf hundertachtzig und vollauf damit beschäftigt, ihn zu beschimpfen. Also schaltete Froelich den Kaffeeautomaten ein, und als sich das Gerät lautstark auf die erste Tasse des Tages vorbereitete, hielt er das Telefon so neben den dröhnenden Motor, dass Wellering es laut und deutlich hören musste. Als er danach den Hörer wieder ans Ohr hob, war es am anderen Ende still.

»Herr Wellering?«, sagte Froelich. »Sind Sie noch dran?«

»Natürlich bin ich noch dran, Sie Arsch! Und falls Sie sich jetzt entschuldigen und mir weismachen wollen, dass das alles nur ein Versehen war: Das können Sie sich schenken, verstanden?«

»Verstanden habe ich, ehrlich gesagt, bisher nicht viel. Offenbar hat jemand Ihrer Frau verraten, dass Sie sie regelmäßig mit Studentinnen betrügen. Ich war das jedenfalls nicht, auch wenn ich es gut finde, dass Ihre Frau endlich Bescheid weiß. Eigentlich hätten Sie ihr das schon längst selbst sagen müssen. Nur: Wie kommen Sie denn darauf, dass ich sie angerufen haben könnte?«

»Nachdem meine Frau mir heute früh eine Szene wegen Laura gemacht hatte, habe ich die Nummern durchgesehen, die von unserem Telefon zuhause aus angerufen wurden. Die einzige, die ich nicht kannte, habe ich daraufhin gewählt – und bin auf dem Anrufbeantworter Ihres bescheuerten Bestattungsinstituts gelandet.«

»Warten Sie mal«, sagte Froelich und rief die Liste der eingegangenen Anrufe auf.

Dreimal war für diesen Morgen die Stuttgarter Nummer verzeichnet, von der aus Wellering gerade mit ihm sprach. Und gestern Abend, recht spät, war von derselben Telefonnummer auch schon bei ihm angerufen worden. Froelich dachte nach – zu der Zeit musste er im Kühlraum musiziert haben, und dass er sich wegen des Cognacs auf dem Weg zum Bett nicht mehr um etwaige eingegangene Anrufe gekümmert hatte, wunderte ihn nicht.

»Haben Sie gestern Abend schon mal angerufen?«, fragte Froelich, als er den Hörer wieder ans Ohr nahm.

»Nein, aber heute früh schon dreimal. Und gestern Abend muss meine Frau mit Ihnen telefoniert haben, und Sie haben ihr dann auch gleich brühwarm –«

»Stopp!«, herrschte Froelich den Anrufer an. »Jetzt halten Sie mal den Mund und denken zur Abwechslung mal nach: Finden Sie meine Nummer denn in Ihrem Telefon auch unter den eingegangenen Anrufen?«

»Wie?«

»Jetzt schauen Sie schon nach!«

»Nein«, sagte Wellering nach einer kurzen Pause. »Aber meine Frau hat Sie angerufen, und dabei –«

»Ach, und woher sollte Ihre Frau meine Nummer haben? Sie werden sie ihr ja wohl kaum gegeben haben, oder?«

»Nein, natürlich nicht.«

»Also hat sie sie von jemand anderem – vermutlich von demjenigen oder derjenigen, von dem oder der Ihre Frau auch von Laura und Ihnen erfahren hat. Am besten fragen Sie sie direkt. Oder hat sie behauptet, dass ich das gewesen sei?«

»Nein, hat sie nicht, und sie spricht inzwischen auch nicht mehr mit mir. Und falls Sie mich noch einmal anrufen möchten, werden Sie mich auch nicht mehr so schnell unter dieser Nummer erreichen. Meine Frau ist heute früh aus dem Haus gestürmt, und sie hat mir bis Mittag Zeit gegeben, meine Sachen zu packen und auszuziehen. Und das habe ich Ihnen nur zu verdanken und –«

»Sagen Sie mal: Hören Sie mir eigentlich zu? Ich habe noch nie mit Ihrer Frau auch nur ein Wort gewechselt, ich habe nie bei Ihnen zuhause angerufen! Das haben Sie doch auch selbst gerade feststellen können. Also hören Sie endlich auf, mich zu beschimpfen, sondern denken Sie mal darüber nach, wer dafür infrage kommt. Und ich lege jetzt auf. Wenn Sie noch etwas mit mir besprechen wollen, beruhigen Sie sich erst mal.«

Froelich trennte das Gespräch und ließ einen Kaffee aus der Maschine. Durch Wellerings wütenden Anruf war er nun nicht nur hellwach, sondern auch ein bisschen aufgeregt. Das legte sich mit der zweiten Tasse Kaffee, gegen die Kopfschmerzen musste er allerdings eine Tablette nehmen.

»Geschieht ihm recht«, murmelte Froelich, als er das Medikament mit reichlich Sprudel hinuntergespült hatte. »Gut, dass seine Frau ihn rausgeschmissen hat. Macht mit Studentinnen rum und hat noch nicht mal den Mumm, ihr das zu gestehen.«

Er holte die Tageszeitung aus dem Briefkasten, überflog aus alter Gewohnheit zuerst die Todesanzeigen und blätterte dann gemächlich durch den Lokalteil. Offenbar hatte am vergangenen Wochenende jeder erdenkliche Verein einen Glühweinstand aufgebaut oder gedachte das am kommenden Wochenende zu tun. Alle möglichen Gruppierungen luden zum Strohsternbasteln, Festkerzengießen oder einfach nur zum gemütlichen Umtrunk ein, und die Eßlinger Zeitung mühte sich nach Kräften, all diesen Veranstaltungen wenigstens mit ein paar Zeilen gerecht zu werden. Auf den Sportseiten stieß er auf einen etwas längeren Artikel über den VfB Stuttgart, der ihn interessierte. Doch als er zum dritten Mal zum Anfang der Geschichte gesprungen war und wenig später erneut den Faden verlor, wurde ihm klar, dass er mit seinen Gedanken eigentlich ganz woanders war.

Wer hatte Laura Lorenzen ermordet? Was war das Motiv? Und hatte er womöglich mit dem Täter oder der Täterin schon gesprochen? Hatte es noch einmal Streit um das Geld gegeben, das Mercedes Häberle ihrer Mitarbeiterin schuldete? Hatte Werner Humboldt doch noch einmal versucht, Laura näher zu kommen, als sie das wollte? War womöglich dem muskelbepackten Aldo eine Sicherung durchgebrannt – und falls ja: warum? War er vielleicht selbst in die junge Frau verliebt gewesen? Und ohnehin: das Thema Liebe … Hatte Wellering befürchtet, Laura könnte ihn erpressen oder sie könnte ihm einen Strich durch das Doppelleben als verheirateter Mann und umschwärmter Dozent machen? War ihr Exfreund Ben Fieling irgendwann so verzweifelt gewesen, dass er sie am Tag vor ihrem Tod nicht nur zu einer Versöhnung überreden wollte, sondern schließlich auch handgreiflich wurde? Hatte Hanno Kaschmann das Stalken satt und wollte nun endlich mit seiner heimlichen Liebe zusammenkommen? Und gab es vielleicht noch ganz andere Ansatzpunkte? Hatte Laura womöglich in der Tanzschule eine Rivalin, hatte sie mit einer anderen Mitarbeiterin von Mercedes Häberle Streit gehabt … Froelich schwirrte der Kopf, und diesmal lag es nicht am Cognac.

Als wieder das Telefon klingelte, las Froelich erst auf dem Display die Nummer des Anrufers. Diesmal war es die Waiblinger Durchwahl seines Musikerfreundes, Kriminaloberkommissar Alexander Maigerle. Froelich nahm den Hörer auf und meldete sich.

»Hallo, Gottfried«, begann Maigerle, und er klang recht gut gelaunt. »Na, fleißig am Ermitteln?«

»Geht so«, gab sich Froelich etwas bedeckt. »Mir als Bestatter muss ja keiner was erzählen, wenn er nicht will.«

»Uns von der Kripo auch nicht, und glaub mir: Da hilft letztendlich die ganze Vorladerei nichts.«

»Was habt ihr denn inzwischen herausgefunden?«

Maigerle lachte.

»Das würde dir so passen, was? Erzähl erst mal du, was du inzwischen weißt.«

Froelich brachte ihn aufs Laufende, und er hielt auch mit seinen Einschätzungen und Vermutungen nicht hinter dem Berg.

»Gut mitgedacht, Gottfried«, lobte ihn Maigerle danach. »Bis auf Fieling und Kaschmann haben wir die auch schon alle auf dem Zettel. Aldo ist tatsächlich kein unbeschriebenes Blatt – er heißt übrigens mit richtigem Namen Albrecht Dohringer und wohnt in Schorndorf zwischen der früheren Kripoaußenstelle und dem Bahnhof. Er hat dort ein kleines Häuschen, und wenn er nicht gerade Veranstaltungen absichert, kümmert er sich rührend um seine pflegebedürftige Mutter – das jedenfalls haben uns seine Nachbarn erzählt.«

»Wie nett«, versetzte Froelich. »Ich für meinen Teil bin vor allem froh, dass er noch keinen Grund gefunden hat, mir eine zu verpassen.«

»Dann benimm dich lieber«, neckte ihn Maigerle. »Hast du von den beiden Studenten Adresse und Telefonnummer?«

Froelich gab ihm von Ben Fieling die Anschrift und die Telefonnummer sowie von Hanno Kaschmann die Handynummer.

»Und, Alex – hast du jetzt auch was für mich?«

Maigerle lachte wieder.

»Du schaust zu viele Detektivfilme, Gottfried. Ich darf dir nichts sagen, du weißt schon: laufende Ermittlungen, Täterwissen und so.«

Froelich hörte Schritte am anderen Ende der Leitung, und dann klang es, als würde eine Tür geschlossen.

»Aber unter Bandkollegen«, fuhr Maigerle nun mit etwas gedämpfter Stimme fort, »kann ich dir anvertrauen, dass es auch in der Tanzschule ein, zwei Gründe gibt, genauer hinzusehen.«

»Also doch …«

»Hm?«

»Ich hatte mich vorhin gefragt, wo denn möglicherweise noch Verdächtige denkbar wären. Laura war in der Tanzschule sehr beliebt, soweit ich weiß.«

»Soweit du weißt? Was heißt das? Warst du schon in der Tanzschule?«

»Ich … ich habe dort einen Kurs belegt«, sagte Froelich und fügte nach einer kleinen Pause hinzu: »Die Tanzschule Klehfink war eigentlich ein Vorschlag von Inge, aber nachdem ich von Lauras Vater erfahren habe, dass seine Tochter dort unterrichtet hat, wollte ich mir das mal ansehen.«

Maigerle pfiff leise anerkennend durch die Zähne.

»Na ja«, gab Froelich zu, »Inge hat's nicht so gut aufgenommen, als sie mir auf die Schliche gekommen ist. Sie ist vorgestern nach Bayern gefahren, will dort einen Roman schreiben und über uns nachdenken. Jetzt bin ich Strohwitwer – wenn du also nach Feierabend mal ein Bier trinken willst … Ich habe im Moment immer Zeit.«

»Merk ich mir, aber … schau lieber, dass du das mit deiner Inge wieder in Ordnung bringst. Ihr passt gut zueinander.«

»Ja, finde ich auch – nur meine Ermittlungen mag sie nicht.«

»Das geht mir genauso«, merkte Maigerle launig an.

»Sehr witzig. Aber zurück zur Tanzschule: Hatte Laura dort eine Rivalin oder ist sie jemandem auf die Füße getreten?«

»Eine gewisse Grazyna Mickiewicz hatte sich wohl Hoffnungen darauf gemacht, in ein paar Jahren die Leitung der Tanzschule zu übernehmen – doch die Klehfinks haben schnell an der jungen Laura einen Narren gefressen und wollten ihr die Tanzschule fast aufdrängen. Das hat Grazyna natürlich nicht gepasst.«

»Kann ich mir vorstellen. Diese Grazyna leitet übrigens meinen Tanzkurs. Ich fühl ihr mal auf den Zahn, okay?«

»Ja, okay. Und wenn ich es nicht in Ordnung fände, würdest du's ja trotzdem tun.«

Nun lachte Froelich.

»Es ist außerdem möglich, dass Laura dem alten Klehfink schöne Augen gemacht hat. Ein Schorndorfer Kollege hat ein Gerücht aufgeschnappt – hör dich bitte auch zu diesem Thema noch etwas um, ja?«

»Wird gemacht.«

»Ach, und noch eins: Du kennst doch Zora Wilde, die Rechtsmedizinerin? Diese attraktive Rothaarige, mit der mein Kollege Rainer Ernst mal zusammen war?«

»Ja, kenn ich. Supernett und hat richtig Ahnung von ihrem Job. Warum fragst du?«

»Sie hatte Laura auf dem Obduktionstisch. Ich darf dir ja nichts verraten, und sie eigentlich auch nicht – aber wenn du sie ganz zufällig mal treffen würdest, irgendwann nach Feierabend …«

»Das könnte passieren«, versetzte Froelich mit breitem Grinsen.

»Du weißt, wo sie wohnt?«

»Ja, in Michelau, einem kleinen Ort im Wieslauftal.«

»Na dann …«

Eine Männerstimme war in Maigerles Büro zu hören, gedämpft, als hielte Froelichs Bandkollege eine Hand vor den Hörer. Dann wurden die Hintergrundgeräusche wieder deutlicher hörbar.

»Geht klar«, sagte Maigerle laut am Telefon vorbei, und etwas leiser zu Froelich: »Du, ich muss jetzt auflegen. Soko-Besprechung. Du hältst mich auf dem Laufenden, ja? Und mach bitte keinen Quatsch!«

Froelich beschriftete einen Notizzettel nach dem anderen, und er breitete sie vor sich auf den Schreibtisch aus. Ab und zu fiel ihm noch etwas ein, dann wieder schob er einen Zettel an eine andere Stelle – und schließlich lehnte er sich zurück und betrachtete die vor ihm liegenden Notizen. Eine Zeitlang ließ er seinen Blick über die Zettel schweifen, dann nahm er ein weiteres Blatt Papier zur Hand und schrieb darauf, welche Recherchen er als nächste angehen wollte.

Welche wichtige Information konnte ihm die Rechtsmedizinerin Zora Wilde geben, wenn er ihr »ganz zufällig« nach Feierabend über den Weg lief?

Wer hatte Frau Wellering von Laura erzählt und warum?

Was konnte er in der Tanzschule von Grazyna und den Klehfinks über Laura erfahren?

Den Tanzkurs, den er mit Inge belegte, konnte er auch ohne sie besuchen. Und wenn er seiner Tanzschulenbekanntschaft Karin vorher Bescheid gab, hätte er auch gleich eine Tanzpartnerin und würde im Kurs nicht herumstehen wie bestellt und nicht abgeholt. Doch der nächste Kursabend war erst am kommenden Montag. Das war zwar noch elend lang hin, wenn er daran dachte, wie gern er sich sofort wieder in der Tanzschule umhören würde – aber besser Montag als nie. Also würde er zunächst Karin anrufen und ihr wegen des kommenden Montags Bescheid geben. Er erinnerte sich nach kurzem Nachdenken an ihren Nachnamen, Hohmann, und daran, dass sie in Urbach wohnte. Die Telefonnummer war schnell gefunden, und nach dem dritten Klingeln hob sie ab.

»Ach, das ist ja schön, Gottfried, dass du anrufst. Mein Mann wird heilfroh sein, dass er einmal mit dem Kurs aussetzen kann.«

»Und es macht dir auch wirklich nichts aus? Ich bin wirklich ein lausiger Tänzer.«

»Das kriegen wir schon hin, mach dir da mal keine Sorgen.«

Sie klang ganz euphorisch, und beinahe regte sich in Froelich so etwas wie ein schlechtes Gewissen.

»Hätte ich solche Gefühle mal lieber gehabt, als ich Inge für meine Ermittlungen einspannte«, dachte er sich, aber dann fiel ihm auf, dass Karin einfach weitergeredet und er ihre letzten Sätze nur halb verstanden hatte.

»Entschuldige bitte«, sagte er, »ich war grad mit den Gedanken ganz woanders. Was hast du gesagt?«

»Na, du bist ja ein Charmeur! Hörst nur halb hin, wenn ich dir was erzähle …«

»Tut mir leid. Es war irgendetwas mit einem anderen Tanzkurs, richtig?«

»Ja. Ich hab dir doch am Montag erzählt, dass mein Mann und ich zwei Kurse gleichzeitig besuchen – und der zweite ist heute Abend. Latein, du erinnerst dich?«

»Weil eure Tochter einen Spanier heiratet, ja, ich erinnere mich. Und?«

»Mein Mann ist heute zu einem Kunden nach Karlsruhe gefahren. Er meinte heute früh, dass es etwas länger dauern und er womöglich ein bisschen zu spät zum Tanzkurs kommen könnte. Deshalb fahre ich schon mal los nach Schorndorf – und wenn du dich überwinden könntest, mir als Partner auszuhelfen, wäre das sehr, sehr nett von dir. Ich weiß ja, dass du eher ein Tanzmuffel bist, aber …«

Sie kicherte.

»Okay«, sagte Froelich, und er versuchte, dabei möglichst so zu klingen, als ließe er sich halt zur Not breitschlagen. »Heute Abend ginge sogar. Dann treffen wir uns in der Tanzschule?«

»Ja«, sagte Karin, und sie klang sehr erfreut. »Und was sagt deine … Begleiterin dazu?«

Froelich fiel auf, dass sie sich exakt die Bezeichnung gemerkt hatte, die Inge in ihrer wütenden Abschlussrede für ihn benutzt hatte. Er würde sich vorsehen müssen, dass er sich wirklich auf seine Recherchen konzentrierte und nicht Inge noch einen weiteren Grund dafür lieferte, für immer in Bayern zu bleiben.

»Inge ist einverstanden, wenn ich den Kurs allein besuche«, wich er aus. »So hat sie es ja auch am Montag gesagt.«

»Es klang aber ganz danach, als hätte sie in Wirklichkeit noch etwas anderes gesagt – aber mir soll's egal sein, ich freu mich auf heute Abend.«

Sie gab ihm noch die Uhrzeit durch und empfahl ihm einige Tanzvideos, die er sich auf YouTube zur Einstimmung anschauen solle. Schließlich flötete sie noch einen netten Abschiedsgruß und legte auf. Froelich wollte die Videoclips gleich hinter sich bringen, also klickte er den ersten an, brach ab und rief den zweiten auf, brach erneut ab und schaffte auch den dritten nur zur Hälfte. Dann lehnte er sich in seinem Sessel zurück und fragte sich, ob es nicht ein Fehler gewesen war, sich Karin Hohmann als Ersatzpartner anzudienen. Aber es half ja nichts. Er wollte in der Tanzschule recherchieren, und dazu bot ein Tanzkurs nun mal die unverfänglichste Gelegenheit.

In der Küche bereitete er sich ein kleines Vesper zu, ließ sich dazu noch einen Kaffee aus der Maschine und schlurfte nach einer halben Stunde wieder ins Büro hinüber. Er wühlte eine Weile in einer kleinen Kiste, in der er Visitenkarten aufbewahrte, und fand schließlich die Karte von Dr. Zora Wilde, Rechtsmedizinerin. Auf der Vorderseite standen nur ihr Name und der akademische Titel, hinten waren eine Handynummer sowie die Nummer und die Adresse der rechtsmedizinischen Abteilung an der Uniklinik Tübingen aufgedruckt. Zora Wilde hatte er kennengelernt, weil sie die Leiche des Mannes untersuchte, der im Esslinger Roßneckarkanal unter einer Gondel kielgeholt worden war. Er hatte sofort das Bild einer attraktiven Frau Anfang bis Mitte vierzig vor Augen, mit sehr fraulicher, zugleich sehr sportlicher Figur, einer zerzausten roten Mähne und strahlenden grünen Augen hinter der runden, randlosen Brille. Froelich hatte sich mit ihr damals gut verstanden, und er würde wohl nichts falsch machen, wenn er sie kurz auf dem Handy anrief und fragte, wann sie denn heute nach Hause kommen würde. Die Frau war eh zu clever, um es für einen Zufall zu halten, dass er ihr nach längerer Zeit zum ersten Mal vor ihrer Haustür im Wieslauftal über den Weg lief – ausgerechnet kurz nach der Obduktion von Laura Lorenzen, deren Eltern in Esslingen wohnten. Ein Bestatter aus Esslingen, der nebenbei gern Mordfälle recherchierte – seine

Verbindung zum Winterbacher Mordfall wäre für sie ohnehin offensichtlich.

Er wählte Zora Wildes Handynummer, aber sie hob nicht ab. Also hinterließ er eine kurze Nachricht, in der er nur andeutete, dass er ihr gern ein paar Fragen stellen würde, ohne das Thema konkret zu benennen. Dann legte er wieder auf.

Die Wanduhr zeigte kurz vor eins. Wenn sich Wellering an das Ultimatum seiner Frau gehalten hatte, war er inzwischen aus der gemeinsamen Wohnung verschwunden – und mit etwas Glück würde er seine Frau an den Apparat bekommen. Froelich legte sich noch ein paar Sätze zurecht, aber vor allem vertraute er darauf, dass Frau Wellering ohnehin hatte mit ihm reden wollen – und er konnte sich ja auf ihre Nummer in seinem Anrufspeicher berufen.

»Wellering?«

Die weibliche Stimme am anderen Ende der Leitung hatte ein angenehm weiches Timbre, klang sanft und samtig.

»Gottfried Froelich ist mein Name. Ich habe Ihre Nummer auf dem Display gesehen, Sie haben gestern Abend versucht, mich anzurufen …«

»Froelich … ach ja, der Bestatter. Schön, dass Sie zurückrufen, ich … äh …«

Sie tat sich hörbar schwer, ihr Thema zur Sprache zu bringen. Aber Froelich wartete einfach ab.

»Ich … es geht um eine junge Frau, mit deren Bestattung Sie beauftragt wurden.«

Er wollte schon Lauras Namen nennen, entschied sich aber doch dafür, zurückhaltender zu sein.

»Ja?«, fragte er deshalb nur zurück.

»Ich weiß ja, dass Sie eigentlich niemandem etwas über Ihre … äh … Kunden sagen dürfen, zumindest nehme ich das an. Aber … ich … wie soll ich sagen? Ich habe gewissermaßen indirekt mit der Toten zu tun, beziehungsweise mein … mein Mann und …«

»Es geht um Laura Lorenzen, ich weiß Bescheid«, erlöste Froelich sie aus ihrem Dilemma.

»Sie wissen … äh …«

Einen Moment lang waren am anderen Ende der Leitung einige leise Pieptöne zu hören. Offenbar navigierte sie sich durch das Menü ihres Telefons.

»Ach so«, sagte sie nach einer Weile, »mein Mann hat Sie angerufen, ich verstehe.«

»Er hat mich beschimpft, weil er glaubte, dass ich Ihnen von Laura und ihm erzählt habe.«

»Das tut mir leid. Ich habe meinem Mann nicht gesagt, von wem ich es weiß – ich wollte damit natürlich nicht Sie in Schwierigkeiten bringen, entschuldigen Sie bitte.«

»Das macht nichts, ich weiß mich zu wehren. Und ich habe ihm auch gesagt, dass ich es besser gefunden hätte, wenn er selbst es Ihnen gesagt hätte.«

»Danke«, sagte sie mit leiser Stimme, dann räusperte sie sich. »Wobei es mir natürlich am allerliebsten gewesen wäre, wenn er erst gar nicht mit dieser Laura …«

Sie seufzte und unterbrach sich.

»Lassen wir das«, setzte sie mit festerer Stimme neu an. »Kann ich Sie treffen?«

»Gern. Wann hätten Sie Zeit?«

»Eigentlich gleich jetzt. Ist es okay, wenn ich zu Ihnen ins Institut komme?«

»Ja, selbstverständlich«, antwortete er und gab ihr die Adresse durch.

»Danke, aber die habe ich mir schon aus dem Internet geholt. Ich kann in gut einer halben Stunde bei Ihnen sein. Bis gleich also.«

Beate Wellering war etwas schneller als gedacht. Punkt halb zwei fuhr ihr Porsche auf den Hof des Bestattungsinstituts in der Esslinger Beutauvorstadt. Froelich sah von seinem Bürofenster aus den Wagen anhalten. Die Tür schwang auf, und zwei schlanke Frauenbeine kamen zum Vorschein. Wenig später stand eine attraktive Frau Anfang fünfzig neben dem Sportwagen, schloss die Fahrertür ab und stöckelte elegant auf die Eingangstür des Instituts zu. Froelich öffnete ihr, begrüßte sie und führte sie in das Besprechungszimmer im Erdgeschoss. Er brachte frisch gebrühten Kaffee, schenkte zwei Tassen voll, stellte eine Schale mit Keksen auf den Tisch und bot seiner Besucherin einen Platz an. Dabei fiel ihm auf, dass sie sich immer wieder scheu umsah, obwohl sie sonst nicht den Eindruck machte, als wäre sie besonders schüchtern oder unsicher.

»Ist sie … ist sie hier bei Ihnen im Institut?«, fragte sie schließlich, als Froelich ihr gegenüber Platz genommen hatte.

»Frau Lorenzen? Nein, der Leichnam ist noch nicht freigegeben.«

Beate Wellering zuckte einen Moment zusammen, dann schlug sie die schlanken Beine übereinander, führte die Kaffeetasse an die perfekt geschminkten Lippen und nippte. Froelich sah sie fragend an.

»Sie wussten doch schon, dass Laura Lorenzen einem Verbrechen zum Opfer gefallen ist und dass die Kriminalpolizei ermittelt, oder?«

»Ja, schon, aber … aber das ist natürlich kein schöner Gedanke. Grundsätzlich nicht, und noch weniger, wenn der eigene Mann …«

Sie brach mitten im Satz ab und trank noch etwas Kaffee.

»Wenn der eigene Mann …?«, wiederholte Froelich.

»Na ja, wenn der eigene Mann mit der Frau zu Lebzeiten ein Verhältnis hatte.«

Froelich nickte und wartete weiter darauf, zu erfahren, warum sein Gast mit ihm reden wollte. Es dauerte einige Minuten, bis Beate Wellering ihn ansah, lange und intensiv.

»Wie haben Sie erfahren, dass mein Mann ein Verhältnis mit dieser Studentin hatte?«

»Lauras Vater hat mich damit beauftragt, Recherchen zum Tod seiner Tochter anzustellen – und er hat mir dazu erzählt, mit wem Laura zusammen war und mit wem nicht mehr, wo sie jobbte, wo sie studierte.«

»Ich dachte, Sie seien Bestatter – sind Sie so etwas wie ein Privatdetektiv?«

Froelich setzte ein entschuldigendes Lächeln auf.

»Beides, um ehrlich zu sein, wenn ich auch nur als Amateur ein bisschen ermittle. Den Auftrag, Laura zu bestatten, habe ich auch – aber wie gesagt: Noch wurde ihr Leichnam von der Polizei nicht freigegeben.«

»Die Eltern der jungen Frau wussten also Bescheid?«

»Ja, zumindest vom Vater kann ich es mit Sicherheit sagen.«

»Und wer sonst noch?«

»Keine Ahnung, aber mindestens Lauras früherer Freund Ben wusste es ebenfalls.«

Er beobachtete seine Besucherin genau, aber der Name schien nichts in ihr auszulösen. Stattdessen fragte sie nach.

»Ben – und wie weiter?«

»Fieling. War es nicht er, der Ihnen von Laura und Ihrem Mann erzählt hat?«

»Nein. Und erzählt ist auch nicht ganz der richtige Ausdruck dafür.«

Sie griff etwas zu schnell nach ihrer Kaffeetasse, verschüttete ein wenig von dem starken Gebräu und stürzte den Rest in einem großen Schluck hinunter. Dabei tropfte etwas Kaffee vom unteren Rand der Tasse auf ihren Rock, aber sie beachtete den Fleck nicht.

»Und das soll heißen – ?«, fasste Froelich nach, als sie nicht weitersprach.

»Gestern Nachmittag kam ein Mann zu unserem Haus. Er klingelte, stellte sich aber nicht vor, als ich ihm öffnete. Stattdessen zückte er sein Handy, tippte aufs Display und hielt mir den Bildschirm hin. Das hat mir gereicht.«

»Ein Foto, das Ihren Mann zusammen mit Laura zeigt?«

»Wenn's nur ein Foto gewesen wäre! Dieser Mann hatte ein komplettes Video von den beiden auf seinem Handy. Er hat es mir hingehalten, und ich brauchte erst einmal ein paar Sekunden, bis ich begriff, was ich da sah. Na, Sie können sich schon denken, was … Ich will's mal so sagen: Diese junge Dame konnte recht laut sein – denn das Video hatte natürlich auch Ton.«

Sie schüttelte sich.

»Nach drei Minuten konnte ich nicht mehr länger hinschauen. Ich hab dem jungen Mann die Haustür vor der Nase zugeschlagen und bin zur Toilette gerannt. Als ich wieder zur Tür ging, war er weg, aber aus dem Briefkastenschlitz ragte ein Zettel, und auf dem stand Ihre Telefonnummer. Ich habe mich erst später am Abend getraut, die Nummer anzurufen. Und nicht einmal dann wusste ich so recht, was ich eigentlich fragen oder sagen sollte – aber als ich die Bandansage Ihres Bestattungsinstituts hörte, kam mir der Artikel wieder in den Sinn, in dem über den Mord an einer Studentin im Remstal berichtet worden war. Die Frau, die auf dem Video mit meinem Mann zu sehen war, passte vom Alter her, und die beiden waren im Büro gefilmt worden, das die Uni meinem Mann zur Verfügung stellt. Für *Sprechstunden* …«

Froelich versuchte während ihrer Beschreibung, die Flut an neuen Informationen einzuordnen und zu verarbeiten, aber dann sprach sie das Wort »Sprechstunden« so eigenartig aus, dass er zuerst danach fragte.

»Ich bin nicht von gestern, Herr Froelich. Ich bin nicht naiv, und ich kenne meinen Mann. Natürlich ist mir klar, was da vermutlich manchmal in seinem Büro läuft. Schauen Sie: Schmeichelt es einem Mann Mitte fünfzig nicht, wenn junge Frauen an seinen Lippen hängen, wenn sie alles für bare Münze nehmen, was dieser Professor dort vorn am Pult von sich gibt – anstatt ihm wie seine Ehefrau auch mal Kontra zu geben oder ihn mit dem Müll rauszuschicken?«

»Mag sein, aber das führt nicht bei jedem dazu, dass er was mit diesen jungen Frauen anfängt.«

»Auch das mag sein«, versetzte Beate Wellering etwas gallig. »Und wenn Sie das so sehen und auch so leben, gratuliere ich Ihrer Frau natürlich.«

Sie bemerkte den schmerzlichen Ausdruck, der sich auf sein Gesicht legte.

»Oh, wie unsensibel von mir – tut mir leid, wenn ich da einen wunden Punkt angesprochen habe. Aber ich glaube, dass das vielen Männern in Thorstens Alter so sehr schmeichelt, dass sie davon noch mehr haben wollen. Im Fall meines Mannes war es auf jeden Fall so, und ich war mir schon seit einiger Zeit sicher, dass er mich gelegentlich betrügt. Das war nicht schön für mich, aber ich kam zurecht, und ich hatte nie einen wirklichen Beweis dafür zu Gesicht bekommen – also konnte ich mir in schwachen Momenten immer noch einreden, dass ich mir das alles nur einbildete. Das hat nun ein Ende, und ich hab meinen Mann daraufhin zur Rede gestellt. Erst hat er alles abgestritten, aber dann habe ich ihm klargemacht, dass mir jemand sehr glaubwürdig von der Studentin und ihm erzählt hat – von dem Video musste er ja nichts wissen. Danach ging es ihm nur noch darum, wer mir das erzählt habe, da hab ich ihn rausgeworfen. Soll er mal schauen, ob er nicht bei einem seiner Flittchen unterkommt, in meinem Haus braucht er sich nicht mehr blicken zu lassen.«

»Sie wollen sich scheiden lassen?«

»Darüber hab ich noch gar nicht nachgedacht, aber es könnte darauf hinauslaufen, schaun wir mal. Nur – das Haus gehört mir auch jetzt schon. Meine Eltern sind recht wohlhabend, und sie haben darauf bestanden, dass ich einen Ehevertrag abschließe, der das Familienvermögen zusammenhält. Ich habe Thorsten geheiratet, als er noch davon träumte, eines Tages an der Uni zu unterrichten. Geld hatte er damals so gut wie keines, und sollten wir uns trennen, wird er künftig den Gürtel wohl auch wieder etwas enger schnallen müssen. Mietwohnung statt Villa, S-Bahn statt Sportwagen.«

Sie grinste, und Froelich konnte gut verstehen, dass sie ihrem künftigen Exmann jede erdenkliche Unannehmlichkeit von Herzen gönnte.

»Der Mann, der Ihnen das Video gezeigt hat, nannte seinen Namen nicht, sagten Sie?«

»Nein. Erst hatte ich genug mit dem zu tun, was mir gezeigt wurde – und als ich dann wieder an die Tür ging, war er, wie gesagt, wie vom Erdboden verschluckt.«

»Können Sie den Mann vielleicht beschreiben?«

Sie dachte kurz nach.

»Anfang, Mitte zwanzig, nicht allzu groß und eher von etwas gedrungener Statur.« Sie zuckte mit den Schultern. »Mehr fällt mir im Moment nicht ein.«

»Also kein hagerer junger Mann mit Pickeln.«

Sie besann sich wieder, schüttelte schließlich den Kopf.

»Nein, der hatte eine glatte, gesunde Haut, um die ihn manche Frau beneiden würde. Höchstens vielleicht ein paar Pfund zu viel auf den Rippen. Haben Sie denn eine Vermutung, wer er gewesen sein könnte?«

»Nein«, log er. Die Beschreibung passte auf Hanno Kaschmann, aber das musste Beate Wellering nicht wissen. »Können Sie vielleicht etwas dazu sagen, aus welchem Abstand oder aus welcher Perspektive das Video aufgenommen wurde?«

Beate Wellering dachte eine Weile nach. Sie schien sich nicht gern zu erinnern, aber als sich Froelich zwischendurch dafür entschuldigte, dass er ihr das zumutete, winkte sie nur müde ab.

»Wie schon gesagt: Ich habe recht schnell das Büro meines Mannes an der Uni erkannt. Die beiden machten sich auf dem Schreibtisch zu schaffen, und wenn ich mich recht erinnere, muss die Aufnahme von der Tür her oder von der Nähe der Tür entstanden sein.«

»War der Türrahmen zu sehen, oder war sonst etwas im Bild, was auf den Standort der Kamera hindeuten könnte?«

»Nein, ich hatte leider freie Sicht auf die beiden.«

»Das heißt, das Video muss direkt im Raum aufgenommen worden sein, vermutlich von dem jungen Mann, der es Ihnen dann auch gezeigt hat. Deutete der Winkel, aus dem gefilmt wurde, denn darauf hin, wo das Handy deponiert gewesen sein könnte? Also vielleicht neben der Tür in einem Regalfach angelehnt oder so?«

»Nein, der Blick der Kamera ging gerade und frei auf den Schreibtisch. Und ich wüsste auch nicht, dass dort irgendwo ein Regal steht oder dass man das Handy in diesem Bereich sonstwo hätte verstecken können. Ich würde sagen, dass der Film von jemandem aufgenommen wurde, der direkt an der Tür stand.«

»Aber …« Froelich dachte nach, ob es noch andere Möglichkeiten gab, aber es fiel ihm keine ein. »Aber hätten die beiden den Mann mit dem Handy dann nicht bemerken müssen?«

»Mein Mann lag so, dass er eher von der Kamera wegschaute, und ich hatte das Gefühl, dass die junge Frau alles tat, damit er nur zu ihr hinsah.«

»Und hätte Laura den Mann mit der Kamera sehen müssen?«

Beate Wellering zuckte mit den Schultern.

»Kann ich nicht sagen. Sie hätte ihn sicher sehen können, wenn sie aufgeschaut hätte – aber ich kann mich beim besten Willen nicht daran erinnern, ob sie in der Videosequenz, die ich gesehen habe, den Kopf gehoben hat. Außerdem glaube ich, dass sie die Augen die meiste Zeit über geschlossen hatte. Aber seien Sie mir bitte nicht böse, Herr Froelich – so ganz genau erinnern will ich mich daran im Moment auch gar nicht. Ist das denn wichtig?«

»Vermutlich nicht«, schwindelte Froelich. »Und ich kann mich auch nur bei Ihnen entschuldigen, dass ich Sie danach gefragt habe – manchmal geht meine Neugier etwas mit mir durch.«

»Schon gut. Ich habe noch eine Bitte an Sie.«

Sie zögerte, und Froelich ermunterte sie, weiterzureden.

»Ich weiß noch nicht, ob ich das auch wirklich machen werde, und ich weiß nicht, ob es letztendlich eine gute Idee ist, aber … Für den Fall, dass ich mal mit den Eltern dieser Laura reden möchte – würden Sie mir die Adresse der Familie geben?«

»Mit der Mutter können Sie im Moment auf keinen Fall reden, und zumindest bis zu Lauras Bestattung würde ich an Ihrer Stelle auch den Vater in Ruhe lassen. Ich schlage vor, dass ich ihm Ihre Kontaktdaten gebe, dann kann er selbst entscheiden, ob er mit Ihnen reden will. In Ordnung?«

»Ja, das wird das Beste sein, da haben Sie recht. Aber …«

»Ja?«

»Wäre es möglich, dass Sie mir Bescheid geben, sobald ein Termin für die Bestattung feststeht? Irgendwie habe ich das Bedürfnis, dabei zu sein, wenn diese junge Frau zu Grabe getragen wird. Ich werde mich natürlich zurückhalten und nur ganz hinten stehen und still zuhören und zuschauen.«

Froelich lächelte sie traurig an.

»Mach ich, Frau Wellering. Aber es kann noch ein bisschen dauern.«

»Gut, danke.«

Sie stand auf, gab Froelich die Hand zum Abschied und hielt sich sehr gerade, als sie den Besprechungsraum und das Gebäude verließ, in ihren Porsche stieg, noch eine Zeitlang einfach nur dasaß und erst danach den Motor startete und zügig vom Hof fuhr.

Froelich trug das Kaffeegeschirr in die Küche hinauf, und während er seine Tasse erneut füllte, dachte er über sein Gespräch mit Beate Wellering nach und über die Konsequenzen, die sich daraus ergaben. Er kramte Hanno Kaschmanns Handynummer hervor und wählte.

»Ja?«, fragte Kaschmann am anderen Ende. Seine Stimme war heiser, und die lauten Hintergrundgeräusche ließen darauf schließen, dass er sich gerade auf dem Bahnsteig aufhielt und dass ein Zug einfuhr.

»Froelich hier, hallo Herr Kaschmann. Ich würde mich gern mit Ihnen treffen. Haben Sie denn Zeit? Jetzt gleich zum Beispiel?«

Die Antwort ließ auf sich warten. In der Zwischenzeit hörte Froelich andere Hintergrundgeräusche, die er so deutete, dass Kaschmann eine gut gefüllte Stadt- oder S-Bahn betreten und sich hinter ihm die Türen geschlossen hatten.

»Ihr Institut ist in Esslingen, oder?«, ließ sich Kaschmann schließlich wieder hören.

»Ja, aber ich kann auch zu Ihnen kommen. Wo sind Sie denn gerade?«

»Bin gerade in die S1 eingestiegen und will jetzt nach Hause fahren.«

»Und wo ist das?«

»In Altbach.«

»Okay …« Froelich dachte einen Moment lang nach. »Was halten Sie davon, wenn Sie in Esslingen aussteigen, ich hole Sie mit dem Wagen am Bahnhof ab, fahre Sie vollends nach Hause, und unterwegs reden wir?«

Kaschmann sagte zu, und als der junge Mann den Bahnhof Esslingen verließ, stand Froelich dort und winkte ihm durchs ausgestellte Seitenfenster seiner Ente zu. Ein Grinsen legte sich auf Kaschmanns Gesicht, und auch noch während er auf den Beifahrersitz glitt und seine Tasche auf den Schoß legte, war ihm anzusehen, wie sehr ihn der Anblick des dicken Mannes in dem alten Citroën 2 CV amüsierte.

»Witzige Karre«, sagte Kaschmann.

»Und mit meinem Gewicht legt sie sich auch ordentlich in die Kurven«, pflichtete ihm Froelich lachend bei.

»Das glaub ich gern. Fast schade, dass ich nicht droben auf dem Schurwald wohne, was?«

»Wir können gern einen kleinen Umweg fahren.«

»Nein, so viel Zeit habe ich leider nicht. Ich muss noch auf eine Klausur büffeln.«

»Na, dann fahr ich mal lieber schnell los.«

»Ja, *schnell*«, sagte Kaschmann und lachte schallend, als der kleine Wagen mit überschaubarer Motorkraft loszuckelte.

Froelich fuhr ein Stück, bevor er das eigentliche Gespräch ohne Umschweife mit der Frage eröffnete, die ihn am meisten umtrieb.

»Was haben Sie sich denn davon versprochen, dass Sie gestern Frau Wellering das Video mit Laura und ihrem Mann zeigten?«

Kaschmanns Lächeln wurde dünner.

»Also hat sie Sie inzwischen angerufen?«

»Ja, hat sie. Und sie hat mich heute auch schon besucht.«

»Gut.«

»Wieso ›gut‹? Und wieso haben Sie ihr keine Nachricht hinterlassen oder haben an der Tür auf sie gewartet, um mit ihr zu sprechen – und haben stattdessen nur einen Zettel mit meiner Telefonnummer in den Briefkasten gesteckt?«

Kaschmann zögerte kurz, als müsste er sich erst eine unverfängliche Antwort zurechtlegen.

»Ich wollte sie mit der Nase draufstoßen, dass Laura umgebracht wurde«, sagte er schließlich. »Denn wenn sie bei Ihnen anrufen würde, so hab ich mir das gedacht, dann würden Sie ihr sicher von Lauras gewaltsamem Tod erzählen.«

»Sie kannte doch Lauras Namen gar nicht.«

Kaschmann wurde nachdenklich, dann nickte er zögernd.

»Stimmt, den hätte ich ihr noch auf den Zettel schreiben müssen. Aber es hat ja offenbar auch so geklappt.«

»Aber was wollten Sie mit Ihrem eigenartigen Auftritt vor Frau Wellerings Haus bezwecken?«

Kaschmann sah eine Weile aus dem Fenster, bevor er antwortete.

»Ich wollte, dass sie endlich erkennt, was für ein Schwein ihr Mann ist. Er hat Laura übel behandelt, was mich getroffen hat – aber er ist natürlich auch mit seiner Frau nicht besser umgegangen.«

»Und warum mussten Sie das gleich so drastisch machen? Ich meine – ein Video, das die beiden beim Sex zeigt? Hätte es da nicht auch ein Foto getan? Das Video hat Frau Wellering ziemlich mitgenommen, wie Ihnen sicher aufgefallen ist – sie hat Sie ja zwischendurch einfach stehen lassen und ist zur Toilette geflitzt.«

»Zur Toilette?«

»Ja, und sie sagte, sie habe Ihnen vorher noch die Tür vor der Nase zugeschlagen.«

»Na ja, wenn sie das so gesagt hat, wird's wohl stimmen. Aber dass sie das Video ordentlich mitgenommen hat, will ich schwer hoffen. Es war ja auch Zeit, dass sie endlich mal einsieht, was ihr Mann für ein mieser Typ ist.«

Froelich musterte ihn, wurde aber aus seinem Gesichtsausdruck nicht recht schlau.

»Zurück zu meiner Frage, Herr Kaschmann: Warum haben Sie ihr ein Video gezeigt und nicht nur ein Foto oder sonst einen Hinweis?«

»Weil sie genau darauf zuvor nicht angesprungen ist. Ich wollte endlich ihre … wie soll ich sagen? Ihre Ignoranz durchbrechen. Alles andere hat ja nichts geholfen.«

»Was meinen Sie mit ›alles andere‹ und mit ›zuvor‹?«

»Ich habe ihr als ersten Hinweis einen Brief unter der Tür durchgeschoben. Mit dem Computer geschrieben, meinen Namen habe ich nicht genannt – und ich hatte zuvor hinter einem Busch in der Nähe gewartet, bis ihr Mann endlich das Haus verlassen hat.«

Froelich stutzte, bedeutete Kaschmann aber, dass er weitersprechen sollte.

»In dem Brief habe ich von Wellerings Verhältnis mit Laura berichtet, habe auch die Adresse der Cannstatter Wohnung genannt, in der sich Wellering mit ihr traf. Und ich ließ durchblicken, dass er nicht nur mit Laura ganz besondere ›Sprechstunden‹ in seinem Büro an der Uni abhielt.«

Hatte nicht auch Beate Wellering das Wort »Sprechstunden« so seltsam betont? Aber Kaschmann erzählte schon weiter.

»Eine knappe halbe Stunde später kam sie aus dem Haus, nahm ihren Sportwagen und düste davon. Ich war blöderweise zu Fuß da und konnte ihr nicht folgen. Aber als sie wiederkam, war genug Zeit vergangen, dass sie locker zu dieser Wohnung in Cannstatt und zurück hätte fahren können. Und einen Einkauf oder sonst etwas, was sie hätte in der Zeit besorgen können, hatte sie nicht bei sich, als sie wieder ins Haus ging.«

»Sie haben das Haus die ganze Zeit über beobachtet?«

Kaschmann zuckte mit den Schultern, dann sprach er weiter.

»Ich bin schließlich nach Hause gegangen und hatte in den Tagen danach ein Auge darauf, wie sich Wellering und Laura zueinander verhielten – es gab keine Veränderung. Ich nahm deshalb an, dass Frau Wellering ihren Mann nicht zur Rede gestellt hatte, und das vielleicht aus dem Grund, dass sie mir nicht glaubte. Also druckte ich ein Foto aus, das Laura mit Wellering zeigt. Nichts Drastisches, aber doch eine Szene, an der man durchaus erkennen konnte, dass die beiden was miteinander haben. Wieder änderte das nichts, zumindest nichts, was ich bemerkt hätte.«

Kaschmann schüttelte den Kopf, als könnte er das immer noch nicht fassen.

»Sie müssen sich das mal vorstellen: Da lege ich dieser Frau einen Beweis dafür vor, dass ihr Mann sie betrügt – und die macht gar nichts, sondern hält alles klaglos weiter aus. Wahrscheinlich wollte sie nicht riskieren, aus der schicken Villa ihres Mannes geworfen zu werden.«

»Die Villa gehört ihr, Wellering selbst hat kein nennenswertes Vermögen.«

»Echt?«

»Ja, und nach Ihrer Videoaktion hat sie ihn rausgeschmissen. Sie können also zufrieden sein mit sich. Sie wollten ihm schaden, das ist Ihnen gelungen.«

»Äh … gut.«

»Wann haben Sie denn damit begonnen, Frau Wellering über die Affäre ihres Mannes mit Laura zu informieren?«

»Hm … den Brief habe ich vor etwa drei Wochen unter der Tür durchgeschoben, und das ausgedruckte Foto am Dienstag vergangener Woche.«

»Und auf dem Ausdruck war nur das Foto, oder haben Sie etwas dazugeschrieben?«

Kaschmann druckste ein wenig herum.

»Ich hab mit Filzstift ein wenig drauf rumgemalt. Einen Pfeil mit der Beschriftung ›Ihr Mann‹ und einer mit ›Laura Lorenzen, seine Studentin‹.«

Froelich verdrehte die Augen und Kaschmann machte ein zerknirschtes Gesicht.

»Etwas albern, ich weiß, aber etwas Besseres ist mir an dem Tag nicht eingefallen.«

»Und das Foto? Wo haben Sie das aufgenommen?«

Sie hatten inzwischen Altbach erreicht, und Kaschmann wich Froelichs Frage aus, indem er ihm die Abzweigung zeigte, die er nehmen musste. Froelichs Ente legte sich wirklich spürbar in die Kurve, und der PS-schwache Motor hatte wenig später einige Mühe, die Straße am Friedhof vorbei hinauf zum nördlichen Rand von Altbach zu bewältigen. Kaschmann starrte durch die Frontscheibe, als spielte sich dort das spannendste Schauspiel ab, das er jemals erlebt hatte, und als Froelich im Oberen Eulenbergweg vor einem mehrstöckigen Gebäude Halt machte, hatte Kaschmann nicht mehr gesagt als »hier bitte rechts«, »jetzt bitte links« und »da vorne ist es«. Froelich ließ den Motor ausgehen und sah seinen Beifahrer an. Kaschmann umklammerte seine Tasche und machte Anstalten auszusteigen.

»Moment bitte!«, stoppte ihn Froelich und legte ihm dazu die rechte Hand auf die linke Schulter. »Wo haben Sie das Foto aufgenommen?«

Kaschmann presste seine Lippen zu einem schmalen Strich zusammen und starrte geradeaus.

»Machen wir es kurz, Herr Kaschmann: Sie sind ein Spanner, Sie haben Laura gestalkt, Sie haben sie heimlich fotografiert und beim Sex gefilmt. Und hinterher haben Sie sich dann daheim dazu befriedigt, oder?«

Jetzt gab sich Kaschmann alle Mühe, empört zu wirken, aber Froelich winkte nur müde ab.

»Wo haben Sie Laura und Wellering fotografiert? In seinem Büro?«

»Nein … ich …«

Er verstummte wieder, schluckte und starrte zur Frontscheibe hinaus.

»In der Cannstatter Wohnung?«

Kaschmann nickte.

»Hatten Sie einen Schlüssel oder wie sonst kamen Sie da rein?«

»Ich hab von draußen fotografiert. Die Wohnung liegt im zweiten Stock, das Schlafzimmer geht nach hinten raus. An das Grundstück des Mehrfamilienhauses, in dem sich die Wohnung befindet, grenzt hinten das Areal der Sportklinik – und da bin ich irgendwann mal rein, als ich Laura und Wellering in dem Haus habe verschwinden sehen. Auf gut Glück habe ich ein paar Fenster ausprobiert, die dort von Fluren oder von einem Wartezimmer in die passende Richtung abgehen. Lange konnte ich mich dort nicht aufhalten, ohne aufzufallen, aber Wellering hatte es wohl eilig – als ich jedenfalls ein passendes Fenster fand, waren die beiden schon voll dabei. Ich hab schnell mit dem Handy ein paar Fotos gemacht, dann bin ich wieder verschwunden.«

Froelich schüttelte langsam den Kopf.

»Einerseits tun Sie mir leid, Herr Kaschmann, andererseits finde ich Spanner einfach nur widerlich.«

»Pfff – Spanner!«

»Ich wüsste nicht, wie ich es anders nennen soll. Und das Video?«

»Das hab ich in Wellerings Büro an der Uni aufgenommen.«

»Das weiß ich schon. Frau Wellering hat den Raum erkannt. Wann entstand der Film?«

»Am Freitagvormittag.«

»Am Tag vor Lauras Tod?«

»Ja. Gruselig, eigentlich, wenn ich jetzt so dran denke.«

»Und woher wussten Sie, dass Sie die beiden dort antreffen würden?«

Er zögerte mit seiner Antwort, doch dann plapperte er so munter drauflos, als wollte er irgendetwas überspielen.

»Ich habe gesehen, wie Laura das Büro betrat. Da war mir dann schon klar, was gleich passieren würde. Also habe ich ein bisschen gewartet, bis ich davon ausgehen konnte, dass die beiden hinreichend mit sich beschäftigt waren, habe mich dazugeschlichen und mit dem Handy gefilmt.«

»Sie konnten da einfach ins Büro spazieren und keiner hat Sie bemerkt?«

»Das Büro war nicht abgeschlossen. Vielleicht gibt ihm die Gefahr, entdeckt zu werden, ja einen Kick, was weiß ich. Er ist ja auch nicht mehr der Jüngste, da braucht man vermutlich jeden Anreiz, den man kriegen kann …«

Kaschmann hatte seinen Tonfall etwas spöttischer werden lassen, und vermutlich wollte er gegenüber seinem Nebensitzer ebenfalls noch eine Spitze loswerden, aber Froelich brachte ihn mit einem genervten Blick wieder davon ab.

»Und warum haben die beiden Sie nicht bemerkt?«

»Na ja, die waren halt sehr beschäftigt.«

»Frau Wellering hat mir das Video aus dem Gedächtnis so beschrieben, dass ihr Mann so lag, dass er den Blick eher von der Kamera weg gerichtet hatte.«

»Da haben Sie Ihren Grund.«

»Laura wiederum hätte laut Frau Wellering nur den Blick zu heben brauchen, um Sie an der Tür stehen zu sehen.«

Kaschmann schluckte.

»*Wollte* Sie sie vielleicht nicht sehen?«

Der junge Mann räusperte sich, bevor er reagierte.

»Wie meinen Sie das?«

»Schauen Sie: Ihre heimliche Liebe hat vor Ihren Augen Sex mit einem anderen Mann. Sie filmen das in aller Ruhe und stehen dabei an einer Stelle, an der sie eigentlich für Laura sehr gut sichtbar sind. Und ich würde von mir behaupten, dass ich … dass ich auch in einer solchen Situation spüren oder aus den Augenwinkeln bemerken würde, dass plötzlich eine dritte Person im Zimmer ist. Zumal Sie sich ja fast direkt vor den beiden aufgebaut haben – wie weit ist der Schreibtisch von der Tür entfernt?«

»Vielleicht zwei, drei Meter?«

»Also kann man schon sagen, dass Sie sehr nahe dabeistanden. Und Sie filmten Laura in einer … in einer Position, in der sie Ihnen das Gesicht zuwandte. Für mich bleiben da nur zwei Möglichkeiten.«

Kaschmann war etwas bleich geworden, zugleich überzog eine leichte Röte seine Wangen. Die Kombination sah sehr ungesund aus.

»Entweder hat Laura mitbekommen, dass Sie da sind, und womöglich auch, dass Sie filmen – und sie wollte Sie demütigen, indem sie einfach weiter mit ihrem Geliebten schlief und allem Anschein nach so sehr von ihm in Beschlag genommen war, dass sie einen armen Tropf wie Sie überhaupt nicht wahrnahm.«

»So war das nicht!«, brauste Kaschmann auf, und ein leichtes Grinsen spielte um Froelichs Mundwinkel.

»Danke, Herr Kaschmann«, sagte er. »Damit halte ich nur noch eine Möglichkeit für wahrscheinlich: Laura wusste, dass Sie filmen; sie hat Ihnen gesagt, dass sie jetzt gleich versuchen wird, Wellering in seinem Büro zu verführen; und mit dem Video, das Sie gemacht haben, wollte sie Wellering dazu erpressen, dass er seine Frau verlässt.«

»Was? Wieso sollte Wellering seine Frau verlassen? Laura hat gesagt, dass –«

Er verstummte und biss sich auf die Unterlippe.

»Was hat Laura gesagt?«

Kaschmann schwieg.

»Jetzt reden Sie schon, Mann!«, herrschte Froelich den jungen Mann an.

Aber der schüttelte nur den Kopf, schnappte seine Tasche und stieg aus. Neben dem Wagen blieb er stehen und beugte sich noch einmal ins Fahrzeuginnere.

»Ich muss gar nicht mit Ihnen reden, Herr Froelich. Und ich werde das auch nicht tun. Das alles geht Sie gar nichts an. Sehen Sie zu, dass Laura ein würdiges Begräbnis bekommt – und stecken Sie Ihre Nase nicht länger in Dinge, die Sie nichts angehen!«

»Wusste Laura eigentlich, dass Sie Frau Wellering einen Brief geschrieben und ein Foto von ihrem Mann und Laura zugespielt hatten?«

»Nein, zum Glück nicht, denn sonst …«

Er verstummte, funkelte Froelich wütend an und knallte die Beifahrertür so fest zu, dass Froelich einen Moment um sein Auto fürchtete. Kaschmann stakste auf die Haustür zu, nestelte einen Schlüsselbund hervor, brauchte drei Anläufe, bis er endlich den Schlüssel im Schloss drehen konnte. Dann riss er die Tür auf, zwängte sich nach drinnen, sobald der Spalt breit genug für seine gedrungene Figur war, und verschwand aus Froelichs Blickfeld.

Froelich zog sein Handy hervor und wählte Alexander Maigerles Nummer.

Auf schwierigem Parkett

Froelich war frisch geduscht in seine Ente geklettert, und wie er schwungvoll die Kurven den Schurwald hinauf und ins Remstal hinunter nahm, ertappte er sich dabei, dass er leise die Melodie des Songs mitpfiff, der gerade im Radio lief. Er freute sich auf den Abend in der Tanzschule Klehfink, das war erstaunlich genug. Und noch mehr verblüffte ihn, dass seine Vorfreude zwar auch mit der Aussicht auf neue Informationen im Mordfall Laura zu tun hatte – aber nicht nur. Karin kam ihm in den Sinn und ihre offen gezeigte Bewunderung für seine kriminalistischen Recherchen. Er lächelte, und er lächelte noch, als er seinen Wagen auf dem Parkplatz der Tanzschule abstellte.

Auf dem letzten Wegstück war er dem Wagen von Ada und Hans Möller durch Schorndorf hinterhergezuckelt – das Ehepaar, das ihn am Montag mit zurück nach Esslingen genommen hatte. Aber selbst diese Schleichfahrt, wie er sie eigentlich nicht besonders mochte, hatte seiner gelösten Stimmung nichts anhaben können.

»Hallo, Gottfried«, begrüßten ihn die beiden gut gelaunt, und Hans Möller fügte noch hinzu: »Ich wusste gar nicht, dass du auch den Donnerstagskurs belegt hast.«

Dann schaute er sich um und sah Froelich schließlich fragend an.

»Wo hast du denn deine Tanzpartnerin gelassen, die Inge?«

»Die … die hat keine rechte Lust mehr«, redete sich Froelich heraus. »Da bin ich halt allein gekommen.«

Möller beugte sich ein wenig zu ihm hin und senkte seine Stimme.

»Da hättest du unbedingt vorher der Karin Bescheid geben sollen. Die muss ihren Mann immer fast zum Kurs schieben, und die wäre froh, wenn sie das mal sein lassen und stattdessen mit einem netteren Tanzpartner ihre Runden drehen könnte.«

Ada grinste und stieß ihren Mann leicht in die Seite.

»Also bitte, Hans!«, ermahnte sie ihn gutmütig. »Wie du die Karin hinstellst!«

»Aber es stimmt doch«, verteidigte er sich, als auch schon Karin Hohmanns Auto auf dem Parkplatz ausrollte. Sie saß am Steuer, auf der Beifahrerseite stieg nun allerdings Karins Mann aus dem Wagen. Karin warf Froelich schon durchs Seitenfenster einen entschuldigenden Blick zu und zuckte mit den Schultern. Und als sie im Schlepptau ihres mürrischen Gatten auf den Eingang der Tanzschule zuhielt und dabei ganz nah an ihm vorbeikam, fragte Froelich sie schnell: »Wolltest du nicht allein kommen?«

»Er war leider doch früher von der Arbeit zuhause, als ich dachte. Tut mir leid.«

Damit war sie auch schon an ihm vorbei, und die Möllers setzten sich ebenfalls in Bewegung.

»Kommst du, Gottfried?«

Ada Möller hatte ihn im Losmarschieren am Ärmel gezupft. Froelich fragte sich noch, ob die beiden das kurze Gespräch wohl mitbekommen hatten. Da sah er auch schon, wie Hans Möller verschmitzt lächelte und ihm zuzwinkerte, und damit war die Frage beantwortet.

Auf der spiegelblank gewienerten Tanzfläche stand Grazyna in einem eng anliegenden Kleid, das mit Pailletten und ähnlichem Firlefanz bestickt war, an ihrem dürren Körper aber nicht besonders sexy wirkte. Sie begrüßte die hereinströmenden Tanzschüler mit aufgesetzter Herzlichkeit und klatschte, als alle ihre Jacken und Taschen abgelegt hatten, zweimal laut in die Hände.

»So, liebe Freunde«, rief sie in die Runde, »nun wollen wir doch gleich mal für die erste Übung Aufstellung nehmen. Erinnert ihr euch noch an die letzte Stunde?«

Alle außer Froelich erinnerten sich natürlich und verteilten sich paarweise auf der Tanzfläche. Froelich fing noch einen bedauernden Blick von Karin auf und blieb neben den Sitzgruppen stehen wie bestellt und nicht abgeholt.

»Ah, da haben wir ja einen Neuzugang – und auch noch ganz allein«, flötete Grazyna, schwebte auf ihn zu und musterte ihn. »Sie waren doch am Montag auch schon da, richtig? Nein, sagen Sie mir nicht Ihren Vornamen, ich komme von selbst drauf … Gotthold? Nein, warten Sie … Ja, jetzt: Gottfried?«

Er nickte.

»Sehr schön. Dann wollen wir beide es mal für den Anfang miteinander versuchen, nicht wahr? Und später wechseln wir vielleicht ein wenig durch, das bringt Schwung in die Runde, und wir lernen alle, uns auch auf Tanzpartner einzulassen, die uns weniger vertraut sind, nicht wahr?«

Er trat Grazyna nur zweimal auf die Füße, und sie lächelte den Fehltritt beide Male weg, nachdem sich ihr Gesicht kurz vor Schmerz verzogen hatte. Und als er danach nur noch ein wenig ungeschickt herumtappte und ab und zu aus dem Rhythmus geriet, säuselte ihm Grazyna lachend und hörbar erleichtert ins Ohr: »Na, zumindest tun Sie mir nicht mehr weh, Gottfried, nicht wahr?«

Irgendwann kam er mit den Grundschritten so gut zurecht, dass er nebenbei sogar ein bisschen Smalltalk betreiben konnte. Grazyna wirkte zunächst zwar etwas angespannt, vermutlich weil sie befürchtete, ein abgelenkter Froelich werde ihr gleich wieder die Zehen platt treten, aber als er sich trotz des Redens recht wacker schlug und mit seinen Schuhen immer ausreichend Distanz zu ihren hielt, plauderte sie doch ein wenig mit.

»Wie können Sie nur so engagiert an die Arbeit gehen«, schmeichelte er sich schließlich an das Thema heran, das ihm eigentlich am Herzen lag, »wo doch die Tanzschule gerade eine so schwere Zeit durchmachen muss.«

Grazyna hob eine ihrer sorgfältig nachgetuschten Augenbrauen.

»Wie meinen Sie das, Gottfried?«

»Na, der Tod Ihrer Kollegin Laura – das muss doch auch Sie völlig durcheinanderbringen!«

Das Lächeln auf ihrem stark geschminkten Gesicht gerann zur Maske.

»Ich meine«, schob Froelich schnell nach, »da müssen doch Kurse getauscht werden und das alles – geht da nicht auch bei Ihnen alles drunter und drüber?«

»Ja, schon«, erwiderte sie lahm. »Das ist natürlich eine große Herausforderung, aber ich schaff das schon.«

»Dafür, dass Sie so schnell für die beiden Kurse montags und donnerstags einspringen konnten, ist Ihnen das Ehepaar Klehfink sicher sehr dankbar.«

Grazyna sah Froelich forschend an.

»Die anderen haben mir erzählt, dass den heutigen Kurs und auch den vom vergangenen Montag, an dem ich ja ebenfalls teilgenommen habe, bisher Laura geleitet hatte«, erklärte er. »Und ich könnte mir vorstellen, dass Sie an beiden Abenden durchaus anderes zu tun hätten.«

Sie zuckte mit der linken Schulter und führte Froelich in die nächste Figur.

»Und dann sind Sie auch noch so freundlich und allen zugewandt«, schwindelte er und hoffte, dass er nicht zu dick auftrug. »Wie gesagt: Ich kann das nur bewundern.«

»Danke, Gottfried. Es ist schön, wenn das jemand zu würdigen weiß. Leider ist das nicht immer so.«

»Oh … aber die Klehfinks wissen doch sicher, was sie an Ihnen haben?«

»Sollte man meinen«, versetzte sie etwas schnippisch.

»Wenn ich nur daran denke, wie Sie mich hier unfallfrei durch die kompliziertesten Schrittfolgen bugsieren …«

Er grinste, und sie ließ in einem nun etwas echter wirkenden Lächeln kurz ihre Zähne aufblitzen.

»Also, kompliziert natürlich nur für mich«, schmeichelte er weiter. »Ihnen scheint das ja alles überhaupt keine Mühe zu bereiten!«

»Das ist eben die Übung, Gottfried. Und dann tanze ich ja auch noch Turniere, da sollte mir das alles natürlich keine Mühe mehr bereiten, nicht wahr?«

»Turniere – oje, das wäre mein Albtraum! Ich mit meiner Ungeschicklichkeit, und alle schauen mir auf die Füße!«

»Stimmt, Gottfried, ein Turnier käme für Sie noch etwas früh.« Sie lachte. »Aber Sie machen das schon recht gut für einen Neuling.«

»Haben Sie denn dann auch schon Pokale und Urkunden bekommen auf diesen Turnieren?«

»Aber sicher, und das nicht zu knapp. Nur in jüngster Zeit hat es nicht mehr so geklappt. Mein aktueller

Partner … nun ja … wir müssen uns noch aneinander gewöhnen.«

»Wieso haben Sie denn dann überhaupt gewechselt? Ich stelle mir das schwierig vor, sich auf Turnierniveau plötzlich auf jemand anderen einzustellen.«

»Ja, da sagen Sie was, Gottfried. Das ist wirklich nicht ganz so einfach. Aber was will man machen …«

Ein leichter Schatten hatte sich auf ihr Gesicht gelegt.

»Was ist denn passiert mit Ihrem früheren Partner? Hat er das Tanzen aufgegeben, oder haben Sie sich nicht mehr vertragen – das kommt doch sicher auch mal vor, oder?«

»Ja, das kommt vor. Aber in meinem Fall … mein früherer Tanzpartner hat sich … ich will es mal so ausdrücken: Er hat sich neu orientiert.«

»Na, das wird er ja inzwischen bereut haben«, trug Froelich weiter dick auf in der Hoffnung, irgendwann einen wunden Punkt zu treffen und dadurch mehr von der Frau zu erfahren, als sie bisher preisgeben wollte. Und wirklich …

»Nein, leider nicht«, brummte Grazyna. »Der hat einfach weiter Preise abgeräumt. Umstellungsschwierigkeiten hatte nur ich.«

Ein böses Lächeln schien auf.

»Und wenn er jetzt wieder angekrochen kommt, soll er mir gestohlen bleiben!«

»Warum sollte er?«

»Na, weil doch seine Partnerin tot –«

Sie biss sich auf die Lippe und brach mitten im Satz ab. Froelich musste sich sehr beherrschen, um seine freudige Überraschung zu verbergen und einen verständnisvollen Blick hinzubekommen.

»Laura, richtig?«, murmelte er.

»Ja, Laura.«

Grazyna hatte den Namen förmlich gezischt, aber Froelich tat so, als hätte er nichts bemerkt, und nickte ihr nur mitfühlend zu.

»Es ist nicht schön, wenn jemand einen verrät«, sagte Froelich. »Untreue ist eine üble Sache, finde ich.«

Grazyna sah ihn erschrocken an.

»Woher wissen Sie?«

Sie unterbrach sich erneut, versuchte in Froelichs Gesicht zu lesen und nickte dann.

»Ach so, Sie meinen, er hat unser Turnierpaar gewissermaßen verraten und ist mir als Tänzerin untreu geworden?« Sie lachte nervös, wirkte insgesamt aber erleichtert. »Ja, ja, da haben Sie recht, Gottfried. Das ist nicht schön. Man verlässt sich doch aufeinander, gerade beim Tanzen, nicht wahr?«

Kurz darauf ließ sie Froelich los, klatschte in die Hände und forderte alle auf, sich einen neuen Tanzpartner zu suchen. Karins Mann löste sich von seiner Frau, tänzelte auf Grazyna zu und forderte sie als Erster auf. Karin stand nur ein paar Schritte von Froelich entfernt, und weil ihr Mann schon voll davon in Anspruch genommen war, seine rechte Hand auf Grazynas knochiger Hüfte herumwandern zu lassen und der Tanzlehrerin ins Ohr zu murmeln, kam sie zu ihm her, lächelte ihn an und nahm die Grundposition für den nächsten Tanz ein.

»Das ist blöd gelaufen, Gottfried, tut mir leid.«

Karin war wirklich untröstlich.

»Kein Problem, und jetzt tanzen wir ja doch miteinander.«

Sie nickte und lächelte, dann warf sie ihrem Mann einen verächtlichen Blick zu, als der mit Grazyna durch ihr Sichtfeld rauschte.

»Mein Gott, wie er sich an diese Ziege ranschmeißt!«, murmelte sie. »Ich weiß nicht, ob es dir schon aufgefallen ist, aber wenn wir hier in der Tanzschule sind, kann er kaum den Blick von ihren langen, schlanken Beinen lösen. Ich glaube fast, das ist der einzige Grund, warum er überhaupt noch mit mir hierherkommt.«

»Also für meinen Geschmack ist Grazyna zu dürr. Das mit der Ziege trifft's ganz gut, finde ich.«

Froelich lachte leise, Karin kicherte und drückte sich ein klein wenig an ihn. Als er nicht zurückwich, sah sie ihm lange tief in die Augen. Prompt kam Froelich aus dem Tritt, sie mussten unterbrechen und nach sorgfältigem Einzählen wieder neu beginnen. Wie zwei Backfische wichen sie dem Blick des anderen immer wieder aus, suchten ihn wieder und lachten befangen, bevor es in die nächste Schrittfolge ging. Aus den Augenwinkeln bemerkte Froelich, dass Karins Mann sich zur Sitzgruppe trollte. Grazyna hatte eine kleine Tanzpause eingelegt und schwebte hinüber zum Tresen. Dort, mit dem Rücken zu einer Tür, die vermutlich zu den Büroräumen der Tanzschule führte, stand ein stattlicher Herr von vielleicht sechzig Jahren. Den rechten Arm hatte er lässig auf den Tresen gelehnt, die linke Hand steckte in der Hosentasche. Der Mann war schlank und von einer drahtigen Sportlichkeit, und das schüttere, von grauen Strähnen durchzogene schwarze Haar hatte er sorgfältig nach hinten gegelt. Karin war seinem Blick gefolgt.

»Das ist Egon Klehfink«, raunte sie ihm zu. »Schau nur, wie sich Grazyna an ihn ranwanzt!«

Karin schüttelte empört den Kopf.

»Erst verbreitet sie das Gerücht, Laura habe dem Chef den Kopf verdreht, und dann macht sie ihm selbst schöne Augen!«

»Was meinst du? Waren Laura und Grazyna Rivalinnen?«

»Was Egon Klehfink angeht?« Sie lachte leise. »Nein, nicht dass ich wüsste. Grazyna würde wohl gern etwas mit ihm anfangen – und sei es nur, um ihre Stellung in der Tanzschule zu verbessern. Früher mal galt es als ausgemacht, dass sie die Tanzschule übernehmen würde, wenn sich die Klehfinks zur Ruhe setzen – zuletzt hatte ich aber den Eindruck, dass vor allem Herr Klehfink lieber Laura als seine Nachfolgerin gehabt hätte.«

»Vor allem Herr Klehfink? Es könnte also doch was dran sein an dem Gerücht über ihn und Laura?«

»Autsch!«, presste Karin hervor, als er ihr ganz in Gedanken doch auf den Schuh gestiegen war. »Du, Gottfried, wenn du nicht besser aufpasst, erzähle ich dir lieber nichts mehr, was deinen Spürsinn weckt!«

Sie grinste ihn an, und er lächelte zurück.

»Das wäre aber schade. Erzähl bitte weiter – und sag mir irgendwann bitte auch, woher du das alles weißt.«

»Ach, das ist schnell erklärt. Ich kenne Hanna Klehfink, die Chefin, seit ein paar Jahren. Wir sind beide in einer Frauengruppe, die gemeinsam ins Theater oder ins Kino geht oder sich einfach mal ein paar Cocktails in einer schönen Bar schmecken lässt. Ihr Männer verbringt den Abend ja oft lieber auf dem Sofa.«

»Gegen ein schönes Sofa ist nichts zu sagen«, pflichtete er ihr bei. »Allerdings bin ich nun wirklich nicht jeden Abend zuhause. Unter anderem spiele ich in einer

Amateurband mit, wir machen Straßenmusik, und ich sitze am Klavier.«

Karin seufzte.

»Mensch, Gottfried, du wirst ja immer interessanter …«

Den Blick, den er nun auffing, hatte er seit Jahren nicht mehr gesehen, und es wurde ihm ganz warm ums Herz.

»Wolltest du nicht noch weiter von Grazyna und Laura und den Klehfinks erzählen?«

Sie zwinkerte ihm noch einmal zu, dann redete sie weiter.

»Also noch einmal zurück zu dem Gerücht mit Laura und Egon Klehfink. Da ist nichts dran, ich schwöre es dir. Egon und seine Frau Hanna sind ein Herz und eine Seele. Sie schwärmt in den höchsten Tönen von ihm, und er trägt sie auf Händen und schaut keine andere an – selbst wenn sie so jung und hübsch ist wie Laura.«

»Schön, dass es das noch gibt«, sagte Froelich.

»Ja, allerdings. Es kann durchaus sein, dass es Laura mal bei ihm versucht hat – sie war kein Kind von Traurigkeit, das war jedenfalls mein Eindruck. Es hat ihr schon gefallen, wenn sie bewundernde Blicke bekam, und vielleicht hat sie es auch als sportliche Herausforderung empfunden, einen wie Egon Klehfink herumzubekommen. Aber keine Chance, glaub mir. Und Grazyna schon gleich gar nicht.«

Wie zur Bestätigung sah Froelich den Chef der Tanzschule noch einmal wohlwollend in die Runde schauen, dann verabschiedete er sich von Grazyna mit einem knappen Kopfnicken, und weg war er. Die Tanzlehrerin dagegen ging mit mühsam beherrschter Miene hinter den Tresen, goss sich einen doppelten Schnaps ein, legte das Glas an ihre Lippen und kippte den Kopf in einer schnellen Bewegung nach hinten. Wenig später kam sie auf die Tanzfläche, klatschte zweimal in die Hände und bat zur nächsten Übung.

Die Doppelstunde des Tanzkurses verflog, und hinterher saßen sie wieder gemütlich beisammen. Grazyna verabschiedete sich schnell, und Karins Mann sank wie üblich nach dem dritten Weizenbier in die Polster zurück und schlief ein. Sie unterhielten sich prächtig, und die Gesprächsthemen ging hin und her. Lauras Tod wurde auch diesmal durchgehechelt. Die Lokalzeitung hatte einige Details veröffentlicht, die Froelich schon kannte, die für die anderen aber neu gewesen waren. Nach einer Weile – es ging inzwischen um die Frage, welche Weihnachtsmärkte in der Gegend die besten seien – entschuldigte sich Froelich und ging zur Toilette. Als er wieder auf den Flur zwischen Tanzsaal und Haupteingang trat, lehnte Karin an der gegenüberliegenden Wand und erwartete ihn.

»Gehen wir ein Stück?«, fragte sie ihn.

»Und dein Mann?«

»Schnarcht und träumt, vermutlich von Grazyna. Kommst du?«

Froelich nickte und folgte ihr hinaus auf den Parkplatz. Sie spazierten schweigend am Gebäude entlang, folgten einem schmaler werdenden Fußweg, der zwischen zwei Hecken verlief und offenbar eine Abkürzung von der Tanzschule in die Innenstadt darstellte. Nach einigen Metern waren sie durch die Hecken vor neugierigen Blicken aus allen Richtung verborgen. Karin drehte sich um und sah zu Froelich hoch. Der hatte etwas zu spät bemerkt, dass sie stehengeblieben war, und lief fast in sie hinein. Karin wich nicht zurück, sondern legte ihre Arme um seine Hüften.

Auch Froelich hob die Hände, ganz langsam, und berührte Karins Rücken und ihre Hüfte erst mit den Fingerspitzen und dann mit der ganzen Handfläche. Ganz behutsam bewegte er sich, als hätte er Angst, dass sie sich unter seiner Berührung wie eine Fata Morgana auflösen könnte. Doch Karin fühlte sich sehr lebendig an und durchaus robust. Sie drängte sich gegen ihn, stellte sich fast auf die Zehenspitzen und streckte sich, bis ihre Gesichter fast auf gleicher Höhe waren. Ihre Hände wanderten über Froelichs Rücken nach oben, bis sie ihn kräftig an den Schultern fasste und seinen Oberkörper ein wenig zu sich herzog.

Ihr Parfüm umgab ihn inzwischen wie eine Wolke. Es war ein angenehmer Duft, leicht fruchtig und nicht aufdringlich. Karin lächelte ihn an, schob ihren Mund etwas näher, öffnete die Lippen ein wenig und schloss die Augen. Froelich schluckte, dann beugte er den Kopf ganz langsam nach vorn. Wie sich ihre Lippen wohl anfühlen mochten? Wie sie wohl küssen würde? Was wohl danach passieren würde? Morgen? Nächste Woche?

Plötzlich sah er in Gedanken Inges Gesicht vor sich, fühlte ihre Lippen, ihren Körper – und erstarrte. Karin hatte bemerkt, dass sich etwas verändert hatte. Sie öffnete die Augen wieder, sah Froelich erst forschend, dann traurig an und trat schließlich einen Schritt zurück. Eine Zeitlang musterte sie ihn, dann lächelte sie wehmütig.

»Geht nicht, was?«

»Nein«, sagte Froelich. »Tut mir leid.«

Sie nickte.

»Tut mir wirklich leid«, wiederholte Froelich. »Ich hätte gern … aber …«

»Schon gut. Ist ja vielleicht auch besser so. Ich bin verheiratet, und du hast deine Inge.«

»Da bin ich mir nicht mehr so sicher«, gab Froelich zu. »Aber ich hoffe drauf, dass sich das mit ihr und mir wieder einrenkt, das stimmt schon. Und weißt du … Erst reden wir darüber, wie toll es ist, dass die Klehfinks so eine gute Ehe führen, und dann …«

Er machte eine unbestimmte Geste, und Karin strich ihm kurz ganz sanft mit den Fingerspitzen über die Hand.

»Passt schon, Gottfried. Dann freu ich mich halt darüber, dass ich dir das Treusein doch vielleicht etwas schwer gemacht habe.«

Sie lachte trocken, aber ihre Augen lachten nicht mit.

»Dass du eine sehr attraktive Frau bist, muss dir aber keiner sagen, oder? Du siehst toll aus und bist wirklich –«

Sie legte ihm den Zeigefinger auf die Lippen.

»Halt die Klappe, Gottfried, und mach mir den schönen Moment nicht kaputt!«

Sie hatte das ganz freundlich gesagt, und während es in ihren Augen verdächtig schimmerte, spielte jetzt tatsächlich ein leichtes Lächeln um ihre Mundwinkel.

»Komm, wir gehen wieder zu den anderen.«

Schon wieder dieselbe Scheibe

Froelich war auf der Heimfahrt aus Schorndorf noch so aufgewühlt, dass er einen kleinen Umweg fuhr und am Segelflugplatz entlang und ums Dulkhäusle herum eine halbe Stunde durch die Dunkelheit spazierte, bis es ihm zu kalt wurde und er mit der Ente die kurvige Strecke durch Wiflingshausen hinunter ins Tal nahm.

Erst draußen durchgefroren, und dann zuhause nach einem Viertele Rotwein vor dem Fernseher eingeschlafen – so kam er an diesem Abend endlich zur Ruhe. Und er kam so gründlich zur Ruhe, dass es ihn nicht störte, dass das Fernsehgerät munter weiterplärrte. Entsprechend spät fiel ihm auf, dass das Telefon zu klingeln begonnen hatte. Schließlich wuchtete er sich aus dem Sessel und tappte in den Flur hinaus. Das Klingeln endete, noch bevor er den Hörer aufgenommen hatte. Froelich hörte nur noch das Freizeichen. Die Nummer, die angezeigt wurde, hatte eine Stuttgarter Vorwahl, sagte ihm aber im ersten Moment nichts. Er drückte die Rückruftaste, am anderen Ende meldete sich eine Männerstimme kurz und knapp mit »Ja?«, und als Froelich mit verschlafener Stimme erklärte, dass der Unbekannte ihn gerade angerufen habe, er aber nicht wisse, worum es gehe, wurde am anderen Ende ohne ein weiteres Wort aufgelegt. Froelich ließ sich noch einmal die Nummer des Anrufers auf dem Display anzeigen – die ersten Ziffern kamen ihm nun vage bekannt vor, aber müde wie er war, kam er nicht drauf, woher.

»Wahrscheinlich eh nur verwählt«, brummte Froelich, sah auf die Uhr und schüttelte den Kopf. »Super! Um diese Uhrzeit!«

Dann fiel ihm auf, dass an diesem Abend noch zwei weitere Anrufe in Abwesenheit gespeichert waren. Die erste Nummer gehörte zu einem Handy – er verglich sie mit der Nummer auf Zora Wildes Visitenkarte, die noch neben dem Telefon lag. Tatsächlich, sie hatte angerufen. Eine Stunde später war der nächste Anruf eingegangen, diesmal von einer Festnetznummer, die mit der Vorwahl 07183 begann. Froelich ging an den Rechner in seinem Arbeitszimmer, den er so gut wie nie ausschaltete. Schnell hatte er herausgefunden, dass die Vorwahl zu Rudersberg gehörte – der Gemeinde im Wieslauftal, zu der auch Michelau gehörte, der Wohnort Zora Wildes. Er notierte die Festnetznummer – aber es war inzwischen natürlich viel zu spät, dort noch anzurufen. Das musste bis zum Morgen warten.

Er kehrte ins Wohnzimmer zurück, schaltete den Fernseher aus und ging ins Bad. Keine fünf Minuten später lag er im Bett und glitt in einen unruhigen Schlaf. Er träumte von der tanzenden Laura, die im Glitzerkostüm durch eine Meute sabbernder Männer pflügte. Er schreckte hoch und saß eine Zeitlang mit pochendem Herzen und schweißnass im Bett. Nach einem Glas Wasser hatte er sich wieder beruhigt. Erneut schlief er ein, und diesmal träumte er von Karin und Inge, die ihm gemeinsam Leckereien ans Bett brachten und dazu wenig mehr trugen als weiße Schürzen mit Spitzenbesatz.

Ein unangenehmes Geräusch drang an sein Ohr, und es ließ sich irgendwie nicht mit Karin, Inge und den Leckereien in Einklang bringen. Langsam öffnete er die Augen und horchte. Jetzt war es ihm, als wäre jemand drunten im Erdgeschoss auf Scherben getreten, die unter festen Schuhen knirschend zu noch kleineren Bruchstücken zerstoßen wurden.

»Nicht schon wieder!«, ging es ihm durch den Sinn, als er die Beine über die Bettkante schwang, sich den Morgenmantel über den Schlafanzug streifte, in die Küche schlurfte, dort eine gusseiserne Pfanne aus dem Schrank nahm und sich derart bewaffnet auf den Weg nach unten machte. Die Tür zum Sarglager stand einen Spalt weit offen. Gut möglich, dass er gestern vergessen hatte, die Tür zu schließen – aber das Geräusch knirschender Scherben? War womöglich schon wieder Anna Riemle bei ihm eingebrochen – und was, um Himmels willen, wollte sie nur in seinem Haus? Doch da gewahrte er schon einen Schatten im Sarglager, eine Person, die sich langsam durch den dämmrigen Raum arbeitete und größer und ein wenig kräftiger als Anna Riemle wirkte.

Gerade wollte er der oder dem Unbekannten entgegentreten, da schob sich ein zweiter Schatten durch das eingeschlagene Fenster, wuchtete sich kraftvoll in eine hockende Position und sprang gleich danach in einem ordentlichen Satz vom Fensterbrett. Doch die Landung geriet so unglücklich, dass die zweite Person auf den Glassplittern ausglitt und der Länge nach hinschlug. Ein unterdrückter Schmerzensschrei ließ vermuten, dass sie sich im Reflex ausgerechnet auf einigen Scherben abgestützt hatte. Der erste Schatten wandte sich daraufhin um und kehrte der Tür zum Flur, hinter der Froelich stand, den Rücken zu. Froelich nutzte die Gelegenheit, trat ins Sarglager, fasste den Pfannenstiel mit beiden Händen, holte aus und schlug zu.

Der Aufprall des Pfannenbodens auf dem Hinterkopf der Gestalt klang dumpfer, als es Froelich nach dem Anschauen zahlreicher Krimis vermutet hätte, aber die Wirkung war durchschlagend: Die Gestalt fiel erst auf die Knie und kippte dann wie ein nasser Sack zur Seite. Die zweite Gestalt rappelte sich umständlich auf, schien aber fürs Erste keine Bedrohung für Froelich darzustellen: Erst betrachtete der Schatten den am Boden liegenden anderen und kümmerte sich dann um seine Hände, die er sich offenbar an den Scherben zerschnitten hatte.

Froelich machte zwei Schritte rückwärts und tastete nach dem Lichtschalter, dann flammte das grelle Neonlicht an der Decke auf. Vor ihm stand Aldo, Blut lief ihm über die gewaltigen Handflächen und tropfte auf den Boden. Die Gestalt, die er niedergeschlagen hatte, war ebenfalls ein Mann, und als er den Bewusstlosen umrundete, sah er Thorsten Wellering vor sich liegen. Er kniete sich neben ihn. An der rechten Stirn, die auf den Boden geknallt war, hatte Wellering eine kleine Platzwunde. Am Hinterkopf, wo die Pfanne ihn getroffen hatte, standen die Chancen für eine stattliche Beule ziemlich gut. Froelich fühlte Wellerings leidlich normalen Puls und sah ihn gleichmäßig atmen, dann erhob er sich wieder.

»Was machen Sie beide mitten in der Nacht in meinem Haus?«, fragte Froelich. »Und warum brechen Sie ein, statt einfach an meiner Tür zu klingeln?«

»Das will ich Ihnen gern erzählen, soweit ich es selbst weiß«, antwortete Aldo und hielt ihm seine blutenden Pranken hin. »Aber können Sie mir bitte erst einmal Verbandszeug oder so etwas holen?«

»Und kaum bin ich raus aus dem Raum, hauen Sie auch schon ab, oder?«

Aldo schüttelte den Kopf, lächelte schmerzlich und hielt seine Handflächen noch etwas höher.

»Ich bin mit dem Moped da – so komme ich vermutlich nicht weit, was meinen Sie? Außerdem ging es mir eh nur darum, Sie vor diesem Typen da zu beschützen.«

Froelich schaute zweifelnd auf Aldos Hände, dann hinunter auf Wellering, der sich noch immer nicht regte. Schließlich gab er sich einen Ruck und verließ das Sarglager.

Als er mit einer Pinzette, Desinfektionsspray, einer kleinen Schüssel mit Wasser, einem Stofflappen und Verbandszeug zurückkehrte – zwischendurch hatte er oben einen kurzen Anruf getätigt –, stand Aldo noch fast an derselben Stelle. Es dauerte eine Weile, bis Froelich alle Glassplitter aus Aldos Handflächen gezupft hatte. Danach tupfte er sie mit dem feuchten Lappen ab, gab Desinfektionsspray drauf, legte Wundauflagen darüber und umwickelte die nur noch langsam nachblutenden Hände mit reichlich Mull. All das musste einige Male recht schmerzhaft gewesen sein, doch der Hüne gab dabei keinen Laut von sich. Aus dem Nachbarraum holte Froehlich einen Handfeger und bürstete Aldo damit die letzten Splitter von Hose und Jacke.

In der Zwischenzeit hatte Wellering schon das eine oder andere Stöhnen hören lassen, und allmählich kam wieder etwas Bewegung in den Mann. Aber bis er sich wieder so weit gefangen hätte, dass er aufstehen könnte, würde es wohl noch ein Weilchen dauern, also war nun Zeit für Aldos Erklärungen.

»Mercedes geht es inzwischen wieder besser«, begann er. »Also habe ich ihr zwar eingeschärft, dass sie mich unbedingt anrufen soll, wenn was ist oder wenn sie mich braucht – aber ich musste nicht mehr den ganzen Tag bei ihr in der Wohnung bleiben. Für die Tage nach der Brasilienparty hatte ich mir Urlaub eingetragen, in der Firma wurde ich deshalb nicht unbedingt gebraucht. Wegfahren wollte ich aber nicht, schon wegen der Kripo. Ich meine, falls die was von mir wissen wollen und stellen fest, ich bin mit dem Moped unterwegs – da denken die sich ja noch sonst was!«

»Schon recht, aber was hat das damit zu tun, dass Sie nachts durch ein eingeschlagenes Fenster in mein Sarglager klettern?«

»Das mit dem Fenster war ich nicht, das war der hier.«

Aldo zeigte auf Wellering, der sich nun ganz vorsichtig zu bewegen begann.

»Ich für meinen Teil hätte auf diese blöden Scherben gut verzichten können.«

»Ich auch, aber jetzt erzählen Sie endlich!«

»Wie gesagt: Ich hatte Zeit. Mir geht natürlich die Sache mit Laura nicht aus dem Kopf, und ich will unbedingt wissen, wer das Mädchen auf dem Gewissen hat.«

Froelich musterte ihn. Der Muskelprotz hatte entweder wirklich keine Ahnung, wer Laura ermordet hatte, oder er war ein sehr guter Schauspieler.

»Was die Kripo unternimmt, weiß ich nicht, aber Sie ermitteln ja ebenfalls recht fleißig – und da hab ich mir überlegt, ob ich mich nicht ein bisschen an Sie ranhängen sollte.«

»Ach?«

»Ja, aber so richtig schlau geworden bin ich nicht aus dem, was Sie so treiben. Erst besucht Sie diese Lady in ihrem Sportwagen, bleibt eine Weile in Ihrem Institut und fährt dann wieder weg – keine Ahnung, wer das war.«

»Das kann ruhig so bleiben«, versetzte Froelich.

»Dachte ich mir fast«, sagte Aldo mit einem leichten Grinsen. »Dann klettern Sie eine Stunde später in Ihre Ente, fahren zum Bahnhof, holen dort einen dicklichen Milchbubi ab und fahren mit dem Jungen nach Altbach. Dort streitet er sich mit Ihnen, steigt aus und geht in ein Mehrfamilienhaus. Sie rufen jemanden an und fahren dann wieder weg.«

Froelich schüttelte den Kopf.

»Sie haben mich die ganze Zeit beobachtet? Ich hab jedenfalls nichts davon bemerkt.«

»Das will ich hoffen! Ich bin ganz gut in so was. Nur dass Ihre Ente so langsam zuckelt, hat es etwas schwerer gemacht, immer ausreichend Abstand zu halten. Zum Glück ist gerade nicht Sommer und Sie haben kein Cabrio – sonst wäre Ihnen mein Moped vielleicht wegen des Sounds aufgefallen.«

»Und was haben Sie sich von Ihrer … na ja … Beschattung versprochen?«

Aldo zuckte mit den Schultern.

»Ich habe mir jeweils die Adressen aufgeschrieben, bevor ich Ihnen wieder hinterhergefahren bin. Wie gesagt – besonders schnell sind Sie ja nicht unterwegs. Noch langsamer waren Sie nur am Abend in Schorndorf. Ich an Ihrer Stelle hätte das Pärchen längst überholt, das da vor Ihnen rumzuckelte. Die sind ja fast Schrittgeschwindigkeit gefahren! Aber Sie kennen die beiden, oder?«

Froelich erinnerte sich an die Schleichfahrt auf dem Hinweg zum Tanzkurs, und er nickte. Allerdings fragte er sich nun noch dringlicher als zuvor, was der Hüne sonst noch alles gesehen hatte.

»Dann sind Sie mit den beiden in die Tanzschule rein, sind mit einer anderen Frau nach einiger Zeit wieder herausgekommen, sind mit ihr wieder hinein, und dann war die Tanzschule wohl aus und alle sind nach Hause gefahren.«

Aldo hatte diese Passage wie im schnellen Vorlauf geschildert, und auch wenn er sich zwischendurch ganz kurz ein anzügliches Grinsen gegönnt hatte, war Froelich ihm doch dankbar, dass er an dieser Stelle nicht ins Detail ging.

»Was wollten Sie eigentlich droben beim Flugplatz?«, fragte Aldo.

»Was?« Froelich war einen Moment lang seinen Erinnerungen nachgehangen. »Ach so … Ich war in Gedanken und brauchte einen kurzen Spaziergang, um den Kopf durchzulüften.«

»Verstehe«, sagte Aldo und grinste noch etwas breiter.

»Und dann sind Sie mir zum Institut nachgefahren?«, wechselte Froelich das Thema.

»Ja, bin ich. Ich bin ein paar Mal die große Straße raufgeschlendert und die kleine Gasse wieder runter. Und als ich gerade meine dritte oder vierte Runde drehte, fiel mir dieser Typ auf.«

Er deutete auf Wellering, der sich mühsam ein wenig aufzurichten begann, seinen Hinterkopf betastete und mit einem lauten »Aua!« die Finger wieder von der Stelle nahm, an der Froelichs Pfanne ihn getroffen hatte.

»Der strich erst ein paar Mal in der Gasse an Ihrem Haus entlang, schaute sich um, als suchte er eine Möglichkeit, wie er einsteigen könnte. Schließlich blieb er vor diesem Fenster stehen.« Aldo deutete mit dem Daumen hinter sich. »Mit einem Holzstock, den er zwei Häuser weiter unter einer kleinen Bank liegen sah, stieß er zu und gab keine Ruhe, bis er auch die letzte Scherbe aus dem Rahmen geschlagen hatte. So wie er sich bewegte und so wenig, wie ihn der Lärm interessierte, nahm ich an, dass er ordentlich einen im Tee hatte. Zu diesem Zeitpunkt überlegte ich noch, ob ich lieber auf meinem Posten bleiben sollte, als mich durch ein Eingreifen zu verraten. Er hatte ja einen ziemlichen Radau gemacht, ich rechnete damit, dass er entdeckt würde. In zwei, drei Nachbarhäusern ging auch kurz das Licht an, einer Ihrer Nachbarn hat rausgeschaut, aber der Typ hatte sich inzwischen in den Schatten direkt beim Haus zurückgezogen und deshalb konnte ihn außer mir niemand sehen. Und dann gingen die Lichter wieder aus, und er ist reingeklettert. Tja, und als ich sah, dass der wirklich ins Haus reinwollte, hatte ich Angst, dass der Typ Ihnen etwas antun könnte oder dass er etwas klauen wollte und Ihnen, wenn Sie ihn dabei überraschten, eins über den Schädel geben würde. Es hat einige Zeit gedauert, bis er endlich drin war. Aber gleich danach bin ich hinterhergeklettert.«

Wellering hatte es inzwischen in eine sitzende, wenn auch noch etwas wacklige Lage geschafft und schaute mit trübem Blick zwischen Aldo und Froelich hin und her. Aldo quittierte den Zustand des Mannes mit einem spöttischen Grinsen.

»Inzwischen weiß ich ja, Herr Froelich, dass ich mir um Sie keine Sorgen zu machen brauchte.«

Wellering setzte zu einem Satz an, aber ihm versagte im ersten Anlauf die Stimme. Er räusperte sich, dann brachte er hervor: »Das ist ja schön, wenn ihr euch so gut unterhaltet. Aber kann mir vielleicht mal jemand hochhelfen?«

Er streckte beide Arme aus, geriet dadurch fast aus der Balance, fing sich mühsam wieder und streckte die Arme erneut aus. Aldo zeigte ihm nur seine bandagierten Hände und zuckte bedauernd mit den Schultern. Froelich griff zu und half Wellering auf. Der blinzelte, als müsste er sich erst besinnen, wo er war und wer da vor ihm stand.

»Haben Sie mich niedergeschlagen, Sie Trottel?«

»Sie haben mir ein Fenster zerdeppert, dann sind Sie in mein Haus geklettert. Ich habe Sie für einen Einbrecher gehalten – was ja so falsch nicht war – und habe mich gewehrt.«

Wellering kniff die Augen zusammen, massierte sich die Nasenwurzel, dann sah er sich um. Sein Blick fiel auf die Bratpfanne, die auf einem Sargdeckel ganz in seiner Nähe abgestellt war.

»Damit?«

Froelich nickte.

»Sind Sie irre? Erst bringen Sie mein ganzes Leben durcheinander, und dann schlagen Sie mir auch noch fast den Schädel ein! Ist das Akquise, Herr Bestatter?«

»Darf ich vorstellen«, sagte Froelich ungerührt: »Das ist Albrecht Dohringer, genannt Aldo, Chef der Security-Firma, die sich am Freitag um die Party in Winterbach gekümmert hat, nach der Laura Lorenzen ums Leben kam. Und das ist Dr. Thorsten Wellering, einer von Lauras Professoren an der Stuttgarter Uni und bis vor kurzem ihr Freund.«

Aldo stutzte.

»Wie – Freund? So richtig, mit allem?«

Wellering setzte ein hämisches Grinsen auf und blieb gelassen, aber Froelich sah die Gefahr für ihn schon aufziehen, und er glitt schnell zwischen die beiden. Der

Hüne hatte auch wirklich schon mit der rechten Faust ausgeholt, doch als sich Froelich vor ihm aufbaute, ließ er sie wieder sinken.

»Bitte nicht«, sagte Froelich. »Sie würden Schwierigkeiten bekommen.«

»Wegen dieser schlaffen Wurst? Dass ich nicht lache!«

»Glauben Sie mir einfach und halten Sie sich zurück.«

»Nur, weil Sie es sind, Herr Froelich.«

Er entspannte sich wieder, warf Wellering aber noch immer böse Blicke zu. Froelich trat wieder ein Stück zurück und wandte sich an Wellering.

»Was wollten Sie hier bei mir?«

»Ich wollte Ihnen an die Gurgel! Klauen wollte ich Ihnen nichts, aber eine Abreibung wollte ich Ihnen verpassen!«

»Haben Sie was getrunken?«

Froelich schnupperte, wirklich hing ein Hauch Schnapsgeruch in der Luft.

»Klar habe ich was getrunken! Was soll ich auch sonst machen? Und irgendwann habe ich beschlossen, dass ich Ihnen heimzahle, was Sie bei mir angerichtet haben! Durch Ihre elende Schnüffelei haben Sie alles ins Rollen gebracht, und jetzt hat mich meine Frau rausgeschmissen und ich hab obendrein alle Hände voll zu tun, dass nicht auch noch die Unileitung erfährt, dass ich mit einer meiner Studentinnen …«

»Was bist du denn für eine hinterhältige Zecke?«, knurrte Aldo, der nun wieder viel weniger entspannt aussah als noch eben. »Machst mit einer Frau wie Laura rum und bist eigentlich verheiratet? Pfui Teufel!«

Er spuckte vor Wellering aus. Froelich verdrehte die Augen, und Aldo bemerkte dessen Reaktion.

»Sorry, Herr Froelich, das wollte ich nicht«, murmelte er ganz zerknirscht und deutete auf den kleinen nassen Fleck, der sich von der Spitze von Wellerings linkem Schuh bis auf den Boden des Sarglagers erstreckte.

»Ehrlich gesagt, darauf kommt's jetzt auch nicht mehr an«, sagte Froelich.

»Ach, wie süß«, höhnte Wellering. »Hulk entschuldigt sich für das Spuckerle!«

Aldo wurde zwar nicht grün im Gesicht, aber dass Wellering die Veränderung in der Miene des Hünen nicht bemerkte, konnte Froelich nur dessen Kopfschmerzen zuschreiben.

»Hättest wohl auch gern mal mit Laura … was?«, schob er dann noch hämisch nach.

Das war für einige Zeit der letzte Satz, den Wellering hervorbrachte. Und für sehr lange Zeit der letzte, den er ohne das für Zahnlücken typische leise Begleitpfeifen sagen konnte. Aldos Faust war so schnell in Wellerings Gesicht gelandet, dass Froelich den krachenden Aufprall nur aus den Augenwinkeln sah, ihn aber umso besser hören konnte. Wellering wurde gefällt wie ein Baum, und nur mit viel Glück konnte Froelich ihn im Umfallen wenigstens zum Teil auffangen und so seinen Sturz etwas mildern.

»Sorry«, murmelte Aldo erneut. »Hätte dieser Depp mal lieber die Klappe gehalten.«

In diesem Moment ging die Türklingel.

»Wer ist das denn jetzt noch?«, fragte Aldo.

»Das ist der Ärger, den ich vorher gemeint hatte.«

»Oh, scheiße, die Bullen?«

Aldo sah sich blitzschnell nach dem eingeschlagenen Fenster um, aber Froelich schüttelte nur den Kopf.

»Lassen Sie das lieber. Draußen stehen sicher auch einige Beamte – ich kann gern bezeugen, dass er Sie bis aufs Blut gereizt hat, bevor Sie ihm eine verpasst haben.«

»Bin gespannt, ob mir das was bringt …«, brummte Aldo und ließ die massigen Schultern hängen.

Froelich öffnete den neuen Besuchern die Tür. Alexander Maigerle stellte seinen Freund seinen beiden Begleitern vor, dann sagte er: »Und das, Gottfried, sind meine Kollegen Klaus Schneider und Rainer Ernst von der Kripo Waiblingen.«

Maigerle lugte an Froelich vorbei, der deutete nur in Richtung Sarglager.

»Zwei Männer sind da drin. Beide werden sich wohl ruhig verhalten und abwarten, was die Polizei mit ihnen vorhat.«

Maigerle ging weiter, und Ernst und Schneider musterten Froelich. Beide wirkten ein wenig erheitert, und Froelich sah irritiert an sich hinunter. Sein Bauch spannte unter dem Morgenmantel, so dass ein Spalt aufklaffte, der seinen Schlafanzug erkennen ließ. Die nackten Beine steckten in abgewetzten Hausschuhen. Aber Maigerles Kollegen schienen sich nicht über seine Aufmachung zu amüsieren.

»Freut mich sehr«, begann der Mann, den Maigerle als Schneider vorgestellt hatte, »dass ich Sie endlich mal kennenlerne. Alex hat schon viel von Ihnen erzählt, und unsere Kollegen von der Esslinger Kripo kennen Sie ja auch. Ein Bestatter, der hobbymäßig in Mordfällen mitermittelt und dafür mit der zuständigen Kripo keinen Ärger bekommt – Respekt!«

Er nickte Froelich anerkennend zu. Sein badischer Zungenschlag war unverkennbar, und Maigerle hatte ihm schon vor einiger Zeit erzählt, dass Schneider sein direkter Vorgesetzter und der neben ihm stehende Rainer Ernst sein engster Mitarbeiter war. Vor genau zehn Jahren, wenn er sich richtig erinnerte, hatte der Badener Schneider die Leitung der damaligen Schorndorfer Kripoaußenstelle übernommen, obwohl sich der Schwabe Ernst selbst große Hoffnungen auf den Posten gemacht hatte. Entsprechend holprig war der Beginn ihrer Zusammenarbeit dann auch gewesen, aber das hatte sich längst gegeben, und inzwischen waren die beiden ein eingespieltes Team.

»Und gut, dass Sie Alex vorhin angerufen haben«, fuhr Schneider fort. »Als wir hörten, dass es zu Ihnen gehen sollte, wollten wir natürlich unbedingt dabei sein. Draußen haben wir noch ein paar Kollegen postiert. Eines Ihrer Fenster ist eingeschlagen worden?«

»Ja, zum zweiten Mal innerhalb weniger Tage«, entfuhr es Froelich.

»Wie? Beide Male ein Einbruch?«

»Nein, nein, das erste Mal hat sich schon wieder aufgeklärt. Das war … ach, sagen wir: Das war ein Missverständnis. Nichts jedenfalls, was die Polizei interessieren muss. Und gerade war das Fenster repariert, wurde es auch schon wieder zerdeppert.«

Rainer Ernst zückte einen Notizblock und einen Stift.

»Dann erzählen Sie am besten gleich mal, was heute Abend aus Ihrer Sicht hier los war.«

»Können wir dazu rüber ins Sarglager gehen?«, fragte Froelich. »Dann können die beiden Männer gleich alles bestätigen, was ich Ihnen erzähle, oder ihre eigenen Kommentare dazu abgeben.«

Ernst zuckte mit den Schultern, und sie betraten den Raum, in dem Maigerle, Aldo und Wellering schon auf sie warteten. Scherben auf dem Boden, ein Mann mit bandagierten Händen und einer mit einer Schramme an der Schläfe, der sich im Sitzen die geschwollene und blutende Lippe hielt – kein Wunder, dass Schneider und Ernst den Bestatter verwundert anschauten.

»Darf ich vorstellen?«, begann Froelich. »Albrecht Dohringer, genannt Aldo, und Dr. Thorsten Wellering. Herr Wellering hat mein Fenster eingeschlagen und ist danach in diesen Raum geklettert. Ich vermute, er ist einigermaßen betrunken, und er hat mir gegenüber kurz vor Ihrem Eintreffen zugegeben, dass er mich verprügeln wollte. Das wusste ich zwar noch nicht, als ich ihn im Dunkeln durchs Sarglager schleichen sah, aber bedrohlich wirkte der Schatten trotzdem.«

Danach schilderte er Aldos Eintreffen, den Schlag mit der Bratpfanne, das Verarzten von Aldos Händen und das folgende Streitgespräch zwischen Aldo und Wellering samt dem schmerzhaften Ende für den Dozenten.

»Er hat Herrn Dohringer wirklich bis aufs Blut gereizt. Mir an seiner Stelle wäre ebenso die Sicherung durchgebrannt.«

»Aber Sie hätten mir vermutlich keinen Zahn ausgeschlagen, so unsportlich wie Sie aussehen«, beschwerte sich Wellering. Durch seine Zahnlücke ging der Atem mit leisem Pfeifen.

»Sie halten jetzt vielleicht besser mal den Mund«, ermahnte ihn Schneider. »Ich kann nicht garantieren, dass ich schnell genug zur Stelle bin, Sie vor dem nächsten Treffer von Herrn Dohringer zu bewahren.«

Aldo riss die Augen auf, sah Schneider an und schüttelte schnell den Kopf, doch der Kripokommissar grinste nur und zwinkerte ihm zu. Wellering, der sich wieder um seinen Brummschädel und seine geschwollene Lippe kümmerte, bekam beides nicht mit. Aldo stutzte, sah Froelich fragend an, doch der grinste ebenfalls nur und zuckte mit den Schultern. Für Aldo schien die Sache so gut zu laufen wie unter den gegebenen Umständen nur möglich.

»Wir nehmen Sie beide jetzt mit nach Waiblingen. In der Kripodirektion werden wir Ihre Aussagen aufnehmen, dann werden wir Sie auch zu einigen Punkten im Zusammenhang mit dem Mord an Laura Lorenzen befragen. Falls Sie morgen …« – Schneider sah kurz auf seine Armbanduhr – »… ich meine: heute noch Termine haben, sollten Sie die besser verschieben. Sie können das auf der Fahrt per Handy erledigen.«

»Ich habe Urlaub«, merkte Aldo an. »Ich muss niemanden anrufen.«

»Und ich kann nicht mitkommen«, sagte Wellering. »Ich habe am späten Vormittag eine Vorlesung und am Nachmittag zwei Besprechungen.«

»Ach, glauben Sie mir, Herr Dr. Wellering: Sie können«, widersprach ihm Schneider. »Herr Ernst, helfen Sie mir bitte, die beiden zum Wagen zu bringen? Und Sie, Herr Maigerle?«

Alex Maigerle sah Froelich fragend an, und als der nicht reagierte, zögerte er einen Moment, antwortete seinem Vorgesetzten aber dann: »Ich bleibe noch hier. Wir sehen uns zur Soko-Besprechung um zehn in Waiblingen.«

»Gut, bis nachher also. Und jetzt los, meine Herren!«

Aldo setzte sich als Erster in Bewegung, Wellering musste aufgeholfen werden, und auch dann ließ er sich nur sehr widerwillig von Rainer Ernst aus dem Haus führen. Schneider warf Maigerle einen kurzen Blick zu und nickte, dann folgte er den anderen. Draußen waren Schritte auf dem Pflaster, Türenschlagen und schließlich einige sich langsam entfernende Motoren zu hören.

Froelich war den anderen in den Flur hinaus gefolgt, hatte die Haustür zugezogen und kam zurück ins Sarglager. Dort hatte Alex Maigerle inzwischen mit einer Plane, die er in einer Ecke hatte liegen sehen und die er mit einigen Holzlatten in passender Länge an der Decke oberhalb der Fensterhöhle verkeilte, eine provisorische Abdeckung für das eingeschlagene Fenster gebastelt.

»So habe ich das vorgestern auch schon gemacht«, sagte Froelich. »Danke, Alex. Vielleicht sollte ich die Plane und die Latten ja gleich hier bereitliegen lassen, was?«

Er lachte.

»Und was jetzt, Alex?«

»Na ja, du hast mir von Inges Recherche erzählt und du hast mir dein Gästezimmer angeboten – das würde ich jetzt in Anspruch nehmen. Ich nehme an, du kannst im Moment eh nicht schlafen. Wir trinken ein Gläschen miteinander, und ich bringe dich aufs Laufende, ganz inoffiziell natürlich.«

»Und deine beiden Chefs?«

»Wissen natürlich Bescheid, aber auch nur inoffiziell. Also – was hast du Feines zu trinken da?«

»Drüben im Kühlraum habe ich noch eine Flasche sehr passablen Cognac, und im Wohnzimmer steht ein Whisky, den ich noch probieren muss.«

»Lieber nicht, Gottfried. Ich muss ja um halb zehn mit dem Wagen nach Waiblingen – da wäre etwas Wein vielleicht besser.«

»Da kann ich natürlich auch helfen.«

Wenig später saßen sie um den Couchtisch im ersten Stock herum. Im Hintergrund lief leise eine CD des US-Musikers Shawn Mullins, die ihm Maigerle mal empfohlen hatte. Und in ihren Gläsern funkelte ein dunkler Merlot vom Esslinger Schenkenberg, den der Wengerter aus Froelichs Nachbarschaft auf den Steilhängen in Richtung Mettingen erntete und im Barriquefass ausbaute. Froelich hatte seinem Freund von dem guten Tropfen vorgeschwärmt, dann aber auch den Preis der Flasche genannt. Maigerle schnupperte, schwenkte den Wein im Glas und probierte schließlich vorsichtig.

»Hmmm …«, machte er. »Aber den werde ich wohl auch künftig eher nur bei dir trinken, das kommt mich günstiger.«

Die beiden Männer lachten, prosteten sich zu und nahmen einen großen Schluck.

»Hast du inzwischen eigentlich Zora Wilde getroffen?«, fragte Maigerle.

»Ich hab's versucht, habe sie aber nicht erreicht. Und als sie heute Abend zurückgerufen hat, war ich nicht da.«

Maigerle nickte.

»Gut, dann sag ich's dir halt: Laura war schwanger. Vierter Monat, ein Junge.«

»Oh!«

»Ihre Frauenärztin hat sie deswegen nicht aufgesucht, aber wir haben in ihrer Wohnung einen benutzten

Schwangerschaftstest gefunden – sie wusste selbst also auf jeden Fall Bescheid.«

»Und wisst ihr, wer der Vater ist?«

»Nach dem, was wir wissen – zum Teil ja auch von dir –, haben wir von Ben Fieling und Thorsten Wellering DNA-Proben genommen, und Wellerings DNA hat gepasst.«

»Was meinst du, Alex: Ist sie versehentlich schwanger geworden?«

»Eher nicht. Ihre Frauenärztin hatte ihr jahrelang die Pille verschrieben, die hat sie wohl vor fünf oder sechs Monaten abgesetzt.«

»Wellering hat mir erzählt, dass ihn Laura zunehmend unter Druck gesetzt hat. Sie wollte, dass er für sie seine Frau verlässt.«

»Da könnte ein gemeinsames Kind natürlich ein starkes Argument sein.«

»Haben die Wellerings denn Kinder?«

»Nein.«

»Das macht das Argument eventuell gleich nochmal stärker. Wobei Wellering auf mich den Eindruck hatte, dass er es genießt, mit Studentinnen ins Bett zu gehen und eben nicht fest an sie gebunden zu sein.«

»Und seine Frau? Du hast mir gestern ja Bescheid gegeben, dass sie dich besucht und was ihr gesprochen habt – was hat sie auf dich für einen Eindruck gemacht?«

»Sehr selbstbewusst. Mir hat nur zu denken gegeben, dass sie mir gegenüber behauptet hat, erst durch dieses Video von der Affäre ihres Mannes erfahren zu haben – während Kaschmann sagte, er habe sie schon davor mit einem Brief und einem Foto auf die Sache gestoßen.«

»Sie hatte also schon von der Affäre gewusst, als Laura ermordet wurde?«

»Ja, aber könnte sie es denn gewesen sein?«

»Ihr Alibi haben wir noch nicht überprüft, aber von den Verletzungen her, die Zora Wilde an Lauras Leichnam gefunden hat, kann es fast jeder gewesen sein. Ein Schlag gegen die Schläfe mit einer Schöpfkelle hat sie bewusstlos werden lassen, im Hinfallen ist sie von der Rampe am Hintereingang gestürzt, dabei hat sie sich das Genick gebrochen. Und dann wurde sie zu den Müllcontainern geschafft.«

»Mit einer Schöpfkelle wurde sie bewusstlos geschlagen? Da hätte ich aber lieber einen Fleischklopfer oder eine Spätzlespresse genommen«, witzelte Froelich, aber Maigerle blieb ernst.

»Oder eine gusseiserne Bratpfanne?«, versetzte Maigerle.

Froelich setzte eine schuldbewusste Miene auf.

»Und Spätzlespresse hatten wir schon«, fuhr Maigerle fort. »Aber du darfst dir unter dieser Kelle auch nicht so einen kleinen Soßenschöpfer vorstellen, wie du ihn vielleicht benutzt. Die Tatwaffe wiegt gut eineinhalb Kilo und ist mit Griff etwa achtzig Zentimeter lang – mit etwas Schwung kann jeder Schlimmes damit anrichten. Dazu braucht es keinen Muskelprotz wie diesen Aldo.«

»Ist der Täter eher Links- oder Rechtshänder?«

»Dazu hat Zora nichts Eindeutiges herausgefunden. Am Stiel des Löffels fanden sich Fingerabdrücke und DNA-Spuren, aber die stammen alle von den Köchen und Spülhilfen, die am Freitag in dieser Alm arbeiteten. Und die haben für die Tatzeit alle ein Alibi. Ein Teil dieser Abdrücke war verwischt, was darauf hindeutet, dass der Täter den Kellenstiel danach angefasst und dabei Handschuhe getragen hat – dann helfen uns die Spuren eh nicht weiter. Die Handschuhe deuten sehr darauf hin, dass der Täter vorsätzlich gehandelt hat. Der Schlag könnte von einem Rechtshänder ausgeführt worden sein – oder von einem Linkshänder zum Beispiel in Form einer beidhändigen Rückhand. Kennst du doch vom Tennis, oder?«

»Nicht meine Sportart, sorry.«

»Egal – auf jeden Fall reicht jedem die Kraft für einen Schlag, wenn man nur ein bisschen sportlich ist. Oder eben Übung hat, etwa als Tennis- oder Golfspieler.«

Als Alex Maigerle am nächsten Morgen zur Besprechung der Soko kam, erfuhr er, dass Aldo wieder nach Hause entlassen worden war – unter der Auflage, sich zur Verfügung zu halten. Wellering blieb in Gewahrsam, was er nicht gut aufnahm. Er rief seinen Anwalt an, der ihm versprach, kurz nach elf in Waiblingen einzutreffen. Gleich nach der Soko-Besprechung machten sich Schneider und Ernst auf den Weg nach Stuttgart, um mit Beate Wellering zu sprechen, und sie hatten auch vor, sie danach mit nach Waiblingen zu nehmen.

Inzwischen waren die Spuren ausgewertet, die auf der Rampe, im Hinterhof, in der Küche und auf dem Flur zwischen Küche und Hinterausgang gefunden worden waren. Fingerabdrücke, DNA und kleine Spuren von Kleiderstoff konnten dem Küchenteam, Laura selbst, Mercedes Häberle sowie Aldo und einem seiner Mitarbeiter zugeordnet werden. Auch Lauras Verehrer Werner Humboldt, der sie gegen zwei aufdringliche Gäste verteidigt hatte, war offenbar zwischen Küche und Rampe unterwegs gewesen: Es fanden sich Fingerabdrücke von ihm, und nach einigem Nachfassen hatte Aldo von dem Zwischenfall auf der Rampe erzählt – davon, dass Humboldt, den er auf einem Foto erkannte, dessen Name ihm aber nichts sagte, versucht hatte, sich beim Hintereingang an Laura heranzumachen, und dass er, Aldo, ihn recht ruppig davon abgehalten hatte. Dazu passte das Blut, das von Humboldt stammte und das sich an der Wand neben dem Hintereingang befunden hatte.

All das berichtete Maigerle Froelich, als er ihn nach der Soko-Besprechung aus seinem Büro anrief, und Froelich wollte gerade noch einmal wegen Humboldts Alibi nachfassen, als er die Türklingel hörte.

»Kann ich dich nachher noch einmal anrufen, Alex? Bei mir hat's geklingelt. Also danke erstmal, und tschüs!«

Froelich legte auf und ging zur Sprechanlage. Drunten vor dem Haus stand Anna Riemle und wollte mit ihm über ihren nächtlichen Einbruch reden. Trotz der lausigen Tonqualität war ihr anzuhören, dass sie ziemlich zerknirscht war. Einen Moment lang zögerte Froelich, dann drückte er den Öffner und erwartete seine Besucherin oben an der Treppe. Sie trat ein, aber anstatt direkt auf Froelich zuzugehen, machte sie ein paar Schritte in Richtung Sarglager und lugte durch die Tür.

»Danke, dass Sie mich reinlassen«, begann sie, als sie danach die Treppe hinaufstieg.

»Besser so, als dass Sie mir noch ein Fenster einschlagen«, versetzte er, bemühte sich dabei aber um einen freundlichen Tonfall.

»Tut mir leid, und ich ersetze Ihnen den Schaden natürlich. Ich habe gerade nachgeschaut. Sie sind noch nicht dazu gekommen, einen Handwerker zu rufen. Sonst hätte ich die Rechnung gleich mitnehmen können.«

»Doch, doch, das Fenster wurde schon repariert, die Rechnung ist aber noch nicht da. Und heute Nacht hat schon wieder jemand die Scheibe eingeschlagen …«

»Also, ich war's diesmal nicht!«

»Ich weiß«, sagte Froelich müde und führte sie ins Wohnzimmer.

»Warum sind Sie eigentlich eingebrochen?«, fragte er schon auf dem Flur. »Wenn Sie Ihren Vater sehen wollten, hätten Sie oder Ihre Mutter mir nur Bescheid zu geben brauchen.«

Er ging ihr ins Wohnzimmer voraus und bot ihr einen Platz auf dem Sofa an.

»Das ist etwas kompliziert«, druckste sie herum.

»Lange Geschichte?«

»Kann man so sagen.«

»Gut, ich habe zufällig gerade Zeit. Was möchten Sie? Einen Kaffee vielleicht?«

»Haben Sie einen Wein da?«

»Okay … aber ich werde um diese Zeit noch keinen mittrinken, fürchte ich. Aber wenn Sie das nicht stört … Möchten Sie einen Roten?«

»Ja, sehr gern.«

Wenig später stellte Froelich eine Bechertasse mit frisch gebrühtem Kaffee für sich und ein Glas für seine Besucherin auf den Tisch, öffnete eine Flasche Primitivo und schenkte ihr ein.

»Der Lieblingswein meines Lieblingsitalieners«, sagte er und prostete ihr mit der Kaffeetasse zu.

Sie kostete und nickte dann zufrieden.

»Hmmm! Das ist schon was anderes als die Billigweine, die ich mir aus dem Supermarkt hole.«

»Besonders teuer ist dieser Wein aber auch nicht, nur eben lecker.«

»Ihren Lieblingsitaliener mag ich jetzt schon.«

»Ich sag's ihm. Und Ihre lange Geschichte?«

»Ist obendrein auch noch kompliziert – und zumindest für mich schwierig zu erzählen.«

Froelich nahm einen Schluck und lehnte sich dann bequem im Sessel zurück.

»Meine Mutter und ich haben nicht das beste Verhältnis«, begann sie zu erzählen. »Zumindest galt das für die vergangenen Jahre. Im Moment geht's – mal schauen, ob es so bleibt.«

»Vorgestern sah's ganz danach aus.«

»Ja, und ich würde mich sehr freuen, wenn wir das wieder hinbekommen könnten. Schon allein für Franziska – sie ist ganz happy, dass sie endlich bei ihrer Oma sein kann. Als ich sie vorhin gefragt habe, ob sie einen Ausflug mit meiner Mutter machen will, war sie vor Begeisterung ganz aus dem Häuschen. Und ich kann im Moment jede Unterstützung brauchen – Franziska ist zwölf, die Pubertät macht sich bemerkbar …«

Sie rollte mit den Augen und lachte.

»Was war denn Ihr Problem?«, fragte Froelich.

»Mein Vater, oder genauer: die Tatsache, dass ich nie mit meinem Vater zusammengelebt habe.«

»Sind Sie denn so früh daheim ausgezogen? Oder haben sich Ihre Eltern schon scheiden lassen, als Sie noch ein Baby waren, und Sie meinen, dass Sie sich nicht mehr daran erinnern, mit Ihrem Vater zusammengelebt zu haben?«

Sie ließ eine Pause, sah erst auf den Boden, trank dann noch einen Schluck Wein und sagte: »Als sich meine Mutter scheiden ließ, war ich schon erwachsen. Aber der Mann, mit dem sie bis dahin verheiratet war, war nicht mein leiblicher Vater.«

Froelich stutzte.

»Sie reden von Horst Riemle, ja?«

Sie nickte, und Froelich blinzelte irritiert.

»Dann verstehe ich ja noch weniger, warum Sie in mein Institut eingebrochen sind. Ich dachte, Sie wollten Ihren Vater sehen – aber wenn er gar nicht ...«

»Ich wollte durchaus meinen Vater sehen, aber ich schätze mal, ich bin ein bisschen sehr naiv an das alles rangegangen.«

Froelich hob die Augenbrauen.

»Ich hatte im Vorfeld der Beerdigung von Horst Riemle erfahren, welches Institut sich um seine Bestattung kümmert: das Institut, das Richard Sanfftleben in der Esslinger Beutauvorstadt gegründet hat.«

»Und das ich inzwischen übernommen habe«, sagte Froelich noch, wie im Reflex, während bei ihm aber endlich der Groschen fiel. Richard Sanfftleben war bis etwa zur Mitte der siebziger Jahre mit Anna Riemles Mutter befreundet gewesen.

»Wie alt sind Sie, Frau Riemle, wenn ich fragen darf?«

»Ich bin 1974 geboren. Meine Mutter hat Horst Riemle geheiratet, da war sie schon schwanger. Auf den Hochzeitsfotos konnte man den Babybauch noch nicht erkennen, aber meine Mutter wusste natürlich Bescheid – und Horst Riemle war so froh, dass er Vater wurde, da war auch für ihn völlig klar, dass jetzt schnell geheiratet werden muss. Alles andere hätte in den Siebzigern ja auch einen Skandal bedeutet. Und warum sollte er auch nicht heiraten, wo er doch eh vorhatte, zu Frau und Kind zu stehen? Dass ich nicht *sein* Kind war, hat er erst viel später erfahren.«

Froelich seufzte.

»Und weiß Herr Sanfftleben denn schon davon?«

Anna Riemle schüttelte langsam den Kopf.

»Dann sollten Sie dringend mal mit ihm reden. Oder besser noch Ihre Mutter.«

»Ja, genau das hatte ich vor in der Nacht auf Mittwoch. Ich dachte, Richard Sanfftleben würde das Institut noch leiten und er würde auch noch hier im Haus wohnen. Dass ich Franziska mitnehmen musste, war blöd, aber sie fand das Ganze natürlich spannend. Meine Mutter wusste zu der Zeit noch nicht, dass ich zur Beerdigung kommen würde – und wir haben auch erst am Tag der Bestattung zum ersten Mal wieder ausführlicher miteinander gesprochen. Nach meiner peinlichen Einlage hier bei Ihnen im Haus bin ich mit Franziska noch in der Nacht wieder abgehauen. Wir hatten uns ein einfaches Zimmer in einer kleinen Pension in der Stadt genommen, dort sind wir hin. Und nachdem ich den Rest der Nacht wach gelegen hatte, stand am Morgen mein Entschluss fest, mich jetzt endlich mit meiner Mutter auszusprechen. Also habe ich sie am frühen Vormittag auf dem Handy angerufen, und wir haben uns in einem Café in der Innenstadt getroffen, Mama, Franziska und ich.«

»Woher wissen Sie denn, dass mein Kollege Sanfftleben Ihr Vater ist? Oder vermuten Sie das nur?«

»Als zwischen Horst Riemle und meiner Mutter die Streitereien losgingen, habe ich das Geschrei und die gegenseitigen Beschimpfungen natürlich auch mitbekommen. Ich wundere mich noch heute, das die beiden glauben konnten, ich würde ihnen die heile Familie abnehmen, die sie mir damals vorspielten. Jedenfalls war Horst Riemle wohl fremdgegangen, mit einer jungen Verkäuferin, glaube ich. Darüber haben sich die beiden ziemlich übel gestritten, und irgendwann, als es besonders schlimm wurde, hat meine Mutter ihm an den Kopf geworfen, dass ich gar nicht seine Tochter sei, sondern dass sie schon schwanger gewesen sei, als sie mit ihm zusammenkam. Und dass sie sich seit Jahren in den Hintern beißen könne, dass sie damals nicht mit Richard, ihrem ersten richtigen Freund und meinem leiblichen Vater, zusammengeblieben sei.«

Anna Riemle trank ihr Glas leer.

»Den Moment danach werde ich mein Lebtag nicht vergessen. Ich hatte die Tür zu meinem Zimmer einen Spalt weit geöffnet, um alles besser mit anhören zu können. Es flogen die Fetzen, es war unglaublich laut – doch nachdem meine Mutter herausgebrüllt hatte, dass ich nicht Horst Riemles Tochter war, legte sich eine gespenstische Stille über unsere Wohnung. Eine Zeitlang war kein Laut zu hören, dann Schritte, die zuschlagende Wohnungstür und schließlich das Schluchzen meiner Mutter. Ich bin runter und versuchte sie zu trösten, aber sie war vor allem erschrocken darüber, dass ich alles mit angehört hatte. Ich wollte von ihr wissen, wie ›Richard‹ mit vollem Namen hieß – das wollte sie mir nicht sagen. Über diese Frage entstand dann nach und nach unser Streit. Ich fand zwar einige Zeit nach der Scheidung heraus, dass der Bestatter Richard Sanfftleben aus Esslingen mein leiblicher Vater war, aber dazu musste ich in den Sachen meiner Mutter wühlen. Dabei erwischte sie mich, sie beschimpfte mich und warf mich aus dem Haus.«

Eine kleine Pause entstand, und nach einem Seufzen fuhr Anna Riemle fort.

»Vorgestern hat sie mir gesagt, dass sie das damals nicht wörtlich gemeint hatte – aber ich habe jedenfalls meine Sachen gepackt und habe mich ein paar Jahre lang nicht mehr bei ihr gemeldet. Sie hat irgendwie herausgefunden, wo ich hingezogen war. Sie hat ein paar Mal angerufen, hat mir Briefe geschrieben, aber irgendwann hat sie damit aufgehört.«

»Und wann hatten Sie wieder Kontakt zueinander?«

»Als Franziska zur Welt kam, habe ich ihr eine Karte geschrieben. Sie hat mir mit einem Brief geantwortet, hat ihre Hilfe angeboten, aber zugleich auch betont, dass sie sich nicht aufdrängen wolle – ich müsse mich nur melden, dann würde sie kommen. Am Ende des Briefes stand ihre Handynummer, die anderen Kontaktdaten hatte ich ja noch.«

»Aber Sie haben sie nicht um Hilfe gebeten?«

Anna Riemle lächelte traurig und zuckte mit den Schultern.

»Stolz, Bockigkeit, was weiß ich. Vielleicht habe ich mich auch einfach nur geschämt. Ich hatte ein paar Jahre lang Probleme mit Drogen, und eine ganze Zeit vor Franziskas Geburt ging's mir richtig übel. Zufällig traf ich damals einen alten Kommilitonen wieder, Sven, dem tat ich wohl leid. Er nahm mich mit zu sich nach Hause, päppelte mich wieder auf. Zweimal bin ich ihm danach noch ausgebüxt, dann endlich hatte ich begriffen, dass Sven mir wirklich nur helfen wollte – und dass ich vollends vor die Hunde gehen würde, wenn ich das nicht zulassen würde.«

»Ist er der Vater von Franziska?«

Ihr Lächeln wurde noch trauriger.

»Schön wär's«, sagte Anna Riemle nach einer Weile. »Er hat sich mir gegenüber aber immer wie ein Gentleman verhalten. Ich glaube schon, dass er sich etwas mit mir vorstellen konnte, aber er wollte meine damalige Situation nicht ausnutzen. Heute bin ich ihm dafür dankbar, wir sind auch nach wie vor befreundet, aber er ist längst anderweitig verheiratet. Glücklich verheiratet, übrigens, was ich ihm sehr gönne.«

Froelich nickte und wollte gar nicht weiter nachfragen, doch sie erzählte einfach weiter.

»Bevor ich bei meiner Mutter auszog, hatte ich in Stuttgart an der Uni studiert, Bauingenieurin wollte ich werden. Es lief recht gut, ich kam mit dem Stoff zurecht, aber als ich eine Zeitlang weg war von zuhause, bekam ich meinen Alltag nicht so in den Griff, wie das nötig gewesen wäre. Ich schmiss das Studium mitten im Semester, und danach hatte ich nicht mehr den Mut, es noch einmal an der Uni zu versuchen. Sven hat seinen Abschluss in Rekordzeit gemacht, und er hatte auch bald einen Job und gehörte zu einem Arbeitskreis, in dem Leute aus der Wirtschaft und von der Uni die Ergebnisse verschiedener Forschungsteams zusammentrugen. Es ging um alles, was mit Leichtbau zu tun hat – Stuttgart hat in dem Bereich einen ziemlich guten Ruf. Wie auch immer – dadurch hatte er einen guten Draht zu einigen Dozenten an der Uni, und mit einem von ihnen vereinbarte er, dass er sich mit mir darüber unterhalten würde, ob man es nicht irgendwie hinbekommen könnte, dass ich mein Studium doch noch abschließen würde.«

Froelich hörte nun sehr viel aufmerksamer zu. Wobei: Wenn sich das alles vor der Geburt ihrer inzwischen zwölfjährigen Tochter ereignet hatte, musste es vor fast dreizehn Jahren gewesen sein. War Wellering damals schon Professor an der Uni gewesen?

»Ich traf mich also mit diesem Professor. Ein älterer Herr, nicht unsympathisch, aber stockkonservativ. Als er meine Geschichte hörte, machte er mir nicht viel Hoffnung, mein Studium fortsetzen zu können – und seinem

Tonfall war auch deutlich anzuhören, dass er sich nicht groß dafür einsetzen würde. Als ich sein Büro verließ, stieß ich fast mit einem seiner Assistenten zusammen: Thorsten, ein ziemlich attraktiver Typ, Anfang vierzig damals.«

»Thorsten? Thorsten Wellering?«

Die Frage war heraus, bevor Froelich sie sich hatte verkneifen können.

»Äh … ja – wieso fragen Sie?«

»Nur so, erzählen Sie bitte weiter.«

»Kennen Sie Thorsten Wellering?«

»Ich kenne eine Menge Menschen. Ich bin Bestatter, wie Sie wissen, da hat man mit vielen Leuten zu tun. Aber Sie wollten mir Ihre Geschichte erzählen, nicht mir Fragen stellen.«

Anna Riemle sah ihn eine Zeitlang an.

»Ist er noch mit seiner Frau zusammen?«, fragte sie schließlich.

Froelich war etwas irritiert.

»Ja, ist er«, antwortete er zögernd. »Warum?«

»Ich soll Ihnen doch meine Geschichte erzählen – und darin spielt Frau Wellering durchaus eine Rolle.«

»Ich höre.«

»Und falls Sie Thorsten kennen und womöglich auch seine Frau, dann behalten Sie meine Geschichte bitte für sich. Und falls Sie sie doch erzählen, lassen Sie meinen Namen weg, ja?«

Froelich zuckte mit den Schultern, aber sie ließ nicht locker.

»Versprochen?«

»Gut, versprochen. Und was war nun damals mit Ihnen und Thorsten Wellering?«

»Wie gesagt: Ich fand ihn attraktiv. Was die Drogen anging, war ich dank Sven aus dem Gröbsten raus, aber ich war … wie soll ich sagen? … als Persönlichkeit noch nicht so stabil. Ich war beeinflussbar, ich hatte kein Selbstbewusstsein, und die Abfuhr des Profs hat mir da natürlich auch nicht gerade geholfen. Thorsten hat mich auf einen Kaffee eingeladen, er hat sich meine Geschichte angehört, er wirkte sehr verständnisvoll, und er hat versprochen, sich um meine Angelegenheit zu kümmern. Wir haben uns für ein paar Tage später verabredet, dann noch einmal, und irgendwann waren wir fest zusammen – dachte ich jedenfalls. Wir gingen zwei-, dreimal die Woche zusammen in eine Wohnung, die er in Cannstatt hatte. Und ich malte mir schon aus, wie es so wäre, gemeinsam mit Thorsten, der mir viel von seinen beruflichen Plänen erzählte und so erfolgreich und selbstbewusst wirkte. Dann erlitt der alte Prof einen Schlaganfall, und Thorsten bewarb sich um die Stelle. Er bekam den Posten, zunächst nur übergangsweise, und ich verstand, dass ihn der neue Job sehr in Anspruch nahm. Aber auch wenn ihm seine langen Arbeitstage mal Zeit ließen, dass wir uns wieder treffen konnten, wirkte er nicht mehr so herzlich wie zuvor. Als ich ihn darauf ansprach, gab er zu, dass er sich Sorgen mache um seine berufliche Zukunft. Darum, dass ich doch noch immer plante, mein Studium fortzusetzen – und wie er denn dann dastünde, wenn er als Professor mit einer Studentin ein Verhältnis hätte. Darüber haben wir uns schließlich gestritten, und er hat dann nicht mehr angerufen. Ich habe ihm vor der Uni aufgelauert und bin ihm gefolgt. Er ist in die S-Bahn eingestiegen und ich ihm unauffällig hinterher – aber es ging nicht nach Cannstatt, sondern in den Stuttgarter Westen, wo er in einem recht noblen Haus verschwand, vor dem ein Kombi und ein Sportwagen standen. Etwas später kam er Arm in Arm mit einer sehr hübschen Frau wieder heraus, und als die beiden weit genug weg waren, konnte ich auf dem Klingelschild lesen ›Beate & Thorsten Wellering‹. Dieser Kerl war also verheiratet, unterhielt extra für heimliche Treffen mit mir und womöglich noch mit anderen Frauen eine Zweitwohnung in Cannstatt und wollte mich nur hinhalten – beziehungsweise neuerdings sogar loswerden.«

Anna Riemle machte eine Pause und knetete ihre Finger, bevor sie zum Ende der Geschichte kam.

»Die Tage danach waren kein Spaß. Ich stürzte ziemlich ab, lag meistens betrunken auf der Couch, wenn Sven abends nach Hause kam – bis er mir ordentlich den Kopf wusch. Das hat gewirkt. Ich beschloss, Ordnung in mein Leben zu bringen. Das mit der Uni schlug ich mir aus dem Kopf, dafür suchte ich mir einen Job als Bedienung in einem Lokal in Fellbach, den ich auch schon am nächsten Tag antreten konnte. Dann blieb meine Regel aus, und die Frauenärztin teilte mir mit, dass ich schwanger war. Sie gratulierte mir und strahlte dabei so fröhlich, dass ich es in diesem Moment nicht übers Herz brachte, sie wegen eines Abbruchs anzusprechen. Und als ich ein paar Nächte darüber geschlafen hatte, hatte ich zwar immer noch Angst, ob ich einem eigenen Kind wohl gewachsen sein würde – aber ich beschloss, es wenigstens zu versuchen. Mein damaliger Chef war sehr zufrieden mit mir, und er machte nicht nur keinen Stress, wenn ich gegen Ende der Schwangerschaft mal wegen Kreuzschmerzen nicht kommen konnte, sondern er nahm nur zeitweise eine Vertretung, und ich konnte wieder bei ihm als Bedienung arbeiten, sobald ich eine Nachbarin gefunden hatte, bei der Franziska an den Nachmittagen und Abenden stundenweise bleiben konnte.«

»Und Wellering? Ich nehme an, er ist der Vater?«

»Klar ist er der Vater, ich hatte damals sonst mit niemandem etwas. Aber von ihm wollte ich nichts mehr wissen, und er sollte auch nicht erfahren, dass ich eine Tochter von ihm habe. Dieses Arschloch wollte ich aus unserem Leben heraushalten. Das ist mir jetzt seit gut zwölf Jahren auch gelungen.«

Sie sah Froelich eindringlich an.

»Und so soll das auch bleiben!«

»Meinetwegen gern«, sagte er.

Sie redeten noch über dies und jenes, aber er war nicht mehr richtig bei der Sache. Und nach einer Weile verabschiedete sich Anna Riemle von ihm und legte eine billig gedruckte Visitenkarte auf den Tisch.

»Ich finde allein raus, Herr Froelich, bleiben Sie sitzen. Und sobald Sie die Rechnung für das kaputte Fenster haben – bitte geben Sie mir Bescheid, ja?«

Froelich nickte, lehnte sich bequem zurück und hing seinen Gedanken nach.

Als Anna Riemle gegangen war, dauerte es noch eine gute halbe Stunde, bis sich Froelich wieder von seinen Überlegungen losreißen konnte. Er rief Alexander Maigerle in seinem Büro ab, aber die junge Kollegin, die den Anruf annahm, konnte ihm nicht sagen, wann er wieder in Waiblingen eintreffen würde. Er sei in Ermittlungen unterwegs, und das könne sich durchaus bis in den Abend hinziehen. Auf Maigerles Handy erreichte er ihn zweimal nicht, bis sich sein Freund nach dem dritten Versuch zwar meldete, ihn aber auf später vertröstete.

»Du, Gottfried, im Moment ist hier der Bär los. Ich schau, ob ich dich in den nächsten Stunden mal zwischendurch zurückrufen kann. Und heute Abend komme ich bei dir vorbei – zum Quatschen und weil mir meine Chefs etwas für dich gegeben haben.«

Kaum hatte er aufgelegt, da klingelte Froelichs Telefon schon wieder.

»Ah, Frau Dr. Wilde«, sagte er, als sich die Rechtsmedizinerin am anderen Ende gemeldet hatte.

»Waren wir nicht schon beim ›Du‹? Jedenfalls erinnere ich mich sehr gern an unser gemeinsames Essen im ›Hirsch‹ droben in Manolzweiler.«

»Oh, stimmt, wie konnte ich das vergessen? Ich hatte damals schon in meiner Ente Mühe, den Schurwald hochzukommen – und Sie … äh … du warst mit dem Rad da.«

»Na also«, brachte sie lachend hervor, »geht doch. Das ist ja schön, mal wieder von dir zu hören. Wie geht's denn? Alles klar mit deiner Freundin? Inge heißt sie, gell?«

»Das ist im Moment leider ein wunder Punkt. Inge mochte es noch nie, dass ich mich als Amateurermittler versuche – und jetzt hatte sie die Nase so voll davon, dass sie nach Bayern gefahren ist. Sie sagte, sie wolle über uns beide nachdenken. Und währenddessen recherchiert sie für einen Roman und wird wohl auch schon fleißig an ihm schreiben. In Schneizlreuth.«

»Oh … Schneizlreuth, das klingt ernst!«

Einen Moment lang stutzte Froelich, dann erklang ihr perlendes Lachen und steckte ihn an.

»Tut mir leid, Gottfried, aber im Moment fällt es mir schwer, ernst zu bleiben. Mein Freund hat mir endlich einen Heiratsantrag gemacht – na ja, um ehrlich zu sein: Draufgebracht hab ich ihn schon selber, ihr Männer seid ja da nicht immer die Schnellsten, gell?«

Froelich fiel ein, dass Zora Wilde mal mit Maigerles Vorgesetztem Rainer Ernst zusammen gewesen war, die Beziehung aber sehr unangenehm geendet hatte. Und weil er nicht auf dem Laufenden war, was ihr Privatleben anging, fragte er nur ganz vorsichtig nach.

»Das ist ja schön – und wann soll's so weit sein?«

»Gregor muss sich nur noch in der Praxis etwas Zeit freischaufeln, im Moment planen wir April oder Mai. Dürfen wir dich denn auch einladen?«

»Klar, gern.«

»Und … schau bitte, dass du bis dahin deine Inge wieder aus Schneizlreuth abgeholt hast. Am liebsten wär's mir, ihr würdet beide mit uns feiern.«

Froelich schwieg.

»Ja, Gottfried?«

»Ja, ja.«

»Gut, ich nehm dich beim Wort. Aber du hattest versucht, mich zu erreichen. Worum ging's denn?«

»Eigentlich hat sich das schon wieder erledigt, aber … Alex Maigerle meinte, er könne mir offiziell nichts davon erzählen, aber wenn ich dir ganz zufällig in Michelau über den Weg laufen würde, könnte ich dich ja mal fragen …«

»Oh, Mann!«, unterbrach sie ihn und lachte wieder. »Noch komplizierter geht's nicht, oder? Für welchen meiner Kunden interessierst du dich denn? Nein, warte – nicht verraten, ich komm selbst drauf … Ja, die tote Studentin in Winterbach – stimmt's?«

»Stimmt.«

»Und wieso rufst du mich erst an, wenn du mich doch ›ganz zufällig‹ treffen sollst?«

»Ach, die zufällige Begegnung hättest du mir doch sowieso nicht abgenommen, da dachte ich: Ruf sie vorher an und frag sie, wann du ihr ›zufällig‹ über den Weg laufen kannst.«

Sie lachte wieder.

»Und warum hat sich die Sache erledigt? Weiß die Kripo denn schon, wer's war?«

»Nein, aber Alex hat mir inzwischen unter der Hand doch verraten, was du herausgefunden hast.«

»Tja, war leider nicht viel, was den Kreis der Verdächtigen besonders einengen würde.«

»Ja, so hat er es auch ausgedrückt.«

»Und … dass das Mädel schwanger war, hat er dir auch erzählt?«

»Ja. Der Vater ist übrigens ein Professor von ihr, sie hat an der Uni Stuttgart Bauingenieurswesen studiert. Soweit ich weiß, sitzen sowohl er als auch seine Frau derzeit noch bei der Polizei.«

»Betrügt seine Frau, und die Geliebte bekommt ein Kind von ihm – das ist übel …«

Zora Wilde klang plötzlich gar nicht mehr gut gelaunt, und Froelich überlegte sich schon, ob er sich bei ihr entschuldigen sollte, dass er ihr überhaupt davon erzählt hatte. Hatte nicht Maigerles Chef Rainer Ernst etwas mit ihr angefangen, während er eigentlich noch mit einer anderen zusammen war – und war daraufhin nicht sowohl die Beziehung zu Zora als auch die zu seiner damaligen Verlobten zerbrochen? Aber da sprach Zora Wilde auch schon weiter.

»Na ja, kommt vor, leider. Und Alex Maigerle hat dir alle meine Ergebnisse aufgezählt?«

»Ich glaube schon. Dass sie schwanger war. Dass sie mit einer großen Schöpfkelle niedergeschlagen wurde. Dass das keine sicheren Rückschlüsse darüber zulässt, ob es sich beim Täter um Mann oder Frau, um Rechts- oder Linkshänder handelt. Dass sie infolge des Schlags von der Rampe stürzte, sich durch den Sturz das Genick brach und letztlich daran starb. Und dass sie anschließend zu einer Stelle zwischen zwei Containern geschleift wurde.«

Am anderen Ende blieb es still.

»Zora?«

»Ich …«

»Ja?«

»Ich hab noch etwas herausgefunden, aber ich frage mich, ob es einen Grund hat, dass Maigerle dir nichts davon erzählt hat.«

»Vielleicht hat er's mir ja auch erzählt, und ich hab's nur vergessen.«

»Vergessen? Das glaube ich eher nicht.«

»Jetzt sag schon, Zora! Sonst bohr ich halt bei Alex Maigerle ein bisschen nach, ich werd's schon herausfinden, es wird halt nur etwas länger dauern.«

Sie schwieg.

»Bitte!«, sagte Froelich, und dann endlich gab sie sich einen Ruck.

»Laura hatte einige Stunden vor ihrem Tod noch Sex.«

Nun war Froelich etwas enttäuscht. Er hatte sich eine Neuigkeit erhofft.

»Ich weiß«, sagte er deshalb etwas lahm. »Am Vormittag war sie mit ihrem Geliebten von der Uni zusammen, diesem Professor, von dem sie schwanger war.«

»Das hat dir Alex also doch schon erzählt?«

Froelich wollte ihr nicht sagen, dass ihm das Wellering anvertraut hatte, also schwieg er und überlegte, ob das schon Schwindeln war.

»Und auch das mit dem … wie soll ich es nennen? Mit dem … Abstrich?«

»Hä?«

»Na, egal, jetzt ist es eh schon raus, dann kann ich dir den Rest auch noch erzählen. Aber bitte: Du hast das nicht von mir – und am besten wäre es, wenn die Kripo nicht erfährt, dass du es überhaupt weißt. Okay?«

»Klar, okay. Also, was hast du da gerade angedeutet?«

»Dass Laura am Freitag Sex hatte, haben wir natürlich durch Spermaspuren festgestellt. Ich konnte ausschließen, dass ihr Gewalt angetan worden war – aber … aber es hat sich hinterher jemand an ihr zu schaffen gemacht.«

»Also könnte es ein Sexualmord gewesen sein?«

»Eher nicht, aber … Irgendjemand hat nach ihrem Tod mit etwas Hölzernem, vermutlich einem kleinen Spatel, in ihrer Scheide so etwas wie einen Abstrich gemacht. Oder eher sah es so aus, als wollte jemand Spermareste dort entnehmen oder entfernen.«

Froelich musste erst einen Moment nachdenken, bevor er die nächste Frage stellen konnte.

»So, als hätte Wellering vertuschen wollen, dass er mit Laura am Freitag Sex hatte?«

»Das kann ich mir nicht vorstellen. So blöd wird keiner sein, dass er glaubt, mit einem Holzspatel alle Spuren zu beseitigen, die ich auf dem Sektionstisch finden kann.«

»Und wozu sollte eine solche Aktion sonst gut sein?«

»Weiß ich nicht. Das muss die Kripo rausfinden.« Sie lachte leise. »Oder natürlich du, Gottfried.«

Drunter und drüber

Die nächsten Telefonate führte er mit einem Außendienstler, der ihn von den Vorzügen eines besonders schicken, aber eben auch besonders teuren Leichenhemdmodells überzeugen wollte, mit einer Frau Mitte vierzig, die für die Bestattung ihres Vaters ein unverbindliches Angebot einholte, und mit einem jungen Mann, der im Auftrag der Fachzeitschrift »bestattungskultur« anrief und ihm die Schaltung einer Anzeige zu Sonderkonditionen ans Herz legte.

Dann war Maigerle dran. Endlich.

»Und, Alex, kannst du jetzt reden?«

»Nein, leider nicht – hier ist immer noch die Hölle los. Ich wollte mich nur kurz zwischendurch melden und mich für heute Abend ankündigen. Bist du daheim?«

»Bisher habe ich nichts vor, also komm ruhig vorbei. Und erzähl mir dann unbedingt, was heute bei euch los war. Du kannst dir ja vorstellen, dass ich es kaum erwarten kann, alle Neuigkeiten zu hören.«

»Na ja, einen kurzen Vorgeschmack kann ich dir schon jetzt geben: Wir haben außer dem Ehepaar Wellering und Hanno Kaschmann inzwischen auch Werner Humboldt bei uns in der Direktion, von dem wir Fingerabdrücke und Blut in der Nähe des Hinterausgangs gefunden haben – das hatte ich dir ja schon erzählt. Als die Kollegen ihn in seinem Laden in Geradstetten abholen wollten, ist er ausgerastet und auf die beiden losgegangen. Dem einen hat er eine verpasst, aber nicht richtig getroffen, der Kollegin wollte er die Dienstwaffe entreißen, aber sie hat ihn … sagen wir: stillgelegt. Jetzt berät er sich gerade mit seinem Anwalt, wie er schnellstmöglich wieder in sein Geschäft kommen und wie er der Kollegin aus seinen Abschürfungen einen Strick drehen kann.«

»Und warum hast dann du so eine Hektik?«

»Schneider und ich waren bei Mercedes Häberle und haben sie ein bisschen in die Enge getrieben. Sie steht finanziell ziemlich mit dem Rücken zur Wand, hat auch Laura Geld geschuldet – gar nicht mal so wenig, übrigens. Und eine Mitarbeiterin will gehört haben, dass die beiden sich am Abend lautstark stritten und dass Laura ihrer Chefin damit drohte, überall herumzuerzählen, dass Mercedes Häberle ihr noch einen Haufen Geld schulde. Das wäre natürlich Gift für ihr eh schon schwächelndes Geschäft – auch ein mögliches Mordmotiv. Aber weder die Kollegen noch ich können uns das so richtig vorstellen, deshalb haben wir sie nicht mitgenommen, sondern nur gebeten, dass sie sich zur Verfügung hält, falls wir noch Fragen an sie haben. Aber als wir rauskamen, hat sich eine kleine Gruppe Rocker vor uns aufgebaut, die wollten uns nicht gehen lassen. Sie haben uns nicht angegriffen, aber du kannst dir vielleicht vorstellen, dass es schon Eindruck macht auf zwei Normalos wie meinen Chef und mich, wenn sich vor dir ein paar dieser Muskelpakete im Halbkreis aufstellen. Ich wollte gerade Verstärkung rufen, da hat mir einer dieser Rocker mit einer recht deutlichen Geste davon abgeraten. Er kam auch auf mich zu und wollte mir gerade das Handy wegnehmen, da stoppte ihn ein Ruf von der Straße her. Der Halbkreis hat sich geöffnet, und dieser Aldo kam dazu. Die Rocker waren wohl alle seine Security-Jungs, und die hat er erst mal zusammengefaltet. Dann hat er sich bei uns entschuldigt und hat sich von uns bestätigen lassen, dass ja eigentlich gar nichts passiert sei.«

Maigerle lachte.

»Das haben wir sehr gern gemacht, wie du dir denken kannst. Und dann sind wir schnell ins Auto und wieder davon. Im Rückspiegel haben wir noch gesehen, wie sich die Muskelmänner berieten, dann waren wir froh, dass wir dort weg waren. Außerdem mussten wir Kaschmann verhören – da gibt es auch eine neue Entwicklung. Aber das erzähl ich dir heute Abend – ich hoffe, es wird jetzt langsam etwas weniger aufregend.«

Er verabschiedete sich und legte auf.

Froelich tigerte in seinem Büro auf und ab, er räumte im Sarglager sinnlos Kleinkram von einer in die andere Ecke, ging ins Büro hinauf, rief den Glaser an und beauftragte ihn mit der Reparatur des eingeschlagenen Fensters.

»Ich will ja nichts sagen«, merkte der Handwerker an, »aber Sie haben mir den Auftrag schon gegeben, und das Fenster ist auch schon repariert. Rechnung folgt in den nächsten Tagen.«

»Das Fenster ist schon wieder eingeschlagen, am besten packen Sie beide Reparaturen in eine Rechnung.«

Danach blätterte Froelich in seinem Terminkalender, aber es gab nichts, was unbedingt jetzt getan werden musste. Er ging noch einmal die Notizen durch, die er sich zu Lauras Tod gemacht hatte, aber er fand keinen neuen Ansatz für weitere Fragen und es fiel ihm kein Besuch ein, der im Moment einen Sinn ergeben hätte. Wie gerne hätte er jetzt miterlebt, wie die Kripo Verdächtige vernahm, aus Indizien und Aussagen ihre Schlüsse zog oder über Spuren diskutierte, von denen sie ihm nichts gesagt hatten.

Wieder und wieder dachte er darüber nach, ob er nicht doch noch mit jemandem reden sollte, und wieder und wieder liefen seine Gedanken ins Leere.

Richard Sanfftleben nahm ihm das Grübeln fürs Erste ab. Der alte Bestatter klopfte leise an der Bürotür, aber bevor Froelich auch nur den Kopf heben konnte, schlüpfte er schon zu ihm in den Raum, zwei Henkelgläser in der linken und eine Trollingerflasche in der rechten Hand.

»Haben Sie einen Moment, Kollege?«

Froelich deutete auf den Wein.

»Das sieht nicht nur nach einem Moment aus, aber ja. Setzen Sie sich.«

»Trinken Sie einen mit?«, fragte Sanfftleben, während er die Gläser abstellte und die Flasche aufschraubte.

Froelich überlegte kurz, dann zuckte er mit den Schultern.

»Ja, ich glaube, einer wird nicht schaden.«

Kurz darauf schwappte die hellrote Flüssigkeit im Glas, Sanfftleben hob seines am Henkel und prostete Froelich zu. Dann trank er einen großen Schluck und setzte sein Glas mit Bedacht ab. Froelich musterte seinen alten Kollegen: Sein Gesicht war wieder glattrasiert, die Haut wirkte wie ausgemergelt, schimmerte in einem ungesunden, fahlen Grauton mit rötlichen Einsprengseln. Seine Augen huschten hin und her, schauten mal kurz zu Froelich hin, dann wieder glitten sie wie ziellos über die Einrichtung des Büros oder zum Fenster.

»Was haben Sie denn auf dem Herzen?«, fragte Froelich nach einer Weile.

»Wenn ich das so genau in Worte fassen könnte … Ich habe Ihnen doch von meiner alten Liebe Magda erzählt und dass ich so gehofft hatte, sie im Zusammenhang mit

Horsts Beerdigung zu treffen und mit ihr mal wieder ausgiebig reden zu können.«

»Das hat ja auch geklappt.«

»Ja, und das freut mich auch, aber …«

»Aber?«

»Wir haben erst über die alten Zeiten gesprochen und dann viel über die Jahre, die seither vergangen sind. Auf dem Friedhof durfte ich ja auch Magdas Tochter Anna und ihre Enkelin Franziska kennenlernen. Irgendwann erzählte mir Magda, dass sie sich jahrelang nur gestritten hätten und dass sie so unglaublich froh sei, dass es jetzt wieder besser sei zwischen ihnen beiden. Ich habe sie gefragt, worüber sie sich denn zerstritten hätten, und da ist Magda ganz still geworden. Ich habe noch einmal nachgehakt, aber dann fand ich es unhöflich von mir, so auf eine Antwort zu drängen – wer bin ich denn, dass ich von ihr verlangen kann, mir etwas anzuvertrauen, das sie vielleicht über Jahre hinweg mit niemandem besprochen hat.«

Froelich nahm einen großen Schluck Trollinger und war froh, dass Sanfftleben während seiner Erzählung meistens vor sich ins Glas oder auf die Schreibtischplatte starrte.

»Wir haben dann eine Weile nur noch belangloses Zeug geredet, bis Magda irgendwann erst ganz in Gedanken versank und mich dann sehr eigentümlich anschaute.«

Auch Sanfftleben hob nun den Kopf und sah Froelich genau in die Augen.

»Dann hat sie etwas Seltsames gesagt. Ob ich mir nicht auch mal gewünscht hätte, fragte sie, eine Tochter zu haben – mein Sohn Sebastian, das wissen Sie ja, hat sich 2004 das Leben genommen. Sie hat das wohl mitbekommen, und sie wiederholte ihren Satz dann ganz traurig in etwas anderer Form: Ob ich mir nicht manchmal wünschen würde, heute noch eine Tochter zu haben. Ich glaube, genau so hat sie es ausgedrückt. Wir haben dann wieder das Thema gewechselt, und irgendwann haben wir uns voneinander verabschiedet, ohne noch einmal darauf zurückzukommen. Aber mir hat das natürlich keine Ruhe gelassen. Ich schlafe nachts eh nicht mehr viel, und deshalb ging mir diese Geschichte seit vorgestern Abend praktisch ununterbrochen durch den Kopf.«

»Und was, glauben Sie, wollte Magda Ihnen sagen?«

»Sie haben auf dem Friedhof doch Magdas Tochter gesehen, oder?«

»Ja, und nicht nur da.«

Froelich erzählte Sanfftleben, dass es Anna Riemle gewesen war, die in der Nacht zum Mittwoch bei ihm ein Fenster eingeschlagen hatte und dass sie erst vor wenigen Stunden wieder bei ihm gewesen war, um sich für den Schaden zu entschuldigen und – Froelich unterbrach sich mitten im Satz, und Sanfftleben stutzte.

»Was ist? Wieso reden Sie nicht weiter?«

»Ach, egal – wir haben über dies und jenes geredet.«

»So, so«, brummte Sanfftleben und sah Froelich forschend an.

Nach einer Weile nahm er wieder sein Glas zur Hand und trank.

»So, so«, wiederholte er, nickte bedächtig dazu und blickte Froelich erneut in die Augen. »Finden Sie eigentlich, dass Anna Riemle mir irgendwie ähnlich sieht?«

Die Frage hätte Froelich eigentlich unangenehm sein müssen, aber als er den vertrockneten Alten so vor sich sitzen sah mit seinen buschigen Augenbrauen, seinem grauen Haarkranz um die Glatze, den knochigen Händen und den gelblichen Zähnen, musste er doch laut auflachen.

»Zum Glück nicht, Herr Sanfftleben!«, brachte er schließlich hervor. »Zum Glück nicht.«

»Was? Wieso zum Glück?«

»Ich mag Sie wirklich, Herr Sanfftleben, aber eine Schönheit sind Sie nicht. Da wurde Anna deutlich mehr mitgegeben, meinen Sie nicht auch?«

Nun breitete sich ein Grinsen auf der faltigen Haut des Alten aus, und er prostete Froelich mit dem letzten Rest Rotwein zu, den er gleich darauf geräuschvoll austrank. Froelich folgte – etwas leiser – seinem Beispiel. Sofort schenkte Sanfftleben ihnen beiden nach.

»Sie haben recht, Herr Froelich. Es ist gut, dass sie optisch mehr nach Magda kommt, aber mal ganz im Ernst: Wenn Sie sich Magdas seltsamen Satz überlegen, wenn Sie das Alter von Anna nachrechnen … wäre es da nicht möglich, dass nicht Horst, sondern ich … also … dass ich der Vater von Anna sein könnte? Und dass sich die beiden zerstritten haben, weil Anna davon erfahren hat, dass Horst nicht ihr leiblicher Vater ist – und dass Magda ihr vielleicht nicht sagen wollte, dass ich es bin? Und die Scheidung würde auch dazu passen, vor allem wenn Horst es ebenfalls erfahren hätte – wie auch immer. Und – was halten Sie von meiner Theorie?«

»Klingt nach einer Möglichkeit.«

»Hat Anna mit Ihnen darüber gesprochen, als sie vorhin hier war?«

Froelich trank seinen Wein erneut aus und erhob sich. »Tut mir leid, dazu werde ich nichts sagen.«

Er deutete auf die Urkunde mit dem Bestatter-Award. »Und Sie wissen ja: Wenn es drauf ankommt, kann ich schweigen wie ein Grab.«

»Ach«, versetzte Sanfftleben mit einem schelmischen Grinsen, »kommt es diesmal drauf an?«

Froelich ging an seinem alten Kollegen vorbei in den Flur hinaus, kam mit einer Visitenkarte zurück und hielt sie Sanfftleben hin.

»Rufen Sie an. Finden Sie es selbst heraus. Ich wünsche Ihnen viel Glück.«

Verblüfft las Sanfftleben den Namen und machte schon Anstalten, die darunter abgedruckte Nummer von Froelichs Apparat im Büro aus anzurufen. Aber Froelich legte nur seine fleischige Hand auf die knochigen Finger von Sanfftleben und schüttelte langsam den Kopf.

»Machen Sie das von zuhause aus. Sie werden in Ruhe telefonieren wollen, und Sie werden vielleicht nicht wollen, dass jemand mithört.«

»Stimmt, stimmt«, gab Sanfftleben ihm recht und flitzte zur Treppe, die Visitenkarte fest zwischen den Fingern eingeklemmt.

Drunten auf der Gasse stieß Sanfftleben beinahe mit einem Hünen in Lederkluft zusammen. Sanfftleben arbeitete sich eilig an dem Muskelprotz vorbei und eilte in Richtung seiner Wohnung. Durch die Tür, die der Alte hatte offenstehen lassen, stürmte nun Aldo herein. Als Froelich seine schweren Schritte die Treppe heraufrommeln hörte, öffnete er die Wohnungstür. Aldo war außer Atem, und er packte Froelich bei den Schultern.

»Los, kommen Sie mit, sofort!«

»Äh … ich …«

»Sie müssen mitkommen. Ziehen Sie Ihre Schuhe an, wir müssen los – sofort!«

»Wohin denn?«

»Nach Winterbach.«

»Nach … Winterbach? Ich hab grad zwei Gläser Wein getrunken, und ich weiß nicht recht, ob ich da wirklich mit dem Wagen –«

»Blödsinn! Glauben Sie, wir haben Zeit, um uns mit Ihrer Ente über den Schurwald zu quälen? Vor der Tür steht mein Moped, das nehmen wir. Sie können meinen Helm haben.«

Als Froelich die Treppe herunterkam, saß Aldo schon breitbeinig auf seinem schweren Motorrad und streckte ihm einen Helm entgegen, auf dem ein blutroter Aufkleber prangte, der wohl die Folgen eines kapitalen Schädelbruchs darstellen sollte.

»Toller Humor«, knurrte Froelich und stülpte sich den Helm über. »Und was wollen wir in Winterbach?«

»Erzähl ich Ihnen unterwegs«, versprach Aldo, doch nachdem er den Motor gestartet hatte und in dem gewaltigen Dröhnen alle anderen Geräusche versanken, erkannte Froelich, dass er sich mit weiteren Fragen wohl gedulden musste, bis sie ihr Ziel erreicht hatten. Mit durchdrehendem Hinterrad ging es über die ersten Meter Straßenpflaster, dann in halsbrecherischem Tempo durch die Stadt im Zickzack zwischen den Fahrzeugen vor ihnen und den entgegenkommenden hindurch, und schließlich viel zu schnell die Wiflingshauser Straße hinauf. Ab und zu musste sich ein querender Fußgänger mit einem beherzten Sprung auf den Gehweg retten, und Froelich ahnte, warum Aldo diesen eher unüblichen Weg nach Winterbach nahm: Dank der Blitzer entlang der Tal- und Stettener Straße hätte er seinen Führerschein so schnell nicht wiedergesehen.

Bald hatte er sich an die rasante Fahrt gewöhnt, und selbst wenn die Fußrasten funkenstiebend über den Asphalt rieben, sobald sich Aldo in die Kurve legte, verließ er sich darauf, dass der Mann vor ihm alles im Griff hatte. Was blieb ihm auch anderes übrig? Auf dem Weg hinunter ins Remstal war der Tiefflug durch die Kurven noch nervenaufreibender, aber dann hatten sie Winterbach erreicht. Aldo durchquerte den Ort mit röhrendem Motor, überholte nach wie vor alles, was nicht schnell genug abbog, und kurz vor dem nördlichen Ende des Orts und der Auffahrt auf die B29 riss Aldo seine Maschine ruppig nach links, jagte durch das Gewerbegebiet und bremste dann so scharf ab, dass sich das blockierte Hinterrad um neunzig Grad drehte und sie seitlich zur Front von »Michis Alm« stehen blieben.

»Da«, sagte Aldo nur und deutete nach oben.

Den ganzen Nachmittag über hatte sich eine Befragung an die nächste angeschlossen, und allmählich schälte sich ein Bild heraus, was Laura in ihren letzten Stunden, Minuten, Sekunden erlebt hatte. Schneider und Ernst zogen sich zu einer abschließenden Besprechung zurück, und nach fünf Minuten baten sie Maigerle und ein paar andere Kollegen dazu. Sie brachten alle auf den aktuellen Stand, berieten ihre Strategie für die Vernehmung, die möglicherweise die letzte in diesem Mordfall sein würde – und dann ging jeder auf seinen Posten.

Schneider nahm am Tisch im Vernehmungsraum Platz und wartete darauf, dass zwei uniformierte Beamte sein Gegenüber hereinführten und danach die Tür wieder hinter sich schlossen. Ernst lehnte neben der Tür und hielt sich bereit, eine irritierende Frage zu stellen, wenn das Gespräch in eine Sackgasse geriet. Und Maigerle saß im Nebenraum und beobachtete die Befragung durch die große verspiegelte Glasscheibe.

Schneider beugte sich vor, schaltete das Aufnahmegerät ein und sprach zunächst den Tag und die Uhrzeit der Befragung in das Mikrofon. Dann lehnte er sich auf seinem Stuhl zurück und sah sein Gegenüber lange forschend an. Er sah müde Augen, darunter tiefe Ringe, und um Mund- und Augenwinkel machte sich ab und zu ein leichtes, nervöses Zucken bemerkbar.

»Möchten Sie vielleicht einen Kaffee? Oder ein Mineralwasser?«

Kopfschütteln, ganz langsam.

»Und Ihr Anwalt will nicht dabei sein?«

»Nein, das wird nicht nötig sein.«

»Wir werden sehen.«

Froelich hatte den Blick gehoben und sah nicht gleich, worauf Aldo zeigte. Dann aber bewegte sich etwas auf dem Dach von »Michis Alm«, und ihm stockte der Atem. Auf dem flachen Satteldach des Gebäudes stand Mercedes Häberle in Jeans und dünner Bluse, die Arme frierend vor der Brust verschränkt, und stierte zum Hinterhof hinunter.

»Was macht sie denn da?«, fragte Froelich, obwohl er seine Frage schon im selben Moment nicht besonders klug fand.

»Sie wird springen, Mensch! Und das müssen Sie verhindern! Ich war schon droben auf dem Dach, aber sie hat mich weggeschickt. Ich hab ihr gesagt, dass ich Sie holen werde, dass Sie mit ihr reden können und dass sich dann alles aufklärt.«

»Ich? Was soll ich denn mit ihr reden? Und warum will sie überhaupt springen?«

»Mercedes glaubt, dass sie Laura auf dem Gewissen hat, aber das ist natürlich Quatsch! Und Sie gehen da jetzt hoch und erklären es ihr. Sie wissen doch inzwischen, wer Laura ermordet hat, oder?«

Froelich schluckte.

»Oder?«, wiederholte Aldo, und diesmal klang es bedrohlich.

»Eigentlich nicht, aber …« Froelich schaute zu Mercedes Häberle hinauf. Sie hatte seine Ankunft bemerkt und starrte nun zu ihm herunter. »Aber das muss sie ja nicht erfahren. Ich werd mein Bestes versuchen, aber … aber könnte ich nicht von hier unten aus mit ihr reden? Habt ihr nicht so was wie ein Megaphon?«

»Nein, und jetzt zicken Sie nicht rum! Gehen Sie rauf und reden Sie mit ihr! Los jetzt!«

Froelich sah zweifelnd zum Dach hinauf, aber Aldo legte ihm eine seiner Pranken auf den Rücken und schob ihn ein Stück nach vorn.

»Auf geht's, die springt sonst!«

»Kommt in solchen Fällen denn nicht die Feuerwehr mit einem Sprungtuch?«

»Oh, Mist, die hab ich ja ganz vergessen!«

Aldo zerrte ein Handy aus seiner Hose, aber bevor er die 112 wählte, deutete er noch einmal aufs Dach.

»Ich ruf die Feuerwehr an, und die müssten dann auch gleich hier sein. Aber jetzt sind erst mal Sie dran!«

Also trottete Froelich auf das Gebäude zu und behielt dabei die Frau auf dem Dach so lange im Auge, wie es ging.

»Da links ist eine Leiter, das ist der kürzeste Weg hinauf!«, rief ihm Aldo noch hinterher, und dann stand Froelich auch schon vor der Feuerleiter. Jemand hatte die Plombe zerschlagen, mit der das unterste Stück der Leiter so weit oben gehalten wurde, dass niemand einfach aus Spaß auf das Dach klettern konnte, und nun reichte die Leiter vom Asphalt des Hofs bis hinauf in eine schwindelnde Höhe, von der Froelich seinen Blick schnell wieder abwandte. Er setzte einen Fuß auf die untere Sprosse. Noch hatte er weiche Knie von der rasanten Motorradfahrt, und schon sollte er das Nächste tun, was er eigentlich nicht aushielt: Höhe war noch nie seins gewesen, und allein der kurze Blick die senkrecht verlaufende Leiter hinauf, den er nicht mehr als den Bruchteil einer Sekunde lang ausgehalten hatte, ließ bei ihm den kalten Schweiß ausbrechen. Und oben? Was sollte er oben nur tun, damit sich diese Frau nicht in den Tod stürzte? Und warum ausgerechnet er?

»Los, Herr Froelich, Mercedes wartet auf Sie!«, hörte er Aldo rufen. »Mercedes, hörst du mich? Herr Froelich ist jetzt unterwegs, er wird dir alles erklären. Und du wirst sehen, dass alles in Ordnung kommt! Du wirst sehen!«

Aldos kräftige Stimme klang so verzweifelt, dass Froelich sich ein Herz fasste, erst langsam und ängstlich und mit wackligen Knien die ersten Sprossen hinter sich brachte und dann immer zielstrebiger nach oben kletterte. Irgendwann war er oben angelangt. Er verkniff sich den Blick in die Tiefe, aber auch so wusste er, dass er sich jetzt gut und gerne zehn Meter über dem harten Asphalt des Hinterhofs von »Michis Alm« befand. Und das waren für seinen Geschmack zehn Meter zu viel.

»Und, Mercedes, siehst du Herrn Froelich schon? Er ist schon oben!« Der Wind wehte Aldos Stimme zu ihm herauf.

Von irgendwoher war ganz kurz das Aufheulen eines Martinshorns zu hören. Einen Moment lang krallte Froelich sich am Geländer fest, das die Leiter hier oben auf dem letzten Stück einrahmte, dann machte er einen ersten, dann einen zweiten Schritt weg von der Leiter und hinauf aufs Dach. Die Ziegel sahen trocken aus, und ihre etwas poröse Oberfläche wirkte nicht sehr rutschig. Trotzdem ging Froelich wie auf Eis, setzte vorsichtig einen Fuß vor den anderen und arbeitete sich in sicherem Abstand zum Rand des Daches auf Mercedes Häberle zu. Ihre schrille Stimme stoppte ihn bald darauf.

»Bleiben Sie stehen, sonst springe ich! Gleich jetzt, Herr Froelich! Bleiben Sie stehen!«

Froelich verharrte bewegungslos auf der Stelle, die er eben erreicht hatte, und ganz langsam hob er den Blick. Eis kroch ihm den Rücken hinunter, und sofort schlotterten ihm die Knie. Mercedes Häberle hatte noch immer die Arme vor der Brust verschränkt. Sie stand auf dem Dach, als wäre das nichts Besonderes. Etwas breitbeinig vielleicht, aber sonst ganz so wie auf einem Gehweg oder im heimischen Wohnzimmer. Hinter ihr ging der Blick unangenehm weit hinaus über den Ort. Froelich mochte gar nicht so genau hinsehen, aber es war ihm, als wären gerade zwei rot lackierte Lastwagen auf den Hof hinter der Alm gefahren.

»Aber dann müssen wir uns doch die ganze Zeit anschreien, Frau Häberle. Ich mache noch ein paar Schritte, ja? Nur so viele, damit wir halbwegs normal miteinander reden können.«

Er heftete den Blick wieder auf die Dachziegel vor ihm und näherte sich der Frau. Als er wieder zu ihr hinschaute, war sie noch etwa drei Meter entfernt. So sollte es fürs Erste gehen. Und wenn sie erst einmal Vertrauen zu ihm gefasst hatte, konnte er vielleicht noch etwas näher ran und dann – ja, und dann?

»Das wird sich finden«, dachte Froelich und atmete tief durch.

»Ganz schön gefährlich hier oben«, sagte er laut, aber Mercedes Häberle zuckte nur mit den Schultern. »Warum wollen Sie sich denn eigentlich umbringen, Frau Häberle?«

»Ich bin doch eh geliefert!«

»Und warum?«

»Die Kripo war bei mir. Die haben mir Fragen gestellt, haben mir auf den Kopf zugesagt, dass ich Laura einen Haufen Geld schulde und dass ich mit meiner Firma mit dem Rücken zur Wand stehe.«

»Und?«

»Und? Das stimmt halt alles, das ist das Problem!«

»Dann machen Sie Ihre Firma eben zu und fangen neu an, suchen sich einen Job, was weiß ich – aber das ist doch kein Grund, von einem Dach zu springen!«

»Sie haben doch keine Ahnung! Wenn sich herumspricht, dass ich finanziell in der Klemme stecke, bin ich als Geschäftsfrau erledigt! Mir liefert kein Bäcker mehr was und kein Metzger, und für mein Cateringteam finde ich auch keine Leute mehr!«

»Aber jetzt mal langsam, Frau Häberle! Wie gesagt – machen Sie Ihre Firma zu, suchen Sie sich eine feste Anstellung. Dann haben Sie ein sicheres Einkommen und kommen Schritt für Schritt aus den Schulden raus. Es geht immer irgendwie weiter – gerade wenn es um finanzielle Dinge geht.«

An der Frau vorbei konnte er drunten Aldo sehen, wie er ihm ein Zeichen gab. Hatte er da eben Männerstimmen gehört, die knappe Kommandos gaben, und schnelle Schritte von Stiefeln auf dem Asphalt? Aldo jedenfalls hob beide Arme, streckte seine Hände aus und schien ihm andeuten zu wollen, dass er weiterreden solle, um Zeit zu gewinnen.

»Geld ist kein Grund, sich umzubringen, Frau Häberle«, plapperte Froelich also weiter drauflos. »Eine schwere Krankheit, an der man qualvoll sterben wird, ja, meinetwegen, das kann einen aus der Bahn werfen. Aber Geldsorgen? Ich bitte Sie!«

Mercedes Häberle machte zwei Schritte auf die Dachkante zu und presste ihre Arme noch etwas fester um ihre Brust. Froelich erschrak.

»Sie … Sie haben doch keine schwere Krankheit, Frau Häberle, oder?«

»Nein, das nicht, aber ansonsten kann ich einpacken. Sogar meiner besten Freundin, die bei mir mitarbeitet, schulde ich Geld. Ich kann mich doch nirgendwo mehr blicken lassen! Und dann auch noch die Laura …«

»Was hat das jetzt mit Laura zu tun?«

Mercedes Häberle stutzte, dann nahm sie die Arme auseinander, stemmte die Fäuste in die Hüften und funkelte ihn zornig an.

»Sagen Sie mal, Herr Froelich, hören Sie mir eigentlich nicht zu? Ich schulde Laura Geld, und jetzt ist sie tot – und das ist meine Schuld!«

»Das ist Quatsch, Frau Häberle! Egal, wie viel Geld Sie Laura geschuldet haben: Das Mädchen wurde ermordet, und Sie waren's nicht!«

Froelich hoffte, dass es auch wirklich so war, aber die Frau ihm gegenüber winkte nur wütend ab und machte einen weiteren Schritt rückwärts zur Dachkante hin.

»Na gut, dann will ich's Ihnen noch kurz erklären, Herr Froelich. Also: Ich schulde Laura Geld, und das nicht zu knapp, muss ich leider zugeben. Laura brauchte das Geld dringend, weil sie sonst aus ihrer Wohnung geflogen wäre. Dann hätte sie daheim einziehen müssen, das wollte sie aber auf gar keinen Fall. Ständig hat sie mir vorgejammert, dass das eine Blamage wäre, wo sie doch die ganze Zeit so viel dafür gearbeitet hätte, um gerade eben nicht die Eltern um Hilfe bitten zu müssen. Und dass vor allem ihr Vater nicht wollte, dass sie mit diesem Wellering, diesem Professor von der Uni, glücklich wird. Dass er, wenn sie sich bei Familienfesten trafen, ständig davon anfange, was ihr früherer Freund Ben doch für ein feiner Kerl sei – und dass dieser Wellering sie doch sowieso nur nebenbei als Geliebte halte und in tausend Jahren seine Frau nicht für sie verlassen würde.«

Mercedes Häberle hatte sich in Rage geredet, sie gestikulierte mit beiden Händen und schien völlig vergessen zu haben, wo sie sich befand. Einerseits machte sich Froelich Sorgen, dass sie so aus Versehen vom Dach fallen könnte – andererseits hoffte er, dass er sie vielleicht doch von einem Sprung in die Tiefe abhalten konnte. Wenn sie nur weitersprach. Also schwieg er, nickte ab und zu und machte, wenn sie gerade besonders abgelenkt wirkte, einen winzigen Schritt auf sie zu.

»Deswegen hatten wir am Freitag so einen heftigen Streit. Ich musste sie erneut vertrösten, weil ich ihr das Geld noch immer nicht auszahlen konnte. Sie dachte, ich beschummle sie, weil doch die Party ordentlich was einbrachte – aber das war halt alles schon längst für andere Nachzahlungen draufgegangen. Es ging ziemlich laut zu am Freitag, das hat wahrscheinlich jeder aus dem Team mitbekommen.«

Sie raufte sich die Haare, sah an Froelich vorbei in die Ferne, und ihre Augen begannen feucht zu schimmern.

»Und das blöde Geld hat das ganze Drama dann doch auch ausgelöst!«

Eine Pause entstand, und Froelich überlegte schon fieberhaft, wie er Mercedes Häberle wieder zum Reden bringen könnte, da sprach sie endlich weiter.

»Wissen Sie, Herr Froelich: Mir tut das auch deshalb alles so besonders leid, weil die Laura und ich noch ein paar Tage zuvor so ein super Verhältnis hatten. Das Mädchen war klasse. Man konnte sich auf sie verlassen, und wo immer sie mitarbeitete, waren ihre Chefs schnell völlig von ihr eingenommen. Sie wissen, dass sie in Schorndorf als Tanzlehrerin arbeitete?«

Froelich nickte.

»Laura hat mir erzählt, dass das Ehepaar, dem die Tanzschule gehört, ihr vor einigen Wochen angeboten hatte, die Tanzschule zu übernehmen, wenn die beiden sich zur Ruhe setzen würden. Sie hat die beiden hingehalten und wollte das Angebot wohl ausschlagen, aber gefreut hat sie sich darüber natürlich schon.«

Wieder wagte er einen kleinen Schritt nach vorn, und wieder bemerkte es Mercedes Häberle nicht – oder ließ es geschehen.

»Auch ich war sehr mit ihr zufrieden. Sie war meistens als Erste da und ging oft als Letzte – so wie ja auch in der Nacht, in der sie starb …«

Froelich hörte sie seufzen. Er stand etwa drei Meter von ihr entfernt und schob ganz langsam einen Fuß nach vorn.

»Ab und zu haben wir bei mir daheim zusammengesessen und haben auch über Privates miteinander gesprochen. Irgendwann hat sie mir das mit diesem Professor anvertraut, und ich habe versucht, ihr manches auszureden, was mit ihm zu tun hatte. So wollte sie zum Beispiel die Pille absetzen und von ihm schwanger werden, damit das gemeinsame Kind Wellering dazu bringen würde, seine Frau zu verlassen. Davon habe ich ihr natürlich abgeraten. Ich hoffe, sie hat auf mich gehört.«

Froelich kniff die Lippen zusammen. Noch etwas weniger als drei Meter.

»Nur eines konnte ich ihr leider nicht ausreden, fürchte ich. Sie hatte mit einem Studenten, der wohl sehr in sie verschossen war und der ihr ständig hinterherschlich, eine Abmachung. Sie erzählte ihm, dass sie sich von Wellering trennen und mit ihm, einem gewissen Hanno, zusammen sein wollte. Nur einmal noch wolle sie Wellering verführen, und Hanno solle alles mit seinem Handy filmen. Mit der Aufnahme, so machte sie dem Jungen weis, würden sie danach Wellering erpressen, weil der lieber eine schöne Summe zahlen würde, als zuzulassen, dass ein Sexvideo mit ihm und einer Studentin seine Unikarriere beenden würde.«

Mercedes Häberle wischte sich mit dem Handrücken über die Nase. Noch zweieinhalb Meter.

»In Wirklichkeit hatte sie mit diesem Hanno überhaupt nichts im Sinn. Sie wollte Wellering zwar wirklich erpressen – aber anders, als Hanno dachte. Sie würde Wellering damit drohen, das Video seiner Frau zu zeigen, wenn er sie nicht für Laura verlassen würde. Ich weiß noch, wie stolz sie auf diese blöde Idee war und dass da ja nichts schiefgehen könne. Entweder würde Wellering seine Frau auf die Drohung hin verlassen, oder die Frau würde ihn rauswerfen, nachdem sie das Video gesehen hätte – in beiden Fällen wäre Wellering danach frei für sie.«

Noch etwas mehr als zwei Meter.

»Das hat sie mir Anfang der Woche erzählt, da hatten wir eine Besprechung für die Brasilienparty, und bis auf Laura waren alle anderen schon wieder gegangen. Nur wir beide haben noch bei ein Gläschen Sekt beisammengesessen und haben uns …«

Sie schniefte. Zwei Meter.

»… haben uns so gut unterhalten. Und dann dieser fürchterliche Streit am Freitagabend! Klar, ich hatte sie enttäuscht, weil ich sie wegen des Geldes noch einmal vertrösten musste, aber … Und später, als wir uns im Flur von der Küche zum Hinterausgang begegnet sind, ohne dass jemand in der Nähe war, hat sie mir zugezischt, dass ich schuld sei, wenn jetzt etwas passieren würde. Dass sie mit dem Sexvideo nun doch Geld von Wellering erpressen müsse – ich würde ihr ja nichts geben.«

Eineinhalb Meter. Froelich schätzte die Entfernung noch einmal ab und ging in Gedanken den Sprung durch, mit dem er die Frau vor sich umreißen und hoffentlich weit genug vor dem Ende des Daches zu Fall bringen konnte.

»Verstehen Sie jetzt, Herr Froelich, dass ich an Lauras Tod schuld bin? Sie hat von mir das Geld nicht bekommen, das ich ihr schulde und das sie so nötig brauchte – also hat sie Wellering mit einem Sexvideo erpresst und musste deshalb sterben.«

Froelichs Gedanken rasten, er suchte fieberhaft nach einem Argument, mit dem er die Frau beruhigen konnte – dann fiel es ihm ein.

»Aber Laura hat doch erst am Abend erfahren, dass sie von Ihnen das Geld nicht bekommen wird!«, sagte er schnell. »Und danach war sie die ganze Zeit hier in Winterbach, stimmt's?«

Mercedes Häberle dachte nach, dann nickte sie und wirkte ein wenig verunsichert.

»Das stimmt.«

»Wie hätte sie also Wellering erpressen sollen, wenn sie doch die ganze Zeit in Winterbach war? Das hätte sie doch frühestens am Samstag tun können – aber da war sie schon tot.«

Gerade wollte er wieder einen Fuß nach vorne schieben, als Mercedes Häberle die Stirn runzelte. Froelich erstarrte mitten in der Bewegung und sah ihr ins Gesicht.

»Laura war zwar die ganze Zeit über hier«, sagte sie erst zögernd und dann immer schneller. »Aber wahrscheinlich hat sie Wellering zwischendurch vom Handy aus angerufen – ja, so wird es gewesen sein! Sie hat ihm am Telefon mit dem Video gedroht, hat ihn erpresst, und Wellering drehte durch. Er fuhr hierher und hat ihr hinten im Hof aufgelauert.«

Sie nickte mehrmals, als müsste sie sich selbst ihren Gedankengang erst noch bestätigen. Dann fiel ihr auf, wie verzweifelt Froelich sie ansah. Sie erwiderte seinen Blick ruhig und sehr traurig.

»Ich sehe, Sie haben das jetzt verstanden, Herr Froelich.«

Einen Moment zögerte er, suchte nach etwas Hilfreichem, das er sagen konnte, aber er suchte vergeblich und schwieg.

»Gut«, sagte sie. »Danke.«

Bevor er auch nur die Hand hätte ausstrecken können, machte sie ein paar schnelle Schritte nach hinten, bis sie mit dem linken Fuß ins Leere trat und strauchelte. Jetzt machte sich ein erschreckter Ausdruck auf ihrem Gesicht breit, aber es war zu spät. Sie kippte nach hinten und war im nächsten Augenblick aus Froelichs Sichtfeld verschwunden.

Im Vernehmungsraum war es still geworden. Zwei Augenpaare, die sich gegenseitig abschätzten. Ernst, der schweigend neben der Tür lehnte. Und natürlich drang auch aus dem Nebenraum hinter der verspiegelten Scheibe kein Laut herüber.

»Und Sie wollen wirklich keinen Anwalt dabeihaben?«, fragte Schneider erneut.

»Nein, und Sie müssen auch nicht noch einmal fragen.«

»Wie Sie wünschen, Frau Wellering.«

Schneider setzte sich aufrechter hin. Der Stuhl knarrte ganz leise, als er sein Gewicht verlagerte.

»Ich wollte Ihnen noch einmal Gelegenheit geben, uns Ihre Begegnung mit Hanno Kaschmann so zu schildern, wie es sich wirklich zugetragen hat.«

Sie blinzelte irritiert.

»Hanno Kaschmann ist der junge Mann, der Ihnen an der Haustür das Handyvideo vorgespielt hat, auf dem Ihr Mann zusammen mit Laura Lorenzen zu sehen war.«

Beate Wellering verzog das Gesicht.

»Müssen wir denn diese unappetitliche Geschichte wirklich noch einmal aufwärmen? Sie können sich vielleicht vorstellen, dass ich mich daran nicht gern erinnere. Außerdem haben Sie mir ja vorhin mitgeteilt, dass sich auch Thorsten hier bei Ihnen befindet, und ich habe herausgehört, dass er zu den Tatverdächtigen im Mordfall Laura zählt – glauben Sie nicht, dass ich damit schon genug zu tun habe? Und jetzt auch noch diese Geschichte, schon wieder!«

»Zumindest in einem Punkt kann ich Sie beruhigen: Wir halten Ihren Mann nicht mehr für den Mörder von Laura Lorenzen.«

»Ach?«

Sie wirkte verblüfft, zuckte dann aber die Schultern und setzte ein routiniertes Lächeln auf.

»Das freut mich natürlich zu hören.«

Schneider ließ ein leichtes Grinsen um seine Mundwinkel spielen. Beate Wellering hob die Augenbrauen, sagte aber nichts.

»Würden Sie bitte noch einmal Ihre Begegnung mit Hanno Kaschmann schildern?«

Unwillig wiederholte Beate Wellering, was sie bereits Froelich und danach auch den Kriminalbeamten erzählt hatte. Der Ablauf wies keine Widersprüche auf. Die Geschichte war entweder bis ins letzte Detail wahr – oder gut ausgedacht.

»Auch Herr Kaschmann ist hier bei uns«, sagte Schneider, nachdem er sich einige Notizen zu ihrer Aussage gemacht hatte. »Auch ihn haben wir zu dieser Begegnung befragt, und er hat sie uns in einigen Punkten anders geschildert.«

»Ich weiß zwar nicht, warum er lügt – aber im schlimmsten Fall steht Aussage gegen Aussage, dann wird letztendlich wohl offen bleiben müssen, wer die Wahrheit sagt. Ich weiß jedenfalls ganz genau, wie es war.«

»Davon bin ich überzeugt«, stimmte Schneider ihr zu. »Jetzt müssten Sie es uns nur noch uns erzählen.«

Ihre Augen wurden schmal und sie funkelte Schneider zornig an.

»Was immer Sie sich davon versprechen, mir hier zu unterstellen, dass ich Sie anlüge – lassen Sie es!«

Sie hatte die Sätze geradezu gezischt, und auch ihr Gesicht spiegelte ihre zunehmende Erregung trotz des reichlich und sehr sorgfältig aufgetragenen Make-ups wider. Schneider nickte und lächelte.

»Sie haben auch gesagt, dass Sie Herrn Kaschmann an dem Tag, an dem er Ihnen das Video vorgeführt hat, zum ersten Mal gesehen haben.«

»Ich wusste bisher nicht, wie der junge Mann heißt – aber wenn mir Herr Kaschmann das Video gezeigt hat, dann habe ich ihn tatsächlich nie zuvor gesehen.«

»Und er hatte auch noch nicht auf andere Weise Kontakt zu Ihnen aufgenommen?«

»Wie gesagt: Ich habe ihn noch nie zuvor gesehen. Unsere Begegnung am Mittwoch nach dem Tod von Laura Lorenzen war die erste. Und nachdem ich kurz rein bin, weil ich … nun ja, zur Toilette musste, und danach wieder an die Haustür kam, war dieser Mann verschwunden. Nur im Briefkastenschlitz steckte ein Zettel mit der Telefonnummer, die sich später als Anschluss des Bestattungsinstituts von Herrn Froelich herausstellte. Es ist zwar ermüdend, aber ich kann Ihnen das alles auch noch einmal von vorn erzählen.«

Sie verschränkte die Arme vor der Brust und sah Schneider finster an.

»Nein, Frau Wellering, wir machen das anders: Ich stelle Ihnen noch ein, zwei Fragen, und dann erzähle ich Ihnen, wie es wirklich war.«

Sie schnaubte und schaute kopfschüttelnd zur Seite.

»Sie hatten bis zu dem Moment, in dem Ihnen das Video gezeigt wurde, keinen Hinweis darauf erhalten, dass Ihr Mann und Laura Lorenzen eine Beziehung haben könnten?«

»Eine Beziehung – pah! Die hatten Sex miteinander. Unter einer Beziehung verstehe ich etwas anderes!«

»Das mag sein, aber noch einmal: War das Video der erste Hinweis in dieser Richtung?«

Sie zögerte nur einen Augenblick.

»Ja, natürlich!«

»Wirklich?«

Aufkommende Unsicherheit war in ihren Augen zu erkennen. Sie nahm ein Papiertaschentuch aus dem Päckchen, das vor ihr auf dem Tisch lag, und tupfte sich damit ein bisschen zu theatralisch die Augenwinkel.

»Ich habe Ihnen und auch Herrn Froelich, dem Bestatter, schon erzählt, dass ich mir durchaus denken konnte, dass mein Mann in seinem Büro an der Uni nicht nur ›Sprechstunden‹ abhielt, aber ich hatte keinen konkreten Hinweis, nein. Sie mögen es als naiv oder unehrlich mir selbst gegenüber abtun, aber ich war im Grunde genommen ganz froh, dass ich auf diese Weise in dem Glauben bleiben konnte, dass mein Mann mir treu ist.«

»Sie wollen also erst durch das Video einen Hinweis darauf oder einen Beleg dafür bekommen haben, dass Ihr Mann Sie betrügt?«

Sie nickte langsam. Schneider schüttelte den Kopf.

»Ich kann nicht sagen, ob auch andere Ihnen etwas zugeschoben oder vorgelegt haben, aber zumindest Herr Kaschmann will Ihnen einen Brief geschrieben und später ein recht eindeutiges Foto ausgedruckt haben – beides hat er nach eigener Aussage unter Ihrer Tür durchgeschoben.«

Es zuckte um ihre Augen. Sie räusperte sich.

»Wie Sie schon selbst sagen – Herr Kaschmann will das alles getan haben, nach eigener Aussage. Ich behaupte das Gegenteil, und natürlich sage ich die Wahrheit.«

»In dem Brief war von einer Wohnung in Cannstatt die Rede. Ich nehme an, von dieser Wohnung wissen Sie demnach bis heute nichts?«

»Was für eine Wohnung?«

Sie tat sehr überrascht, aber ihr stechender Blick verriet sie.

»Ein Gebäude in der Martin-Luther-Straße, zweiter Stock, der Garten hinter dem Haus grenzt an das Grundstück der Sportklinik.«

»Davon weiß ich nichts.«

»Seltsam«, sagte Schneider und gönnte sich ein leichtes Lächeln. »Wir haben in dieser Wohnung Spuren von Ihnen gefunden.«

Erst wirkte sie erschrocken, dann fasste sie sich wieder und versuchte sich ebenfalls an einem Lächeln.

»DNA-Spuren? Na, Herr Kommissar, da sollten Sie ja besser als ich wissen, dass die auf alle mögliche Arten dorthin gelangt sein könnten. Ich bügle die Hose meines Mannes, streiche sie mit den Finger glatt, lege sie zusammen und gebe sie in den Schrank. Wenn er nun ausgerechnet diese Hose trägt, während er sich in Cannstatt mit seiner Schlampe trifft … zack, haben Sie meine DNA in dieser Wohnung, ohne dass ich sie je betreten hätte.«

»Wir haben Ihre Fingerabdrücke gefunden.«

»Unmöglich, ich habe immer –«

Sie verstummte einen Tick zu spät, und Schneider lehnte sich mit einem breiten Grinsen zurück.

»Da brauchen Sie gar nicht so blöd zu grinsen! Ich war nie in dieser Wohnung, und jetzt würde ich doch gern meinen Anwalt dazubitten.«

Beate Wellering kannte von dessen Kanzlei nur den Namen, aber Schneider ließ ihr die Telefonnummer raussuchen, und bis zum Eintreffen des Juristen wurde die Befragung unterbrochen. Der Anwalt ließ sich zuerst Beate Wellerings Aussage vorspielen, zog sich dann kurz mit ihr zur Beratung zurück, und sie betraten nach gut zehn Minuten wieder den Vernehmungsraum. Schneider gegenüber standen inzwischen zwei Stühle, und Beate Wellering und ihr Anwalt nahmen Platz.

»Meine Mandantin möchte ihre Aussage in einigen Punkten korrigieren«, begann der Jurist. »Sie hat sowohl den erwähnten Brief als auch das erwähnte Foto erhalten, wusste aber nicht, von wem beides stammte. Deshalb ging sie davon aus, dass sie mit dem fraglichen Video einen ersten Hinweis auf die Affäre ihres Mannes bekommen hatte – zumindest von Herrn Kaschmann. Sie war außerdem einmal in der genannten Wohnung in Cannstatt. Den Schlüssel hatte sie im Schreibtisch ihres Mannes im heimischen Arbeitszimmer gefunden, wo sie ihn nach der Erwähnung der Wohnung in dem genannten Brief gesucht hatte. Warum sie vor Betreten der Wohnung Einweghandschuhe übergestreift hat, kann sie heute aus der Erinnerung heraus nicht mehr sagen. Meine Mandantin vermutet aber, dass sie sich vor der Vorstellung ekelte, Dinge zu berühren, die die Geliebte ihres Mannes ebenfalls berührt hatte.«

»Danke, Frau Wellering«, wandte sich Schneider an die Frau, als hätte sie das alles gerade selbst gesagt. »Das Problem für Sie ist nur, dass Sie durch den Brief und durch das Foto schon *vor* dem Tod von Laura Lorenzen wussten, dass die junge Frau eine Beziehung mit Ihrem Mann hatte.«

»Sie hatten keine *Beziehung*!«

Ihre Stimme war schrill geworden, und ihr Anwalt warf ihr einen besorgten Blick zu.

»Sollen wir um eine Pause bitten, Frau Wellering?«, fragte er, aber sie beachtete ihn gar nicht.

»Mein Mann ist dieser Schlampe auf den Leim gegangen! Die wollte sich ins gemachte Nest setzen und hat vermutlich nicht gewusst, dass das Haus und alles mir gehört und nicht ihm! Ist Ihnen denn nicht aufgefallen, aus welcher Perspektive dieses Scheißvideo gedreht wurde? Diese Schlampe *muss* gemerkt haben, dass sie und Thorsten gefilmt werden! Und Kaschmann, dieser miese Spanner, hat nicht nur mich beobachtet – grottenschlecht übrigens, er ist mir schon frühzeitig aufgefallen, wie er da in unserer Nähe in den Büschen hockte –, nein, er ist auch dieser Laura, in die er wohl verliebt war, hinterhergeschlichen.«

Sie atmete schwer, und Schneider wartete darauf, dass sie weitersprach.

»Sie haben recht, Frau Wellering«, sagte er, als sie stumm blieb. »Kaschmann hat Laura beobachtet, hat heimlich Fotos von ihr gemacht und wollte mit dem Brief erreichen, dass Sie Ihrem Mann die Hölle heißmachen und er daraufhin die Beziehung zu Laura beendet, damit Kaschmann bessere Chancen hat. Und Sie brauchen nicht mehr länger zu leugnen, dass Kaschmann Ihnen das Video nicht nur zeigen wollte, um Sie aufzurütteln.«

»Meine Mandantin möchte sich kurz mit mir zur Beratung zurückziehen!«, warf der Anwalt ein, aber wieder hörte Beate Wellering nicht auf ihn.

»Ja, dieses kleine Schwein wollte mich erpressen! Er wollte fünfzigtausend Euro von mir, andernfalls würde er das Video dem Unirektor zeigen, der dann wiederum meinen Mann rauswerfen würde.«

Sie lachte kurz auf.

»Das müssen Sie sich mal vorstellen! Diese jämmerliche Witzfigur glaubt allen Ernstes, ich würde ihm Geld geben, um die Karriere jenes Mannes zu retten, den er mir gerade beim Sex mit einer seiner Studentinnen vorgeführt hat!«

Beate Wellering tippte sich gegen die pochende Schläfe.

»Einen Dreck wollte ich ihm zahlen, um meinen Mann zu retten. Ich sagte ihm, dass ich so viel Geld natürlich nicht im Haus hätte, dass ich ihm aber eine erste Anzahlung geben könne. Ich ging in die Küche, um ein paar hundert Euro zu holen, die ich dort als Haushaltsgeld in einer Kassette verwahre. Und ich hoffte, dass er die Scheine nehmen und dadurch einen Moment lang so abgelenkt sein würde, dass ich ihm sein Handy entreißen und ihn zum Teufel jagen könnte.«

»Warum das denn?«

Ihre Augen wurden feucht, sie senkte den Kopf und räusperte sich.

»Ich wollte das Video nutzen, um … um meinen Mann zu erpressen. Wir haben uns wirklich mal geliebt, und ich … ich liebe ihn noch immer. Ich wäre damit zufrieden gewesen, wenn er bei mir geblieben wäre, wenn er meinetwegen auch weiterhin mit der einen oder anderen Studentin etwas angefangen hätte – aber er hätte sich mehr Mühe gegeben, das alles heimlich zu tun, und er hätte bei keinem dieser Flittchen irgendwann daran gedacht, mich für sie zu verlassen. Das Video wäre sozusagen mein Faustpfand dafür gewesen, dass alles so bleiben konnte, wie es war. Und der Umstand, dass ich es niemandem zeigen würde, hätte vielleicht auch verhindert, dass mein Mann ernsthaft mit dem Mord an Laura in Verbindung gebracht worden wäre.«

»Oder Sie«, fügte Schneider hinzu.

»Oder ich, ja.«

Der Anwalt steckte den Stift weg, mit dem er sich bis dahin Notizen gemacht hatte. Er schob den Schreibblock in seine schmale Aktentasche, drückte sachte deren Verschluss zu und lehnte sich auf seinem Stuhl zurück.

»Ihr Mann hatte nach allem, was wir wissen, nie vor, Sie zu verlassen.«

Sie seufzte.

»Da war ich mir diesmal nicht so sicher. Das mit dieser Laura schien etwas Ernsteres zu sein. Und ein-, zweimal habe ich kleine Zettelchen gefunden, die sie ihm heimlich zugesteckt hatte. Ich habe sie wohl vor ihm gefunden – es waren glühende Liebesbriefe, die immer wieder mit der Beschwörung endeten, dass er mich verlassen und mit ihr neu anfangen solle.«

»Sie sind am Freitag voriger Woche nach Winterbach gefahren, richtig?«

Sie nickte.

»Ich wollte mit ihr reden, aber es hat sich den ganzen Abend über nicht ergeben. Ich wartete stundenlang im Hinterhof, versteckt hinter einer Gitterbox mit irgendwelchem Metallkram, aber sie kam nie allein heraus. Und einfach reingehen wollte ich nicht – was hätte ich denn jemandem, der mich auf dem Weg vom Hintereingang zur Küche oder wo sie sonst gerade war, sagen sollen, was ich von ihr wollte? Also habe ich weiter gewartet.«

Beate Wellering tupfte sich erneut die Augen, diesmal war es nicht gespielt.

»Als die anderen Mitarbeiter nach und nach in ihre Autos stiegen, wollte ich schon gehen, aber Lauras knallroter Motorroller stand noch da. Und dann hörte ich, dass drinnen in dem leeren Partygebäude Musik lief. Ich schlich zur Rampe, durch den Hintereingang und den dämmrigen Flur bis an die Tür, die in einen großen Saal führte. Niemand war da, niemand außer Laura. Sie tanzte mit geschlossenen Augen, und sie sah so schön aus, wie sie sich da völlig selbstvergessen um sich selbst drehte, in ihrem Kleid mit den funkelnden Pailletten, diesem Kleid, das so eng anlag, dass man als Mann schon Stielaugen bekommen konnte.«

Sie sah Schneider lange an.

»Das hat so wehgetan, dass mir klar wurde, dass ich an diesem Abend nicht mehr die Kraft finden würde, mit ihr zu reden. Aber der Schmerz hat außerdem meine Wut auf dieses Mädchen angefacht. Sie war so schön und so zufrieden mit sich, wie sie da im Saal tanzte. Mit dieser Jugendlichkeit, die ich auch mal hatte und die man in diesem Alter als so selbstverständlich nimmt. Ich habe ihr noch kurz zugeschaut, dann stand ich plötzlich in der

Küche und sah all diese Utensilien von der Metallstange oberhalb der Arbeitsplatte hängen. Das Nächste, an das ich mich erinnern kann, ist, dass ich neben dem Hintereingang stehe, Einweghandschuhe über den Händen und eine riesige Schöpfkelle in den Fingern. Dann geht die Tür auf, öffnet sich zu mir hin, so dass ich von der Tür verborgen bin. Laura tritt auf die Rampe hinaus, die Tür schließt sich langsam wieder, und ich stehe ohne Deckung direkt schräg hinter ihr. Sie dreht sich erst nach rechts, dann nach links, sieht aber niemanden. Dann dreht sie sich weiter um, weiter zu mir hin. Ich mache langsam ein paar Schritte auf sie zu, dann hole ich mit der Schöpfkelle aus und schlage zu. Ich wollte sie nicht so hart treffen, eigentlich wollte ich ihr nur einen Denkzettel verpassen – aber ich habe Tennis gespielt, ich habe eine ganz gute Vorhand, und ich war zu wütend auf diese junge Frau, die mir den Mann wegnehmen wollte. Sie ist einfach umgefallen, über die Kante der Rampe hinweg auf den Asphaltboden hinunter. Da lag sie dann, ganz seltsam verrenkt, die Augen starr und weit geöffnet. Und ich habe geschaut, dass ich schnell wegkam.«

»Haben Sie nicht noch etwas vergessen in Ihrer Schilderung?«

Sie stutzte.

»Was meinen Sie?«, fragte sie mit einem Zögern in der Stimme.

»Laura lag also tot vor Ihnen auf dem Boden. Direkt unterhalb der Rampe?«

Sie zögerte einen Augenblick lang, bevor sie langsam nickte.

»Laura wurde nicht direkt unterhalb der Rampe gefunden, sondern zwischen zwei Müllcontainern.«

Beate Wellering seufzte, dann zuckte sie mit den Schultern.

»Stimmt. Ich habe sie dorthin gezerrt. Ich habe vergessen, das zu erwähnen, aber das macht ja jetzt wohl keinen Unterschied mehr.«

»Sind Sie direkt weggelaufen oder haben Sie sich dem Leichnam noch einmal … genähert?«

Sie lächelte traurig.

»Oh, das konnte man auch feststellen?«

Schneider nickte, der Anwalt sah ratlos zwischen den beiden hin und her.

»Seit ich das mit der Wohnung in Cannstatt erfahren hatte, rechnete ich praktisch immer damit, wieder irgendwie mit der Untreue meines Mannes konfrontiert zu werden. Und so, wie ich damals vor Betreten der Wohnung Einweghandschuhe übergezogen hatte, achtete ich seither darauf, dass ich immer ein paar bei mir hatte. Außerdem hatte ich zwei, drei kleine Plastiktüten eingesteckt, eine Pinzette und zwei Holzstäbchen.«

Schneider hob die Augenbrauen.

»Ich wollte gewappnet sein, falls ich Spuren sichern müsste«, erklärte sie. »Die Idee mit der Erpressung kam mir ja nicht erst in dem Moment, in dem mir dieser Spanner das Sexvideo vorführte. Und weil ich von dem Video zu diesem Zeitpunkt noch nichts wusste, wollte ich … wollte ich Beweismittel sichern. Nennen Sie das nicht so, Herr Kommissar?«

»Schon, aber wir sind die Polizei, Sie nicht.«

Sie zuckte mit den Schultern.

»Mein Mann war am vergangenen Freitag kurz nach Mittag nach Hause gekommen. Er war ziemlich gut drauf, und er duschte kurz und fuhr dann wieder. Ich …«

Beate Wellering warf Schneider einen entschuldigenden Blick zu.

»Ich hatte recht schnell den Verdacht, dass seine junge Geliebte der Grund für seine gute Laune sein konnte – und als ich seinen Slip aus der Wäschetonne geholt habe, sah ich die Flecken und wusste Bescheid. Um ehrlich zu sein: Das hat das Fass zum Überlaufen gebracht, deshalb wollte ich unbedingt mit ihr reden. Auf dem Foto, das mir zugespielt worden war, hatte ihr Name gestanden. Bald hatte ich übers Internet herausgefunden, dass sie wirklich Vorlesungen bei meinem Mann besuchte, dass sie aus Esslingen stammte, dass sie als Tanzlehrerin jobbte und für diesen Abend als Attraktion einer Brasilienparty in Winterbach annonciert wurde.«

Sie streckte beide Arme aus und hielt die Handgelenke dicht beeinander.

»Sind wir fertig?«, fragte sie.

Schneider winkte nur ab.

»Sie schauen zu viele Krimis, Frau Wellering. Aber warum haben Sie an Lauras Leichnam … äh … Beweismittel gesichert?«

»Wie gesagt: Ich ging davon aus, dass mein Mann mit ihr am späten Vormittag Sex gehabt hatte, also nahm ich eines der Holzstäbchen und machte eine Art Abstrich. Das wollte ich aufbewahren, damit wollte ich meinem Mann im Notfall drohen. Ich meine: Reste seines Spermas, geborgen aus der Scheide einer toten jungen Frau – das sollte ja wohl reichen, um ihm an der Uni und bei der Polizei ordentlich Schwierigkeiten zu machen, nicht wahr? Und von dem Video, das alles noch viel einfacher bewies, wusste ich zu diesem Zeitpunkt ja nichts.«

Schneider nickte. Er erhob sich und ging aus dem Zimmer. Ernst folgte ihm, und kurz darauf holten zwei Uniformierte Beate Wellering ab. Sie ließ sich widerstandslos aus dem Vernehmungsraum führen.

Ihr Anwalt stand noch einen Moment sprachlos allein am Tisch, dann klemmte er seine Aktentasche unter den linken Arm und ging ohne Eile zum Ausgang.

Mit quietschenden Reifen kam Alexander Maigerles Dienstwagen in der Einfahrt zum Hinterhof von »Michis Alm« hinter einem Krankenwagen zum Stehen. Maigerle stieß die Fahrertür auf und rannte zwischen zwei Feuerwehrautos und mehrere Motorrädern hindurch auf den Hinterhof. Dort hielt ihn ein Feuerwehrmann auf, ließ ihn aber passieren, als er sich als Kripobeamter auswies. Zwei Männer in Feuerwehruniform halfen gerade Mercedes Häberle, aus dem Sprungtuch zu klettern. Zwei Sanitäter nahmen sie daraufhin in Empfang, redeten leise auf sie ein und machten einige flüchtige Untersuchungen. Auf dem Weg zum Krankenwagen kamen sie an Maigerle vorbei. Der zeigte erneut seinen Ausweis und fragte, wie es Mercedes Häberle gehe.

»Ich vermute, sie hat sich beim Aufprall auf dem Sprungtuch eine Schulter geprellt, außerdem hat sie sich wohl eine ordentliche Erkältung eingehandelt, als sie so lange nur in der Bluse droben auf dem Dach stand. Im Dezember keine gute Idee, würde ich sagen. Ansonsten geht es ihr gut.«

Ein paar Meter neben dem Sprungtuch stand Aldo und sprach mit einigen seiner Rockerkumpel. Maigerle gesellte sich zu ihnen.

»Wo ist Froelich?«, fragte er Aldo.

Der deutete aufs Dach. Maigerle sah nach oben. Dort stand Gottfried Froelich, vielleicht drei Meter von der Dachkante entfernt und starrte ins Leere.

»Was macht er denn da, um Himmels willen?«, entfuhr es Maigerle.

»Der steht da. Ich hab mich grad mit meinen Jungs besprochen, wie wir ihn am besten da runterholen, aber –«

Mehr hörte Maigerle nicht. Er eilte am Sprungtuch vorbei, kraxelte die Feuerleiter hoch, so schnell er konnte, und kaum hatte er die ersten Schritte auf den Dachziegeln gemacht, rief er seinen Freund auch schon beim Namen.

»Bitte, Gottfried«, flehte er nach zwei weiteren Schritten. »Bitte mach jetzt keinen Blödsinn! Du hast alles richtig gemacht, Frau Häberle geht es gut, sie ist genau im Sprungtuch der Feuerwehr gelandet. Es gibt keinen Grund, da jetzt runterzuspringen.«

»Runterspringen?«, fragte Froelich mit krächzender Stimme. »Spinnst du? Ich spring doch da nicht runter!«

»Warum stehst du dann auf dem Dach rum?«

»Weil ich mich nicht traue, auch nur noch einen Schritt zu machen. Ich hab wohl doch mehr Höhenangst, als ich dachte.«

Maigerle atmete erleichtert aus.

»Gut, Gottfried, dann bleib jetzt genau da stehen, wo du bist.«

»Mach ich ja. Und dann?«

Mit einigen vorsichtigen Schritten hatte Maigerle seinen Freund erreicht.

»Und jetzt nimmst du meine Hand. Hier, ich streck sie dir hin. Hast du sie? Ja? Gut. Jetzt machst du ganz langsam einen Schritt nach hinten. Gut so, ja. Und jetzt noch einen. Geht's? Na, siehst du! Und jetzt: ganz langsam umdrehen. Ja, so machst du das sehr gut.«

Kurz darauf standen sie sich gegenüber. Froelich schlotterten die Knie.

»Du siehst scheiße aus, Gottfried«, murmelte Maigerle schließlich, aber ein aufmunterndes Lächeln legte sich auf seine Lippen. »Jetzt kommst du mal mit mir dort drüben zu der Leiter. Und wenn wir wieder unten sind, geht es dir gleich viel besser, du wirst sehen.«

Hand in Hand arbeiteten sie sich über die Ziegel, und als sich Froelich endlich am Geländer der Feuerleiter festhalten konnte, schüttelte Maigerle seine rechte Hand aus. Froelich hatte sie so fest umklammert, dass ihm alle Finger wehtaten. Den Abstieg – Maigerle voraus, seinem Freund ständig gut zuredend, Froelich sichtlich verängstigt hinterher – brachten sie ohne Zwischenfälle hinter sich, und als sie endlich wieder festen Boden unter den Füßen hatten, schlang Froelich seine Arme um Maigerle und drückte ihn wortlos.

Breitbeinig und mit unsicheren Schritten folgte er Maigerle danach über den Hinterhof. Als sie Aldos Männer erreichten, fragte Froelich in die Runde, ob ihm jemand eine Zigarette habe. Einer der Muskelprotze zog eine zerdrückte Schachtel aus seiner Lederjacke, reichte Froelich eine filterlose Zigarette und gab ihm Feuer.

»Danke«, murmelte Froelich und ging ein Stück.

Maigerle hielt sich neben ihm und beobachtete ihn schweigend, wie er unbeholfen paffte.

»Ich wusste gar nicht, dass du rauchst«, sagte er schließlich.

»Tu ich auch nicht, aber nach dem hier …« – er deutete unbestimmt hinter sich – »… nach dem hier fang ich wohl mal damit an.«

Er zog einmal an dem glimmenden Stängel, bekam dadurch zu viel Qualm ab, hustete und schnippte die Kippe auf den Asphalt.

»Bäh … ich glaube, ich fang doch nicht damit an. Vielleicht hör ich lieber mit was auf.«

»Womit?«

Froelich drehte sich um, ließ seinen Blick über den Hinterhof gleiten, über die Feuerwehrleute und ihre Fahrzeuge, das Sprungtuch, Aldos Leute und die beiden Sanitäter, die im Krankenwagen Mercedes Häberle versorgten.

»Damit«, sagte Froelich.

Maigerle sah ihn fragend an.

»Schau, Alex: Jetzt habe ich einiges zu Lauras Tod herausgefunden, aber weder macht sie das wieder lebendig, noch ist einem von denen mit meinen Informationen geholfen, die sie vermissen werden.«

»Du hast uns geholfen, den Fall zu lösen.«

Froelich lächelte Maigerle traurig an.

»Nett, dass du das sagst, aber das hättet ihr schon auch ohne mich hinbekommen.«

Maigerle grinste und zuckte mit den Schultern.

»Und Inge kann es auch ja auch nicht leiden, dass ich mich in eure Arbeit einmische.«

»Stimmt. Und was heißt das jetzt?«

»Dass ich Mordfälle künftig der Polizei überlassen und mich ab sofort raushalten werde. Ich werde die Opfer bestatten, wenn die Angehörigen das wollen, aber ich werde ansonsten die Füße stillhalten und keine Ermittlungen mehr anstellen.«

Froelich bemerkte, wie Maigerle bei dem Wort »Ermittlungen« die Augenbrauen hob, und er fügte schnell hinzu: »Ich wollte sagen: Ich werde meine Nase nicht mehr in solche Angelegenheiten stecken. Besser so, Alex?«

»Viel besser. Aber hast du das nicht schon oft versprochen? Und bist dann doch wieder rückfällig geworden?«

»Diesmal nicht, Alex. Diesmal nicht.«

Er deutete auf Maigerles Dienstwagen.

»Könntest du mich nach Esslingen fahren? Hergekommen bin ich auf Aldos Höllenmaschine – das stehe ich, glaube ich, nicht noch einmal durch.«

»Kein Problem.«

»Danke.«

Er ging los, umrundete das Auto und stieg auf der Beifahrerseite ein. Maigerle sah ihm verwundert zu, dann machte er die Runde durch den Hinterhof, verabschiedete sich von allen und stieg zu Froelich in den Wagen. Verstohlen beobachtete er ihn, aber Froelich sah nur geradeaus und schien in Gedanken versunken. Maigerle ließ den Motor an, rangierte auf die Straße zurück und machte sich auf den Weg nach Esslingen.

»Willst du eigentlich gar nicht wissen, wer's war?«, fragte Maigerle schließlich, als sie im Winterbacher Ortsteil Engelberg langsam an der Waldorfschule vorbeifuhren.

»Ach, stimmt ja«, sagte Froelich. »Darfst du's mir denn schon erzählen?«

Er klang nur mäßig interessiert. Maigerle berichtete von den Befragungen und von dem Geständnis, das sie schließlich bekommen hatten. Froelich hörte zu, fragte aber nicht nach, und als Maigerle zum Ende gekommen war, nickte er nur.

»Gut«, sagte er noch, dann versank er für den Rest der Fahrt in Schweigen.

Und dann …

Maigerle wäre gerne in Esslingen geblieben, aber in Waiblingen waren noch zahlreiche Berichte zu schreiben. Also wartete er im Wagen, bis Froelich die Tür hinter sich zugezogen hatte, und rumpelte dann im Schritttempo die Obere Beutau entlang, bevor er sich vorn auf dem mehrspurigen Cityring in den Verkehr in Richtung Stuttgart einfädeln konnte.

Froelich braute sich indessen einen Kaffee, trank dann aber doch lieber einen Schnaps, saß eine Zeitlang auf der Couch und starrte Löcher in die Luft. Das Türklingeln hörte er zwar, aber es interessierte ihn nicht sonderlich. Es klingelte noch ein zweites Mal, dann hörte er eine Weile nichts und dann Schritte auf der Treppe. Er stand auf, um nachzusehen, wer jetzt wohl kommen würde. Er hoffte auch diesmal wieder auf Inges Rückkehr, doch wieder wurde er enttäuscht. Richard Sanfftleben stand vor ihm, und der Blick aus dessen tief liegenden Augen drückte eine seltsame Mischung an Gefühlen aus. Offenbar platzte der Alte vor Neugier darauf, was Froelich zu erzählen hatte, und zugleich schien er fast überzuschäumen von all dem, was er selber loswerden wollte. Als sie dann beide gleichzeitig losplapperten, unterbrachen sie sich, stutzten und lachten.

»Wissen Sie was?« fragte Sanfftleben. »Unsere Geschichten erzählen sich doch gleich nochmal so gut, wenn Bettina und ihre Tochter uns dazu Bier und was zu essen bringen, oder?«

Froelich dachte kurz nach, ob es ihm wirklich nach Gesellschaft war. Aber Sanfftleben würde er ohnehin nicht loswerden, bis der alles erzählt und alles erfahren hatte. Also schlüpfte er in Schuhe und Jacke, und kurz darauf standen sie auf dem Kopfsteinpflaster der Gasse. Froelich atmete die kühle Luft ein, und noch bevor sie sich auf den kurzen Weg zum »Rosenhäusle« machen konnten, näherte sich von links das entspannte Grollen eines schweren Motors, der auf niedrigen Drehzahlen lief. Gleich danach war Aldo zu sehen, wie er sein Motorrad gemächlich über das Pflaster steuerte und direkt vor Froelich und Sanfftleben zum Stehen brachte.

»Na«, sagte er zu Froelich, »alles wieder gut?«

»Geht so.«

»Und wo wollt ihr beiden jetzt hin?«

»Rüber in unser Stammlokal. Da gibt's frisch gezapftes Bier und was Leckeres zu essen. Ist auch nur ein paar Schritte von hier.«

Aldo nickte, rollte sein Motorrad ein Stück zurück, stieg ab und wuchtete das Gefährt auf den Ständer.

»Klingt ganz so, als müsste ich da unbedingt mit. Ist das für Sie in Ordnung, Herr Froelich?«

»Aber sicher.«

Er stellte Aldo und Sanfftleben einander vor, warf noch einen Blick auf das Motorrad: Ja, so müsste es stehenbleiben können, ohne jemanden zu behindern. Da fiel sein Blick auf den Briefkasten. Aus dem Schlitz ragte ein knallbunt bedruckter Werbeprospekt. Froelich überlegte einen Moment, ob er die Werbung herausziehen, den Briefkastenschlüssel holen und nachsehen sollte, was an Post eingetroffen war. Aber er ließ es bleiben, stopfte nur den Prospekt etwas tiefer in den Briefkasten.

Dann machten sich die drei Männer auf den Weg zum Gasthaus. Der dicke Gottfried in der Mitte, flankiert von Muskelprotz Aldo und dem klapperdürren Sanfftleben.

Die Post musste wohl bis morgen warten. Der Prospekt, die Angebote und die Rechnungen. Und der lange, gefühlvolle Brief in dem edlen Kuvert, auf dem in schöner, sorgfältiger Handschrift die Adresse von Gottfried Froelich zu lesen war. Und als Absender die Anschrift eines Hotels in 83458 Schneizlreuth.

ENDE

Danksagung

Danke an alle, die sich auch seltsame Fragen gefallen ließen und die diesem Buch informative und skurrile Details bescherten – wenn Sie Fehler finden, kreiden Sie sie einfach mir an.

Sollte sich jemand in diesem Roman wiedererkennen, danke ich für das (unverdiente) Lob: Wie in Krimis üblich, sind Handlung und Personen frei erfunden. Auch »Michis Alm« in Winterbach existiert nicht, obwohl große Holzhäuser als … nun ja: Event-Location im Remstal und drumherum sehr in Mode sind. Das »Rosenhäusle«, eines von Froelichs Esslinger Lieblingslokalen, ist dagegen sehr real, zum Glück. Und für Versuche, herauszufinden, was an den anderen Schauplätzen echt und was erfunden ist, wünsche ich viel Spaß.

Danke auch an drei treue Leser, die mir vor einiger Zeit die Idee bescherten, eine Brasilienparty mit tanzender Bedienung als Krimikulisse zu verwenden – und zwar dadurch, dass ich an einem solchem Abend mitfeiern durfte. Natürlich kam damals niemand zu Schaden.

Die Songs, die Maigerle und Froelich im Buch zugeschrieben werden, gibt es tatsächlich – live gespielt werden sie aber nur von mir.